航向文字海

——新世代編輯見習手札

總策劃　李志宏、張晏瑞
主　編　林婉菁、林涵瑋、林彥鋐
作　者　尤汶萱、吳秉容……等著

李序：航向文字海

李志宏
國立臺灣師範大學國文學系教授兼系主任

因應時代環境的快速變化，現今大學教育的意義，不再單純以學術的傳承與交流為主體，而是思考如何讓傳統學術研究與現代生活情境進行對話，並在多元的價值辯證中，展現出創造性意義。在大學教育中，推動產學合作的實施，成為實現上述創造性意義的重要管道。

本校自二〇〇八年起制訂產學合作實施辦法，旨在「促進知識、技術之累積及擴散，發揮教育、訓練、研發、服務之功能，並裨益國家教育及經濟發展」，期能通過「各類教育、培訓、研習、研討、實習或訓練等相關合作事項」，達成各類人才培育的目標。在此一前提上，本系為提供學生獲得產學合作的實習機會，自一一〇學年度第一學期起，規劃開設「出版實務產業實習」課程，並邀請任職於萬卷樓圖書股份有限公司總編輯兼業務副總經理的張晏瑞博士講授課程。張晏瑞博士在出版業界任職多年，對於出版實務相當嫻熟，通過本課程的講授，以及安排修課同學接受多元實習任務的訓練，讓同學們得以實際接觸出版社的日常工作型態，並從實習過程中，深化認識出版工作流程和業務執行程序，為日後職涯發展奠定正確的知識素養和工作態度。《航向文字海》一書的編輯與出版，作為課程學習的具體成果，即充分體現了上述產學合作的重要意義。

在《航向文字海》一書中，匯聚了二十六位修課同學的學習見聞和實習心得。通過這趟學習旅程的洗禮，得以初步認識當今出版產業的運作與發展的實際情況，所有體驗都顯得難能可貴。以下即從四個面向談談我閱讀之後的心得。

一　辨識門徑

傳統上，對於出版的認知和印象，多與紙本書面印刷的圖書文獻發行有關。但隨著時代演進和科技發展，當今出版的形式已相當多元，並可以通過各種媒介加以傳播。如此一來，出版市場的經營模式，也隨之產生了巨大變化。因此，在「出版實務產業實習」課程當中，首要任務即在於認識出版的起源與發展現況，並且前瞻未來，積極思考和探索出版產業的新出路。

二　一窺堂奧

在傳統出版實務中，一本書誕生的過程相當繁雜，經營成本不小。如何尋求創新的產銷模式，維持長久營運，乃是從事出版行業所必須正視的嚴肅課題。在根源上，出版品如何生成，將牽動後續一連串行銷與推廣的策略運作問題。因此，出版企畫的構想，即成為出版品問世的重要起點。在「出版實務產業實習」課程當中，即可學習如何從編輯的視角，策畫出版主題、建立書系風格、分析讀者受眾、開拓行銷市場等等，以此思考如何打造出版品牌。

三　悠遊文海

在課堂上講述出版理論與實務，不免仍有霧裡看花之感。課餘時間，直接前往出版社實習或接受任務指派，才有機會真正了解出版環境和工作流程，並接觸到多元形式的出版品。當今出版品的種類相當繁多，舉凡學術著作、科普讀物到兒童文學等等，以及其他媒介所產生的數位出版品和影視作品，知識交流盡顯其中。在「出版實務產業實習」課程當中，在文字之海當中，接受打字、校對、謄錄、對紅與撰寫書籍簡介等等的基本功訓練，終將成為一部出版品問世的重要推手。

四　探索職涯

現今AI技術的高度發展，出版業的產業鏈和行銷模式，正面臨新一波的挑戰和考驗。唯有跟隨時代變化，尋求因應之道，才能不被輕易淘汰。通過「出版實務產業實習」課程的學習，除了可以深入認識出版業及其工作實務內容之外，更能夠在實習過程中掌握基本的教戰守則。不論實習的體驗如何，都展現了對於出版工作領域的新認識，未來都可以此體驗為參照座標，更加謹慎規劃個人的學習徑路和職涯發展方向。

在閱讀《航向文字海》的過程中，我感受到同學們對於未來職涯發展充滿期望。在字裡行間，同學們不僅回顧了本課程中的重要學習經驗，而且有意、無意地流露出個人的體驗和情思。不論如何理解出版業的發展前景，至少在吸收出版相關產業的資訊時，都有助於思考個人未來的生命藍圖。假想自己是一本書，從策畫、選題、編輯、廣告、印刷到發行的過程中，如何讓這人生之書順利誕生，建立令人矚目的品牌口碑，並且廣為流傳於世。也許「出版實務產業實習」課程提供了一個重新認識自我的契機。期待屬於自己的一本書得以在未來正式出版，並且廣受好評。

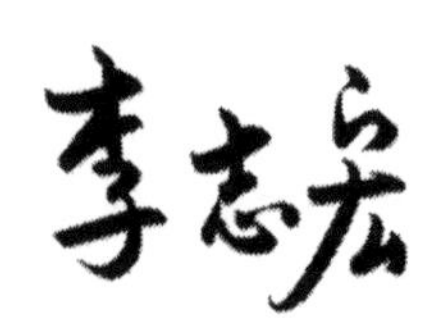

二〇二三年五月三日

誌於臺師大文學院勤 838 研究室

梁序：樂觀、努力、熱情

梁錦興
萬卷樓圖書公司總經理

萬卷樓舉辦實習活動，對我來說是一種出版人回饋學校與社會的責任與榮譽。今年，我收到實習同學的來信，要我為本書寫一篇序文，我感到特別高興。

當我看到實習同學的心得中，有不少對於未來畢業後的職涯發展，充滿期待與緊張。希望藉由實習機會，探索自己未來人生時，不禁回想起，過去的自己，也曾經歷過這樣的年少歲月。

我是客家人，在屏東麟洛出生，祖籍廣東梅縣，在困苦的屏東鄉下長大。高中就讀屏東中學，從東吳大學經濟系畢業後，再到中國文化大學經濟研究所攻讀碩士學位。碩士畢業，便進入中央銀行任職，成為中央銀行在臺復行招收的第一批人員，我們稱之為「黃埔一期」。當時，我在外匯局擔任領組，並於多所大學兼任教職，講授貨幣銀行學……等課程，既有公職身份，也具備副教授的資格。

當時正逢臺灣經濟起飛，周邊的機會很多。我便離開公職，轉任華僑信託證券部經理。之後，又自行創業，成為椰林建設等多家企業之企業主。在三十歲前，我已經資產上億，是六間公司的董事長。當時正逢中國文化大學草創時期，也獲得中國文化大學創辦人張其昀先生的青睞，邀請擔任中國文化大學董事職務。後來，隨著人生境遇的發展，我也開過罐頭工廠、經營過化工原料、成立貿易公司，是較早出口臺灣蔬菜、水果與金門白嶺土的貿易商。也是最早西進大陸發展的臺灣商，擔任過海產加工廠、瓷磚工廠的總經理、企管顧問……等職務。

一九九七年在萬卷樓董事會的邀請下，我接手了萬卷樓圖書公司與國文天地雜誌社的經營工作，迄今已經二十六年。在推動簡體字書進口流程法制化的過程中，我成為大陸簡體字圖書進口業聯誼會創會會長；再推動兩岸出版文化交流工作上，我是海峽兩岸圖書交易會的發起人之一。在出版行業中，曾任：臺北市出版商業同業公會監事主席，臺灣圖書出版事業協會副理事長、常務理事，兩岸出版品與物流協會顧問。此外，我也兼任了中華民國章法學會顧問、中華文化教育學會顧問……等職務，參與學術社團的運作。

回首我畢生的經歷，與做過的工作，最讓我感到自豪的，不是叱吒風雲的商場生活，而是在一片困境當中，逆勢操作，苦心經營萬卷樓的穩健與踏實。

我的職涯歷程，已經超過五十年了。現在回想起來，有時候像夢一樣，有點不真實；但卻又歷歷在目，恍如昨日。在這五十年的生涯中，有過輝煌的時候，也曾遭遇好幾次的挫折。這些挫折，往往是令人難以想像的。書中撰稿的每一位同學，都是頂尖優秀的好學生。對未來的想像中，充滿著美好與期待。當我們在期許自己鵬程萬里的時候，有誰會思考，如果千金散盡之後，要如何東山再起？

看到這本書的主標題，是「航向文字海」。面對未來的每一位同學，要乘風破浪，勇往直前。因此，藉由撰寫序文的機會，跟同學分享我的職場心得。第一，無論未來發生什麼事，一定要永遠保持著「樂觀」的心情來面對。人生中，沒有什麼過不去的坎，也沒有解不開的結。只要我們保持著樂觀的態度，勇敢面對，終究能夠雨過天晴。第二，要「努力」面對你的工作，不管什麼樣子的工作，都要保持著「順勢而為」、「逆勢操作」的方式，認真投入在工作上，一定可以克服困難。第三，要保持對工作的「熱情」，唯有對工作保有熱情，你才能持續的努力下去。這也就是找到自己喜歡的工作，適合自己的工作的重要性。某些工作，比較穩定，某些工作，薪水較高。但如果這些工作，不適合你，那也很難維持工作的熱情，長期的做下去。

萬卷樓舉辦實習活動，參與的同學，意味著對「圖書」、「出版」這個行業，仍抱持著相當的好奇與熱忱。為了讓同學能夠先了解自己適不適合這個行業；在出校門前，就具備進入出版產業的就業能力。我們很樂意，並且期盼能夠引領更多對書籍出版懷抱興趣的同學，有志一同，薪火相傳。

總編輯張晏瑞老師應聘到臺師大開設「出版實務產業實習」課程，今年已經是第二年。我很欣慰，也很支持，更歡迎同學到萬卷樓來實習。期待同學在實習之後，能夠喜歡出版這個工作，加入出版產業。藉由對出版業的的懵懂、好奇，逐漸轉變為一股勇於嘗試的熱情，並且借鑒實習的經驗，提出新時代出版人應該具備的觀念和想法！

請我為這本書寫〈序〉的同學，已經是萬卷樓的儲備人員。看到他拿來這本課程成果專書——《航向文字海：新世代編輯見習手札》，書中看到大家對未來的發展，充滿著探索的精神，與工作的熱情。不禁回想起自己過去的工作經驗，權做序文，與各位同學分享。也祝福各位同學，能夠永遠「樂觀、努力、熱情」的面對工作，並且鴻圖大展。

萬卷樓圖書公司總經理　梁錦興

二〇二三年五月八日誌於萬卷樓

張序：課程綜述與致謝

張晏瑞
國立臺灣師範大學兼任助理教授
萬卷樓圖書公司總編輯兼業務副總經理

國立臺灣師範大學國文學系開設「出版實務產業實習」課程，今年已經是第二年了。筆者因為工作的關係，承辦多年產業實習活動，累積了一點經驗。因此，在學系主任、師長，以及公司總經理的支持下，能夠連續兩年到學校授課，感到十分榮幸，也很珍惜這難得的機會。

過去筆者在承辦產業實習活動的過程中，深感「實務課程」與「實習活動」應該結合，實習同學才能得到較完整的收穫。如果沒有課程的介紹，就參與實習，往往有如「瞎子摸象」，只能識得一端，未見全豹；如果沒有實習的參與，單純修習實務課程，每每就像「霧裡看花」，經常似懂非懂，體會不深。因此本課程在開設之初，便規劃了「出版實務」的課程介紹與「產業實習」的活動安排。讓同學能夠透過課程介紹，得到系統性的概念；經由實習操作，獲得操作性的經驗，並且產出帶得走的實習成果。

系上規劃產業課程，是為了落實學用合一的目標，並協助同學就業的準備。在課程規劃上，也導入了「職涯發展」的建議，還有「職場氛圍」的體驗。讓同學藉由課程，提早進行就業準備；透過實習，接觸職場環境，適應職場生態，熟悉職場倫理。因此，本課程中，也安排了履歷製作，面試技巧，電話禮儀，以及商業文書寫作的練習。

在實務課程部分，除了課堂講授外，同學必須參與出版企劃書的製作、出版契約書的簽署、排版校對的體驗、印刷技術的了解、出版流程的安排、以及出版成本的計算，了解版稅計設計與版權貿易的運作。同時針對目前出版產業所遇到的熱門話題，進行資料收集與意見表達。例如：大陸市場對臺灣出版產業的影響、圖書銷售免稅政策的看法、圖書單一定價制的看法、電商平臺削價競爭的反思、公共出借權試行的看法。透過參與和發表，進一步貼近產業現況。

在實習活動方面，學期間同學必須在課程時間之外，實際進入出版產業現場，實習六十小時以上，並且繳交相關資料。為了配合少數修課同學時間的安排，彈性開放任務制實習。不論「現場制」或「任務制」實習，同學都必須自行接洽出版單位，討論實習目標，爭取實習職缺，溝通實習條件，並簽署實習同意書後，展開實習活動。過程如同求職面試般，真實體驗。實習期間，同學必須填寫「實習簽到表」，記錄實習時間與時數；填寫「實習記錄表」，紀錄實習工作內容。最後由同學提交「實習成果報告」，經實習單位檢核通過後，出具「實習單位評核表」，提交實習成績給授課教師，才算完成實習任務。

本次修課同學，共有二十七位。實習活動的參與上，有二十四位同學申請到萬卷樓進行實習，其中「任務制」的有六位，現場實習有十八位。此外，有兩位同學申請到其他單位實習。還有一位同學，沒有實習單位，但在爭取實習工作的過程中，嘗試提出不同的要求，勇敢面對社會的現實，得到與其他同學不同的經驗，因此也算完成實習。

因地利之便，多數同學選擇到萬卷樓實習。因此由我擔任輔導人員，以便落實課程安排的規劃與想法。在實習工作的安排上，我讓同學直接參與萬卷樓的編務工作，事後再由責任編輯檢查統合後，正式出版。出版時，由同學掛名「實習編輯」，列名於版權頁作為紀錄，並獲得一本自己參與編輯工作的書籍，成為帶得走的成果。

由於每位同學到公司的時間各不相同，加上實習時間有限，未必能夠讓同學將同一本稿件，從頭到尾編完。只能盡量讓同學體驗到編輯流程中，每個不同的作業階段。例如：文獻檢索、稿件整理、打字、校對、對紅、謄錄、修改、書訊製作等。部分同學有機會參與不同的專案，例如：書庫整理、影片剪輯、書訊製作、電子書號申請、廠商聯繫、訊息發布、交流活動……等，就看同學們是否有提出要求，或有合適的機會到來。此外，如果遇到突發事件，也會安排同學觀察，說明處理的情形，這些特殊的狀況，可遇不可求。

這些職場進行式的參與，完全沒有刻意美化與安排。每位同學所參與的工作不同，面對的情況不一，收穫、體驗彼此各異。透過每位同學參與實習的真實紀錄，加上兩位在其他單位實習同學的心得，董理匯聚於本書之中，可以彼此分享，相互學習，進一步共築出對產業的體會與觀察，並且能夠與讀者分享。

本次課程實習活動，特別感謝天下‧遠見文化未來少兒編輯部王文娟總監、生活潮藝文誌朱介英總編輯，以及萬卷樓圖書公司梁錦興總經理的支持，同意提供實習機會，並協助指導。此外，也要感謝萬卷樓編輯部呂玉姍主編、林以邠主編、楊佳穎編輯、張宗斌編輯的協助，以及行政副總經理彭秀惠女士各方面的支援和便利，特此申謝。

最後，對於本書的出版，要感謝三位信守承諾的同學：林婉菁、林涵瑋、林彥鋐。在學期結束後，還願意花費大量的時間，投入編輯工作，協助將本書編輯完成，更是讓我衷心感謝。

張晏瑞

二〇二三年五月九日誌於萬卷樓編輯部

目錄

（各篇依姓氏筆畫排序）

讀萬卷書，行萬里路

尤汶萱
國立臺灣師範大學國文學系

一　前言

讀了師大卻不想當老師，不願成為作家卻唸了中文系，畢業後想做什麼？這些問題始終縈繞我心。觀以臺灣的就業現況，純文組生像被市場拋棄了一般。「國文無用論」無數次成為新聞標題，他人自顧自地以「工作難尋」與「低薪」為我們代言，然而真的是這樣嗎？真的只能這樣嗎？因此我選擇修習「出版實務產業實習」這門課，搭上晏瑞老師開的戰艦，進入萬卷樓實習，自己找尋問題的答案。如果可以，我想狠狠撕下身上的標籤。

二　在進入出版社之前

若將自己當作產品，履歷便是推銷自己的文案。履歷內容，大致可以分為以下幾個部分：個人基本資料、學歷、工作經驗、其他活動、獎項證書及專長成果，以及最後的自傳。

履歷最好採「精要」的文字為主，「條列式」地羅列經歷。各種經歷的時間序應「從近到遠」排列，並注意內容的「完整性」。如遇機構、職位、學系等專有名稱，以「全稱」表述為佳。在記錄成就與活動經驗時，切勿流於感性抒發，而應「理性」撰寫內容，「具體」呈現結果，按「邏輯」分類區塊，最後留意細節，避免出現錯誤。因為履歷首要呈現的便是「你是個什麼樣的人」。

課堂中晏瑞老師特別強調，一份好的履歷，其實並不一定要透過表格線框來呈現。運用精巧的排版，製造一條「看不見的線」，取代可能使閱讀者分心的邊框、格線，亦能打造一份整齊、令人看了心神舒暢的履歷表。針對不同特性的產業，更可以在履歷中加上富有個人風格的元素、設計圖樣。如此便能讓自己在千篇一律的求職文件中脫穎而出。

即將進入職場之前，學會正式書信的寫法是必要的。隨著身分的轉換，聯絡的方式也該從隨興的通訊軟體改以得體的書信往來。

高中國文課所學的書信寫法此時正派上用場。正所謂「禮多人不怪」，將典雅文言的書信格式學以致用，更能顯得職場工作的專業。

晏瑞老師提供了一張接到公司電話應有的基本應對及該具備的禮貌。雖然最後這張教戰守則沒有實際應用，然而晏瑞老師在課堂中以過往實習生的例子，教導了許多身在公司中必學的人情世故。我認為這樣的知識更難能可貴，因為這是學校課本裡學不到的。

三　圖書出版產業發展現況——上的是戰艦還是賊船？

所謂「出版」，有廣義、狹義之分。廣義出版所指乃是指將作品通過任何方式公諸於眾的一種行為，也就是透過以任何媒介來傳播任何資訊都叫做出版。狹義的出版，則是將作品以出版品的方式，在市場上進行流通，例如印製成書籍或報刊進行發售。

而「出版品」同樣有廣、狹義之分。廣義出版品即透過出版行為所製作出來的產品都可歸為此類；而狹義乃僅指具有國際書號（ISBN），並經過出版機構印刷成的書籍。

據說，一九六〇至一九九〇年是出版產業狂飆的年代。隨著數位化時代來臨，傳播知識文字的載體有了改變，一九九〇年後出版銷售量的衰退乃是全球的趨勢。實體書店的減少，伴隨而來的卻是網路書店的崛起。外國有亞馬遜，臺灣有博客來，電子書以及電子閱讀器的銷售量也逐年成長。

若細談出版產業內容，大致可分為四類：包含出版活動、印刷工作、出版發行，以及數位出版。這學期於萬卷樓實習，經手、學習最多的便是包含在出版活動內的編輯相關作業。

而出版產業的範疇，則有圖書、雜誌、報紙、動漫、影音及數位出版。圖書是出版產業的最大宗；雜誌需要廣告價值、報紙出版需要大量資本的支持；動漫以代理國外作品為主；影音為新的出版結合產品，而數位出版則是目前逐漸轉換發展的出版新形態。我認為書籍出版的數位化不一定只侷限於電子書的轉製。以時尚雜誌 ELLE、VOGUE、GQ 為例，他們積極經營官方網頁和 YouTube 頻道。因此，我對於這三大雜誌的認識反而不是透過雜誌實體書，而是藉由網路演算法的推播、透過搜尋引擎或 YouTube 影片，瞭解雜誌的內容、報導或其欲傳達的理念。對於現代人來說，「會動」的東西遠比「不動」的東西要有吸引力。透過與影音結合，我認為會是出版轉型的另一方向。

就近看出版產業結構的內部體系，與我原本的想像不同。編輯過程中的許多工作，諸如校對、發行、會計等都是可以交由外包處理，出版公司不必擁有大量員工，可藉由分工外包，完成書籍的出版。所以，產業內的概況，大致以中小型企業佔總體的百分之八十，多屬家族化、個人獨資的經營，並且具有高度地理性，通常集中於雙北，而出版品則有兼容的特色，市場中百分之四十七的出版社同時兼營圖書與雜誌的出版業務。這種多方經營，除了更有餘裕因應市場變化外，擴大營業規模也是目的之一。若營業規模太小，則在面對上下游廠商時，容易因自身影響力不足而無議價、談判的籌碼。

然而，前面提到，世界正在面臨出版銷售的衰退。以臺灣來說，圖書市場萎縮、新書生命週期變短都是挑戰，而最大宗的大陸市場又可能因為兩岸敏感的政治關係而不穩固。如何開拓有限的海外市場，找尋外銷的機會更是需要好好思索的一大課題。

四　編輯工作流程——一本書的誕生

圖書編輯流程，從「策畫」開始，還包含「選題」、「排版」、「編輯」、「封面」、「印刷」及「發行」等層面。

（一）策畫

我們本學期以「企畫書實作」練習策畫一本書，大致必須掌握以下幾個重要觀念：藍海策略、紫牛行銷、長尾理論。

細說三大理論前，先來談談「企畫力」。企畫圍繞的核心是企畫人的「願景」，想要規畫出什麼樣的出版企畫？來傳達什麼樣的思想？以何種方式來呈現？獲得什麼樣的收穫？這樣的願景，或許可以稱作「編輯意識」中的一環。

在出版主題的選擇上，主要核心思維包含：一、藍海策略：係指避開同質性產品的競爭（紅海），開發小眾市場（藍海），不跟風，不盲從，在供給較少的市場，提供產品，滿足市場中的需求。二、紫牛產品：紫牛指的是具話題性的產品或服務。當經過草原看到一隻與眾不同的紫色牛，觀看者自然印象深刻並分享奇聞，也因此造成了話題性，產生自帶行銷性的產品！三、長尾理論：網路化時代是長尾理論的推手之一。數位時代，數位印刷、網路書店及快遞物流的進步，將產品上架的難度降低，更有利於推波更多各式多樣產品滿足少數讀者需求，進而創造更多獲利。

（二）選題

徵稿、審稿、簽約以及預估定價印量都要在這個階段率先訂定。徵稿的方式很多，其中透過「文學獎」的舉辦，是一種發掘許多有潛力的稿件的管道。

（三）排版

於萬卷樓實習時，我們實際參與了打字工作，瞭解到這項工作的辛苦，以及因按字數計酬而產生的各種心態，還有學習到如何打出墨丁等小技巧。透過這項工作，讓我們得以確切瞭解打字人員的工作內容及心路歷程，有利於以後需要與之接洽時能順暢溝通。例如：不需要打字的地方要標示清楚，以免造成誤會及不必要的支出。

關於排版樣張，在處理范增平老師的著作時，體會到，只要附上樣張，便可以縮短溝通時間或消解溝通障礙。有些不容易以言語形容的排版樣式，以樣張作為具象的表達，再好不過。

（四）編輯

在新稿送去第一次排版回來後，編輯拿到稿件時，第一步並非直接校對錯字，而是先檢查稿件的大方向有無錯誤，例如整體格式架構是否正確、是否有「漏排」、「重複排」的情況。第二步再進行文字校對。接著修改、對紅、進行二次校對，送回給作者確認，再送回二次排版修改、二次對紅。經過第三次校對及最後排版修改後，便進入到清樣點檢、申請國際書號、處理版權頁……等最後環節了。

編輯的工作看來瑣碎，實則上是有規律地重複循環。希望透過層層把關，將編輯過程中可能發生的問題減到最小程度，進而控管好文字的品質，確保讀者與作者皆能拿到令他們滿意的成品。

雖然過程中有三次校稿的程序，並不代表作者端便擁有三次修改稿件的機會。如此安排是為能逐漸解決稿件內的問題，每個校次有各自需要注重的地方，若稿件不斷修改，便會打亂稿件進度，無法順利完成把關與調整。

（五）封面

雖說是封面設計，但內容是包含書背、封面、封底的展頁設計。萬卷樓的封面設計是外包，編輯需與設計者協調溝通，討論出一個令眾人滿意的設計。

（六）印刷

此部分需要決定的項目有：「封面用紙」、「內頁用紙」、「裝飾用紙」、「裝訂方式」、「加工樣式」、「印刷工序」、「印刷估價」，再進行最後正式印刷。封面用紙可根據書本身的屬性決定，而內頁用紙的材質可能影響書後續的保存狀態。其中書背還可分平背與圓背，裝訂則分為膠裝與線裝、平裝及精裝，精裝還有硬殼精裝和軟殼精裝之分。

（七）發行

發行包含出版後續的行銷、物流、倉儲、會計等項目。

五　出版成本——錢都去哪了？

成本的支出，基本上用於製作費（排版、打字、設計、稿費等）、印刷費（掃描印刷、裝訂配送）、庫存費、行銷費（文宣印製、舉辦活動）及其他隱性成本（員工薪水、房租水電等）。

這些成本在在影響一本書的定價，其中的要點也隱藏了一些眉角。通常定價為書頁的張數乘上一個倍數，例如一點四或一點二，而專業類書籍的倍數可以稍高，因此類書籍的讀者有需求，價格對銷量不會有嚴重影響。反之，一般類的書籍定價則不可過高。另外，為了方便日後打折，價格的十位數字宜調為偶數。部分主事者會盡量避開民間避諱的數字以求吉利。

至於印刷成本的計算，為總頁數除以二再乘以零點七，做為概算的基準。而成本與定價的平衡上，成本大約佔定價的百分之二十至三十。原則上，不超過百分之三十為宜。

實習時，晏瑞老師提供了一本反面教材給我們。那本書定價只有新臺幣八十元。這樣低的定價，並不會因為便宜而使銷量大幅增加，反而不符成本，而造成虧損。只要讓消費者覺得購買比自行拿去影印還划算，這樣就不用太擔心。

所以，一本書從無到有，需花費很多人力、成本。銷售過程中經過經銷商、分銷商、店頭門市等層層分潤，面對各環節的銷售，為了維持出版社的生存，成本的估算就更是不能馬虎了。

六　版稅——賣書可以發大財嗎？

（一）版費與版稅率

版稅，也稱為版費，即著作人把著作物委託發行人出版，按印刷或銷售的數量，照定價按一定比例抽取的酬勞金，也可以直接理解成著作授權的使用費。出版社將他人的著作拿去營利，所得的利潤按合約分給創作者。

計算方式為：圖書定價×圖書印數或銷量×版稅率

所謂版稅率，則是圖書定價所乘的「百分比」。它的大小反映版稅標準的高低，一般文學性著作多在百分之六到十之間，但主要仍依照市場規則進行調整。

（二）支付與結算

支付分成「買斷制」跟「結算制」。前者一次性結算版稅，後者依印刷量或銷售量結算版稅。

買斷制依照時間的限制，可分為「永久買斷」及「限期買斷」。這對出版社來說，可控制授權成本，卻要承擔初期成本風險；對作者而言無法享受分潤好處，卻無需承擔後續銷售風險。

結算制，可分為印量結或銷售結。依印刷量結算的優點是結算清楚，出版社可議到較低的版稅率，出版景氣較佳時，可能採用此種方式；若依銷售量結算，則易在出版景氣不佳時，成為出版社避險的工具。因風險多由作者承擔，若非強勢性的作者或作品否則多以此種方式簽訂版稅契約。

「預付版稅」也是一種折衷辦法。為了顧及雙方的公平與利益，圖書在一般情況下，出版者須於正式出版前，將版稅一部分支付給作者，這部分版稅稱為「預付版稅」。計算方式：「預估定價×預估印量或銷量×版稅率×50%」而剩下的未付版稅，則又可透過印量結或銷量結來處理，並於超過預付版稅後，支付後續費用！

七　新思維及新科技

（一）數位印刷新技術

印刷分為傳統印刷以及數位印刷兩類。數位印刷不須經歷出網片、校對、製版、校準調色等過程，印刷過程簡單很多，可大量節省時間。然而，此模式不宜大量印製，其印出的顏色也僅限於四色彩印，不若傳統印刷有六色到八色彩印，價格也較昂貴。總而言之，傳統與新型技術兩者各有優缺點，應善加應用！

（二）新思維

傳統的圖書產銷模式複雜，需經多手才能將產品送交消費者手中，其中也不免被層層剝削。現今利用網路行銷，可以僅通過出版社或創作者、印刷廠及客戶間三方便達到製作行銷的總體目標。

八　實習心得

到萬卷樓實習著實是一個寶貴的經驗，我在實習現場經手的工作多與編輯有關。從一開始接手真理大學校刊時的不知所措，到進行席輝老師的校潤稿，再到兩次對紅《逸盧詩詞文集鈔註釋》、《博雅茶藝　至善入門》、《臺灣當代文學大事紀》，然後是整理范增平老師的《兩岸茶人，相聚太美》，以及感動人心的《你是誰啊》一書。期間我經手了不少作品，一步步深入編輯流程中的各個環節。實習時，晏瑞老師也傳授了許多課堂上未提及的額外知識，內容甚至比課堂所學更為豐富，令我印象深刻。實習結束後，我對於編輯這項工作不敢說充分掌握，但藉由這次實習，我對於編輯工作獲得了一定程度的熟悉及理解。

作者簡介

尤汶萱，新北市人，畢業於臺北市立松山高級中學，目前就讀國立臺灣師範大學國文學系三年級。興趣是看電影、動漫、小說、學習日文，以及健身。由於興趣過於廣泛，目前正煩惱要如何將興趣與職業結合。最喜歡的作者是龍應台女士。推崇不以華麗的詞藻推砌，用平易卻保有內涵的文字，加上深沉卻又空靈的語調，直觸人心最柔軟的一隅。文學便是引起共鳴的存在。

心嚮往之，與出版產業的邂逅

吳秉容
國立臺灣師範大學國文學系

一 前言

閒暇時我喜歡到書店走走，看近期有什麼新書，並觀察書籍的封面設計、目錄簡介和內容排版等，因此我對於出版產業的真實樣貌、編輯的工作日常與一本書從無到有的過程，充滿著好奇與想像。這學期，透過張晏瑞老師所開設的「出版實務產業實習」這門課，我得以一探其中奧秘。

晏瑞老師用心的規畫課程內容與實習活動，課堂上詳盡解說圖書出版產業的現況與發展、新技術的運用、出版新思維、版稅合約與版權交易等重要概念，並引導我們撰寫履歷、改寫企畫書與認識職場相關禮儀，同時在實習活動中不藏私地分享產業運作實際情況，一步一步引領我們進入出版產業並參與其中。於是懷抱著感激與期待的心情，我開始了我的編輯奇幻之旅。

二　出版起源與發展

廣義的出版指將作品公諸於眾的行為，那為何使用「出版」一詞呢？因為出版書籍都需透過製版的方式，唐代盛行雕版印刷的方式，透過雕刻木板，印刷製作書籍，因謂之出版。而出版產業就是以出版為主的生產、銷售的行業。

早期書籍型態多為甲骨、鐘鼎、石碑、簡牘與絲帛，紙質文獻一直到東漢和帝蔡倫造紙後才產生，而印刷方面的發展，從唐代雕版印刷術，到北宋活字版印刷術，印刷術的進步，到明代以後，私家刻書才逐漸興起。一直到民國初年，私人出版才開始蓬勃發展。在此之前主要是官方刻書的時代，私人出版多以宗教為主。

一九六〇年代到一九九〇年代，隨著印刷技術的進步、圖書出版的發展與教育的普及，使臺灣的出版產業歷經一段極為興盛的時期。一九九〇年後，網際網路興起，邁向數位化時代的同時，也造成書籍載體的改變。電腦與網路的發展，使知識的來源不再受限於紙本，人人都能從網路當中獲得源源不絕的資訊；作者不再需要仰賴出版社的協助，便能藉由個人語意發展平臺，將創作公諸於世；少子化的浪潮，新的閱讀人口未能產生，導致紙本書籍的需求銳減。種種因素皆讓以出版紙本書為主的出版產業，面臨巨大的衝擊與挑戰。

三　臺灣出版產業的現況與轉型

面對來勢洶洶的數位化時代，以下茲舉三例臺灣圖書出版發行所面臨的困境。其一為國內市場持續萎縮，而海外市場開發有限；其二為傳統印刷鋪貨，大量庫存累積，造成隱性成本提高；三為營業規模太小，無法對通路產生一定程度的影響，面對議價談判時不具優勢。

首先就國內市場持續萎縮，而海外市場開發有限這個問題來討論。臺灣和大陸同為華文國家，面對大陸龐大的市場，臺灣出版產業自然也希望參與其中。先就臺灣和大陸出版產業不同之處探討。晏瑞老師在課堂中曾提到，臺灣是一個言論自由的國家，出版圖書無須經過審查；大陸則嚴格管制言論，民間不能自行成立出版社，僅能成立企畫公司和出版社合作出版。且大陸的出版社皆為國營，全大陸僅六百多間出版社，一年所出版的書籍比臺灣還少。大陸出版社會負責審查的工作，而進行審查的關鍵就在於控制「書號」的發放，所有公開出版發行的書都必須申請書號。在大陸，每年發放的書號數量有限，且只有國營出版社才有資格申請，因此作家想出版書籍常常得託關係聯繫並提前和出版社洽談。不僅如此，由於書號有限，物以稀為貴，書號成為一種商品，價格水漲船高。由此可知，大陸和臺灣的出版生態差異極大。大陸的出版產業有政府在背後支持，且出版社與企畫公司之間還有「賣書號」的合作關係，因此其出版產業可謂「永遠的朝陽產業」。

臺灣若想要出口書籍到大陸，主要的管道是透過大陸的出版社出版，由大陸出版社直接和臺灣出版社或作者簽約，按照一般程序在大陸出版。此過程中會遭遇層層審查，常有被迫讓大陸方面無條件刪改的情事發生，甚至遲遲無法通過審查，直到出版社最終無奈，自主放棄。以上都是臺灣出口書籍到大陸會面臨的問題。加上之前大陸禁止臺灣鳳梨進口，以及最近禁止臺灣釋迦、蓮霧等水果的進口，甚至連一些水產、酒類也無法進口。這些問題，又何嘗不可能發生在圖書出版產業上？如果發生的話，該怎麼辦？我認為不能把雞蛋都放在同一個籃子裡，要尋求專業的翻譯人才，更多的去開發鄰近國家如日本、韓國等地的市場，甚至往更遠的國家如歐美市場發展，建立更多元的銷售管道，避免被單一管道所限制。

其次就傳統印刷鋪貨，大量庫存累積這個問題來討論。傳統印刷方式會造成庫存累積的問題，使倉儲、運費等隱性成本增加。傳統印刷需要製版，需要印製較多的數量才有辦法平衡成本。但這在閱讀與買書人口減少的情況下，就面臨書籍銷售不完的困境，造成退書率提高，庫存大量累積，進而導致倉儲費用增加。這個現象對於出版產業的生存著實雪上加霜，因此老師曾在課堂上表示，數位印刷的導入與轉型對於出版社而言是必要的。

數位印刷又名無版印刷，以電腦進行作業，僅需數位檔案，就可以按需印刷方式生產，不須製版增加印製成本及工時。故雖然數位印刷的單價較高，但印刷數量減少，則總價低，能夠降低新書出版成本，同時有效控制庫存，一舉兩得。

就最後一個問題來討論。許多人認為書籍扣除給予作者的版稅後，剩餘皆屬出版社的獲利，其實不然。印刷前的隱性成本包含編輯薪水、辦公室水電、租金等，以及製作費像是美編、設計師、插畫家的設計費與稿費；印刷中的印製費包含掃描、印刷、紙張、裝訂、配送等費用；印刷後的行銷費與庫存費等。將這些零零總總的費用與版稅扣除後，剩下就屬出版社的獲利了嗎？依然不是。通路向出版社進書通常是以定價的五至六折進貨，甚至更低。當分銷的層次越多，各環節的獲利就越少，加上出版社營業規模較小，議價權掌握在其他通路手中，出版社面對議價談判時並不具有優勢。因此如何減少分銷層次，將書籍直接賣給消費者，成為了出版社可以思考的地方。

我認為應積極打造專屬於出版社的網路行銷平臺，以較低的折扣和快速方便的物流運輸，吸引消費者直接向出版社購買書籍，形成出版銷售一條龍的模式，提高銷售獲利。此外，再結合數位出版，也就是電子書，轉換紙本圖書需求，打造更多元的出版模式。

四　一本書的誕生

探討完出版起源與發展、臺灣出版產業的現況與轉型等嚴肅的議題，接下來我想闡述一本書從無到有的過程。這其中經歷無數人的努力與付出，才有了我們手中書籍的完整面貌。

出版企畫是一本書的起點。編輯首先要決定出什麼樣的書，負責策畫書籍的主題、書系、讀者群與風格等。接著向作家邀稿。若無明確對象，則以徵稿的方式進行。最後和作家簽約，並決定定價、印量等。

談及簽約，版稅自然是其中一個要點。版稅，又稱作「版費」或「授權金」。意即著作人把著作物品委託發行人出版，每次按出版或銷售的數量，照定價或實價抽取的酬金。除抽版稅者外，另有賣斷者，即稿費一次付清，日後銷售量如何皆與作者無關。由此可知，版稅的支付方式分為買斷制和結算制兩種。

出版社簽約後，俟作家稿件完成，將送至排版廠進行排版。首先是排版樣張的確認，可先找與內心想法相近的版面，與排版人員做具象化的溝通，以方便樣張的設計與調整。確認樣張後，才進行整本書正式的排版。

排版完成後，排版廠將稿件送回出版社進行編輯工作。

校對時應留意大架構，確認內文標題層次與表格文字等，再進行正文文稿的校對。校對工作的目的有二，一是校異同，保證排版稿與原稿完全一致，又稱死校，沒有潤稿的空間；二是校是非，發現原稿中的錯漏之處，並進行改正，又稱活校。現行多以活校為主，因身處數位時代，作者的稿件多以電子檔的形式呈現，排版稿的文字基本上和打字稿是一致的，因此校對除了堅守對「原稿」負責的想法外，也要留意原稿本身的錯誤。

一校後送回排版廠進行修改，修改好後再送回出版社進行對紅。對紅，又稱作「核紅」、「覆紅」，主要目的是確認前一校次校對的樣稿中的標記，是否在排版廠修改的過程中，有落實修正的工作，並且修正正確。

對紅後進行第二次校對。此時可將稿件傳給作者進行進一步確認，避免有誤解或錯漏之處。作者看完後，再交由排版廠進行修改，最後送回出版社進行對紅。二校對紅後將稿件送給排版廠修改，回來進行三校，再進行第三次對紅。三校結束，最後則是清樣，同時申請國際書號。點校表皆確認完成後則開始印刷。印刷完成後，接著就可以發行。一本書按照正常流程，三個月內可以出版，但如果遇到特殊狀況，時間上也有可能會縮的很短。總而言之，圖書編輯流程是有彈性且可有所取捨的。

五　實習活動

藉由實際到萬卷樓實習六十小時，可以將課程所學的概念與實務相結合。實習的過程中會接觸到不同的工作內容，如打字、校對、謄錄、對紅與撰寫書籍簡介等。雖然不是連續性的按照校對程序去參與每個環節，透過課堂上晏瑞老師系統性的講解，使我對校對的流程有完整的認識，並將之與實習時所做的每項工作相互參照、連結。

每一次的實習都加深了我對於出版的理解。我曾將書面稿件以打字的方式呈現，過程中明白打字以字數計價，關鍵在於速度，因此實際上打字人員並不會幫忙排版，遇到生難字詞無法打出來時，則以墨丁取代，以節省時間。除了打字，我最常接觸的是校對相關的工作，包含一校、二校、三校、謄錄、對紅等。

校對方面，我學習到其內容最主要在於文字上的校對，像是錯別字、簡體字、異體字、脫漏字與衍文字等都需要格外注意，一旦分心就會忽略小細節。當中我也瞭解到一個重要的概念，即校對文字與理解文意二者不可兼顧。校對屬於小範圍的檢索，而閱讀則是大範圍的語句上的理解。進行校對工作時，就不能以平常閱讀的模式去操作，否則就失去校對的意義了。除了文字上的校對，還有語句句法、標點符號、數詞量詞、年代紀年、名詞術語以及版面格式的校對，種類繁多，需審慎面對。

校對工作的步驟是先確認大架構，包括文章題目、作者訊息、標題層次與圖片表格文字等，之後再就正文文稿內容進行校對。從一校到三校，需要修改的部分會越來越少。若越來越多，則說明某個環節出錯或遇到特殊情況。

謄錄方面，我曾將電子檔上校對者標示出的有待修改之文字，重新謄錄成一份清楚的修改稿件；對紅方面，我認為這是校對流程中相對容易卻又不可或缺的步驟。我曾負責《臺灣當代文學辭典》的對紅工作，依照排版回覆的稿件，重新比對校對稿，確認是否完整修改。若校對稿紅筆修改處，排版回覆之稿件也已修改，則將紅筆修改處用鉛筆畫掉表示已修改。若未修改，則以紅筆改正。上述的校對工作需要極高的專注力與耐心，必須慎重的對待每一份稿件，因為它們不僅是作者心血的結晶，也代表著萬卷樓呈現給讀者的成果。

除了校對相關的工作，我覺得比較困難的是撰寫書籍簡介的部分。實習過程中曾撰寫《盈科而進——從鄉土史到澳門歷史文化專題》的書籍簡介，透過晏瑞老師的講解，使我瞭解到撰寫簡介不必然一定要詳盡閱讀完整本書，這樣容易深陷其中。我們可以透過書籍的書名、目錄、大小標題、序文、前言、結語等結構性的部分，概略理解這本書的內容，大致掌握書籍整體的意涵後，再以行銷性的文字加以說明、介紹，提高讀者購買書籍的意願。寫完後，經過晏瑞老師的修改，我瞭解了用語上可如何再進一步修飾，畢竟此為學術書籍，行銷性的用詞點到為止即可。

除了上述的實習工作，令我印象深刻的是因緣際會下參與潘麗珠老師著作《潘麗珠詞學研討之完形理論篇》的校對工作。我曾上過潘麗珠老師所開設的「曲選與習作」課程，加上本身對「詞」十分感興趣，校對時的感觸更深。我主要是負責一校與二校對紅的部分。一校時，由於是學術書籍，主要就文字與格式方面進行修改；二校對紅時發現稿件已送還給作者進行檢視，上面有許多作者發現的錯漏之處，我由此驚覺自己有所疏漏，並暗自警惕。

所謂二校對紅就是檢查一校稿中標示的錯誤，二校稿是否已修改正確。若無，則將一校稿中尚未修改的地方用紅筆標註於二校稿中，二校稿送給排版廠修改後，回到出版社則為三校稿，之後再與二校稿對紅。如此，則距離清樣、印刷出書不遠了！

透過實地實習，出版產業不再只是一個腦海中模糊的印象。我真正瞭解了編輯工作的日常，將想像轉化為真實。課程與實習業已告一段落，由衷感謝晏瑞老師全心的教導，讓我對於出版產業、編輯工作等各方面都有了完整清晰的認識與瞭解，使我們收穫滿滿！

作者簡介

吳秉容，就讀於國立臺灣師範大學國文學系，愛好閱讀、看電影與騎摩托車到各地兜風。喜愛的書籍與電影題材內容不拘，因好奇心強烈、興趣廣泛，任何領域都願意嘗試、一探究竟。除了閱讀和看電影，我由衷喜愛獨自一人，帶上背包，設定好導航，騎著摩托車到不同之處散心，讓靈魂自由的奔馳於天地之間。這使我從平時繁忙的生活中尋得一個宣洩的出口，在過程中找到完美的平衡。

大二就業探險週記

沈尚立
國立臺灣師範大學國文學系

一　初次實習

初來乍到，幾次安排實習時間的波折令我不免緊張。當公寓九樓的電梯門一開，居家式的辦公環境和腦袋裡不知哪來的幻想有所出入，倒是先鬆了口氣。隨著有經驗的同學走入一間擺設簡單的小房間，一張棕色圓桌、兩側堆滿書的書櫃、陽臺疊著錯落的紙箱、幾張黑色塑膠椅。至少，算是為實習生騰出的小小避風港，這裡正是往後辦公的落腳。

在一段無聲的空白後，一位編輯前來，手裡拿著沉甸的小說稿件。他各發給我們張紙，大致講解了注意事項，隨後，轉身離去，一片茫然的眼神在後四顧張望。所幸，紙上提及了編輯最基礎的技能——校對。改正、移除、增補、對調、轉移、接排……，一系列名詞整齊排下，旁有貼心圖示，一名經驗豐富的學姊親切地為我們補充，將厚重的紙堆分成數疊，交付在三人手上，輕了不少卻仍是密密麻麻的字。

這是一份來自香港作家的文稿。在臺灣發行前，編輯們的工作便是挑出在地用語，為其潤飾，才不致作者與讀者理解間產生溝壑。同時，我們如同在農地的母雞，一啄一啄地翻找土壤底的雞母蟲，再用紅筆無情斬殺。旁邊的好友負責整理書庫，兩排書櫃的書忘了回家，他們必須將其一一歸位，看似簡單，實則頗耗心神。首先，要去隔壁房間找尋失蹤名單上的書，找到之後，折返原先的辦公處，對其書號，再緩緩放入書櫃，不得損傷。接著，便是無止盡的來回及起立蹲下，名單上的字已然暈開，老眼昏花卻還有成堆的書等著歸位。談到字，校稿想必是與文字的一場硬仗。起初還算得心應手，越到後邊，眼睛還未力竭，肩膀已然頹倒，僵硬的後背比起山丘更像兩塊大石，牽引著脖子，一路提醒我身體是多麼脆弱，頭陣陣發麻，伴隨突如其來疼痛，卻又不敢隨意伸展，只得咬牙硬撐，投入文學廣闊的大海。

晏瑞老師在這段期間曾進來一次，大體是告訴我們再來會有哪些任務及這份小說的由來。當他問我為何沒先去會見老闆，我才發現上錯了樓，應當先去六樓的櫃檯告知實習生的身分，沒想到我卻逕自上了九樓，甚至安坐在集合實習生的小房間，缺席的同時，還成了公司的異鄉人，鬧出了一齣笑話。不過，也因為如此，原先緊繃的態度得到些許緩解，也趁著這短暫的時間讓肩膀釋放。原來，一名優秀的編輯只有敏銳的文字能力是萬萬不夠的，一雙厚實的肩膀才能在時間的摧折中不致石化。

走出辦公大樓，高掛頭頂的太陽也累了，一身橘黃睡衣沒先前刺眼，下班的我竟有在街上狂奔的錯覺。六點鐘的行人原來一直是這樣疲憊；飲料店的人潮是因為這成了僅存的慰藉，正如同疾馳的車，是多麼迫切返家。然而，我喜歡此刻，在上班時，我是名讀者，卻有權在文字海中尋求錯誤；生為編輯，不得錯殺的同時，又得以浸淫其中，如風雨中的船身，是存於海上抑或海底？搖擺不定的快感衝擊而來，正是那船身的我啊！

下班的我是學生還是實習生？是步向正道還是歧途？現在，晚餐又要吃什麼呢？

二　產業的眼光

星期五下午一點，第二次前往實習，與周邊的同學有更多的接觸，是三位學姊和與我一同前往的兩位朋友，今天，仍是一個適合校稿的日子。

前次的小說校對尚未完成。身為第一校，我們有責任把所有問題揪出來。迷人的小說像是露出長腿的姑娘，誘惑我不時多看幾眼，恍神間才又趕忙背負起檢查文章的使命。不過，仍對內容得出一些結論，有些是描寫親情的不可逆；有幾篇是類似 Margaret Atwood 寫的“Happy Endings”，用同一型式的架構寫出一系列相似卻又有著微小差異的故事，且藉由這樣的差異性寫出迥然不同的結局；還有一些是甜蜜憂傷的愛情故事。由此可以看出作者取材多樣，內容豐富，可惜在一校完後，沒能細讀內容，日後也再無機會一閱。除了校稿外，今天也有不同以往的課程內容。現今出版社看起來總吃力不討好，大家又不愛看書，那為何還會有林林總總的出版社呢？肯定是有它們的賺錢大法。這也是這堂課的主軸，在不景氣的社會下，甚至是疫情肆虐下的臺灣，要如何才能結合出一套高效的營利模式呢？

晏瑞老師侃侃而談，傳統的出版社之所以難以持續在今日經營，很大一部份源自他們的傳統。簡單來說，他們的出書過程繁雜，所費不貲。由出版社至印刷廠，再到倉儲、經銷商、市場，最後才交付給讀者。不僅如此，倘若書售賣狀況不佳，又得一層層推回出版社。除了龐大的成本外，尚要考慮每一環節傷人的剝削，可謂虧上加虧。正因如此，出版社開始思考如何跳脫這樣的惡性循環，也就是創新產銷模式，過程省去冗雜的經銷手續，僅靠出版社、印刷廠、消費者三方經營。如此一來，大大降低了許多不必要的開銷，也騰出更多的時間、精力、空間給予更多書出版的活動範圍，不再囿限於原先的傳統經營模式。

晏瑞老師也強調，尋找藍海市場是獲利不可或缺的一大要素。何謂藍海市場？其實就是一片未經開發的綠地。首先抵達的人便享有一大塊肥沃的耕田，只要努力耕耘便可獲得較大利益，這便是藍海策略。現在的臺灣市場，或許是民風使然，人們常有跟風的行為，消費者之外，更多的是瞧見商機的商人；然而，他們缺乏長遠視野，全體一致投入同質性高的商品中。如此一來，反倒供過於求，變得隨處可見，不僅降低了商品之多元性，也損及了自身的利益，需耗費大量的心神才能在眾多競爭者中脫穎而出，可又往往在日後輕易的被取代。他們像是夸父那般逐日，而後紛紛在太陽面前渴死，不禁可憐也令人無從同情，這是作為一個商家應極盡避免的。

讓我印象最深刻的是，如何提高一本書的價值？晏瑞老師那時拿了一本毛邊本，表情神秘的讓每個人翻閱。那時的我心想這大概類似於殘缺品或報廢品這類不足以放上架的書，竟是商場中的搶手貨。晏瑞老師這才緩緩道來，炒價的奧秘。

物以稀為貴。當人們爭著賣書，大家的內容若是大同小異，噱頭便是一門學問了。當書塗上一抹金黃，亮麗的金箔撒在書側；若作者的簽名在書名頁出現；還是一套套精裝本浩浩蕩蕩地放在一塊，書是否變得可口不少呢？人要穿搭書要裝，美美的封面總能換來多一點好感，聽來只能說無比諷刺而現實啊！當書多了一筆裝飾的巧思，它終究成了嗜書者的愛妾，收藏家的寵兒。定價提高一倍，究竟改變了什麼？大概只有那些好虛榮的消費者能為我們解釋一二了。

看著晏瑞老師得意的微笑，說：「只有創造話題性的商品，才能為產品加值，帶來更高的獲利！」只能說姜太公釣出一條條肥魚。不過，這樣也好。在往後的日子裡，我或許也能繼續安穩的工作，不只星期五的午後。

三　見證出版的書

禮拜五到了，最近雨天頻繁，往來的路上總是濕滑。多了一分倦意，寒意也悄悄的降臨臺北。猶豫著是否攜帶筆電，最後還是順從的扛上了肩。

今天的稿子換了，內容也變了，講述起臺灣文學的紛爭歷程，一本吵架的史書。作者是古遠清，一位臺港的文學史學者。這次是三校，與一校不同的是，內容不再是批改的重點，而是將重心傾向在修改前幾位編輯的修改工作，檢閱是否有疏漏或是需改動的格式，原本預期將一路工作至六點，中間卻出了小插曲。

晏瑞老師請我去六樓與老闆見一面。六樓的書櫃遠比九樓多，像是一間小型書店。再往深處走會有兩間房，裡面是一些未見過的編輯們，通常老闆在這出沒。他們表情凝重，比起先前不免有些緊張。禮貌性地告知身分後，沒見到老闆，反倒被分配其他項目。有些書櫃旁的箱子裝滿萬卷樓、非萬卷樓的書，我和學姊必須將其分類，並放置在架上。分類是件輕鬆的事，但一套封膜的書隨即教訓了我。數百頁成一書，六十本成一套，二套成三箱，而我負責將它們一一排序，在擁擠的書架上。那天天涼，結束卻出了身汗，封膜的塑膠摩擦力大的煩人，每層多一本都是草原大遷徙式的挪動，真是折騰！只是起初的目的也達成了一半，在我們來來回回的過程中，老闆經過時關心了幾句，這也是來實習後我的第一次和最後一次，與老闆的見面。除了整理書箱外，今天也見證了書出版的最終階段。

說到最終階段，一本即將出版的書，往往代表它歷練了無數，校對、作者協商、封面、排版、印刷、書號確認，缺一不可。過程中未必一帆風順，有時也會風風雨雨。若寫書對作者而言是門藝術，那出書必然是一樁醜陋卻不可避免的俗事。一場成功的協商往往是困難的，並非是出版社或作者存心愛錢，而是雙方理解並未在同一條水平。作者認為百分之十的版稅意味出版社狠削九成，自然不願輕易點頭。但出書有其不可避免的成本，就算再縮減經銷通路的出版社都逃不過印刷廠、設計費、排版費、人事成本這類開銷，出版社當然也不會輕易退下陣腳。僵持的局面往往需要點潤滑，如何創造雙贏，貴在過程中的人情世故、八面玲瓏，這是空談卻只能如此，畢竟沒有必勝的生意。一張如蓮的口舌，往往勝過強硬的手腕和背景。書是出版社的生意，也是作者的飯碗，兩邊自然想在碗裡多裝點米。無奈的是，飯總是有限的，是拜把兄弟兩肋插刀還是永世不相往來，就在這談判中落定。

聽畢一系列商場策略，有太多可以思索的地方了。倦意和現實的酸臭味都近了，回家路上無力與朋友談笑，或許哪天，我們都將看向同樣俗濫的天空，成為那同樣俗濫的人啊……

四　對紅、包書、布展

今天是個要上班的日子，也是個不同以往校對的日子。對紅，是我們的新任務。什麼是對紅？其實類似校稿，不過是成了兩份稿件的比對。一份是排版出來的修改版稿件，一份是經歷三校、布滿紅筆畫痕的文稿，這樣的比對目的在於確定先前之錯誤有如期改正，日後才能安心成書。這工作相比一校三校，真可以說沉悶至極，又絕不能輕易掠過的一環。一頁翻過一頁，眼皮一層重過一層，速度比起一校無疑是快了，但時間似乎忘了挪動，數頁過去仍停在原地打瞌睡，苦著我們這些實習的小工人了。所幸，過不久晏瑞老師前來詢問外務，那大概是我求學階段從未有過的踴躍表現，於是乎，我又來到六樓。

這次的目標是包書。簡單來說，如何把同系列的書放進紙箱。首先，海內海外有著不一樣的形式。海內只需將書本橫放疊高，若有必要，將書背朝下以免書頁折損，裝完後再置入填充物、封箱即可。海外尚需額外一步驟，編輯領我們到一座機臺，它負責為特別選過較硬的紙箱上打包繩。過程是將紙箱平放至機器上的平臺，將打包繩從紙箱上頭越過，直至底下負責連結的機關，只需接上，啪一聲便能見其固定，這道程序共要重複四次，在箱子上成一個井字即可，且縱橫交錯。如此一來除了能多一層保護，也能成為移動的好幫手，只需如提手提袋那樣拿起穩固的線，即可不必費力蹲下扛起，是頗具巧思的發明。

今天確實是個不同以往的日子，我們加班，為了布展。第九屆兩岸文化發展論壇，一個聽來甚是浩大的活動。這是由萬卷樓和福建師範大學、世新大學等單位聯合舉辦，在系上的的語文視聽室進行。萬卷樓藉由這個機會，進行贈書活動。出發前，我們開了個迷你會議，大概講述我們該做什麼，一行人便浩浩蕩蕩出發了。當時的場景，像極了晏瑞老師帶著一群孩子進行校外教學，也算是這場實習的特殊活動。

到了現場，我們在誠正勤樸樓中企圖為訪客標示出最清楚的路線圖，爾後決定於電梯、門口、大樓入口貼上告示。如此一來，只要走進建築物，就能遵循道路一路直達視聽室。回到視聽室後，我們也開始擺書和掛紅色布條。雖說這也是工作內容，大家有說有笑，和樂融融，可能是接近下班的緣故，比起小房間，在這空間心境開闊，自然輕鬆許多。

五　重複

今天是個晚下班的日子，結束時天色已晚，不過心情卻意外地愉悅，或許今天是個特別的日子吧！

在更後來的實習，內容上已無太多翻新，像回到崗位的士兵，拾起手邊的筆，開始校五花八門的稿。不過最近方才又接觸新的形式——死校，因內容講究學術，編輯不宜潤飾，以免誤改古字及其專業。這次手邊的稿子出於一名八、九十歲的老教授，他竟用作文稿紙手寫出十幾卷的內容，且不只一遍的翻閱、修改。書的主題為研究各朝的經學研究相關史料，立志由先秦論至民國，真不得不佩服作者的毅力及對學術的熱愛。只是對於編輯者，其實也是有些頭痛。手寫稿的辨識度不比打字稿，有時真需要細細斟酌方能探查作者原意，這成了另一番體驗。

六　結語

若要總結這學期的課程，我認為是修得有些過早了。如今大二，同學多是大三、大四的學長姊，他們對未來有相當的急迫性，實習所學能立即應用於實戰。反而我區區大二，怎麼說也要再過兩年，恐怕那時又得重新來過，如此一想，不免生了擔憂。晏瑞老師介紹印刷廠的工作亦同，如此寶貴的工作機會，卻只能眼睜著看它流逝，實在可惜！但提早修這門課也是有好處的。大二是個掙扎的年紀，國文學系究竟是走向老師還是編輯，我反覆猶疑著。這次的實習機會，讓我得以一窺出版社的運行，與自己所想差異頗大，可以說是不枉此學分了。況且，晏瑞老師在課程中，不停講述有關職場道德、禮儀，還有商場談判的實例，相信這在往後也是亟需培養的能力。這門課確實帶給我豐富的經驗，我便當它是一場澆灌我的旅程。或許未來，成了我人生方向的契機，孰能知呢？

作者簡介

沈尚立，就讀於臺灣師範大學國文學系。喜歡看書，對出版產業抱有好奇心，也因此瞭解並喜歡上一本書的誕生。目前大二，正在努力學習中。

兒童看什麼——未來兒童實習心得

林佳蓉
國立臺灣師範大學國文學系

一　前言

「兒童文學應具備什麼特質？」實習期間，這個問題一直困擾著我。在一間目標受眾為兒童的雜誌編輯部門實習，這是一個很重要的課題。未來我希望在兒童出版產業工作，但真正實習之後，才知道這個問題並不像課堂上說的這麼簡單。

二　兒童出版的動機

大學一年級：一個尚不瞭解自己所學，也不太清楚自己的志向的時期。很幸運地，我在一堂外系的課中找到了自己的興趣，這也成為我未來學習的一大目標。那堂課是表演學位學程所開設的兒童劇場課，教導了許多與兒童藝文展演相關的事情，也有提及兒童文學。一次課堂上，老師分享了幾本繪本。其中兩本，一本來自德國、一本來自日本，主題皆圍繞著生命教育。看完這兩冊繪本後，我對兒童文學的觀感有了很大的轉變。

從古至今，死亡這個議題一向是避諱不談的，其中有人們對死亡這件事的恐懼的因素。因為無從解釋，面對年幼的孩童，我們不知該用何種方式讓他們理解死亡的意義，最終便以「你以後就知道了」敷衍了事。然而，死亡實際上存在我們的生活之中，並非避開就不存在。這兩本繪本建立在兩個不同文化基礎上，以各自的方式讓孩子理解「死亡」的意涵。面對生離死別時，孩子可以怎麼紓解自己的情緒，並正向的看待這件事。一個原先不知該如何解釋給兒童的議題，卻可以用這種幽默與輕鬆兼備的方式傳達，這就是童書的魅力。

透過寥寥數語，搭配上圖畫，竟可引介給兒童如此艱澀的議題。自那堂課起，我深深迷上了兒童文學。兒童期的教育對一個人影響深遠，能藉由一本書帶給兒童新知，會是一件多麼幸福而重要的事情呢！

三　手忙腳亂促成的意外

開始找實習後，真是一陣手忙腳亂。

起初，我找了三家觀望已久的童書出版社，並為三者量身打造了我的自傳內容：以童書出版為主的出版社，就以我對童書的喜愛為主，展現我對兒童出版的興趣；以面向成人為主的出版社，則以我對於編輯產業興趣為寫作方向，表示我想成為編輯的志向。

與找工作不同，找實習必須一次次地打電話詢問出版社的人資部，不斷地自我推銷、自我介紹，等待對方的回應。如果被無情拒絕，就得趕快調適心情，繼續鼓起勇氣推銷自己；就算出版社沒有拒絕，寄出履歷後又要苦苦等著對方的回信，還得再次確認自己的信對方收到與否。印象中，我打了不下二十通的推銷電話，這樣來回的過程也重複了不知多少次，實在是一段令人心力交瘁的過程。

歷經了前十幾家出版社的拒絕及杳無音信後，我在圖書館找到一本自己小時候看過的書：《三個小魔女故事書》。查到這本書的出版社後，我便嘗試聯繫遠見天下文化，詢問是否能在其編輯部實習。

通話完並將履歷寄出後的兩個小時以內，出乎意料的，遠見天下文化旗下未來兒童雜誌部門的總編輯很快的回信給我，詢問我是否有意願去未來兒童的編輯部實習。

最初，我想實習的部門其實是小天下出版，其出版業務主要涵蓋童書，更符合我初始的規畫；收到總編的來信後，因為與原先想找的童書出版不同，我猶豫了許久。後來我想起了大一、大二時，因為課程作業，曾與同學們一同編撰文學選集，也曾自己獨力完成一篇古典散文集。在這之前，我並無編輯選集或雜誌等書籍的經驗。這對我而言是一個全新的經驗。雖然過程很麻煩，也因為沒有經驗而多次感到困難，但編輯時的新奇、有趣，以及完成成品後的滿足感，著實無法與過程中的不便比擬。因此，多方考量後，我決定答應總編。

四　實習 START

正式開始實習是十月七號。剛到辦公室時，總編先讓一位同事跟我介紹整體工作內容。我原以為，製作一本雜誌時，文編、美編、企編各司其職，每個人就像一條鍊子一樣，工作內容會是串起來的。不過在實際聽了同事講解後，才知道自己對於編輯的工作內容有許多誤會。在進入實際工作場域前，我是如此設想這三個編輯的工作內容的：

企編負責提供企畫的點子，文編負責寫出內文，美編則負責將內文與圖片設計出一個版面，企編則是兩者之間的橋樑，從頭跟完這個企畫。

不過實際上，與預想不同，文編實際上有時會同時兼任企編，工作內容也比想像中多。除了寫文章，倘若文編同時身為企編，他還需要設計版面、設想內容，插畫家、美編也是由他去聯繫。而美編則負責落板，他會將文字與圖片入版，假如校對後發現有錯字或需要修改的地方，也是由美編進行修正。

除了關於工作內容之外，以下這件事也令我相當意外。在介紹到美編時，同事告訴我美編都會是找外包的工作室或企編自己另外找適合的美編。在上課時，晏瑞老師曾說到關於工作外包的現象；我原本認為規模較小的出版社才會需要找外包人員，沒想到這已是一個如此普遍的現象。因此，我能更瞭解到，晏瑞老師在課堂中提及的出版業發展現況。

五　後製週

第二次進辦公室實習時，剛好碰到他們的「後製週」。所謂「後製週」，是未來兒童及未來少年兩組的編輯部最忙的一週，如同名字中提到的「後製」二字，這一週實際上就是指稿件交付印刷廠送印的前一週。因此，在這週所有編輯、總編、總監都會需要一同輪流校對下個月雜誌的稿件，檢查有沒有之前沒注意到的失誤。

在我實習的期間，我只有參與到這一次後製週，因此有校對到十一月出刊的兩份雜誌內文。以前，自己在編輯雜誌時，我們的校對僅限於錯字檢查，偶爾再加上確認版面有沒有什麼影響閱讀的地方，但此次的校對經驗與之前相當不一樣。未來兒童與未來少年雜誌的內文除了其中有一些專門留給故事、漫畫的專欄，其他專欄主要都是知識導向的內容，因此在校對時，除了檢查錯字之外，校對者也需要去檢驗文章中的知識點是否有誤，以防有錯。檢查完知識點無誤後，接下來則是要校對語句是否通順。由於雜誌的受眾並非成人，在文章的用語、語氣及語句都需要配合讀者的年齡進行撰寫，所以除了錯字跟注音之外，也可以試想兒童閱讀時，是否會有理解上的問題，能更好的幫助自己校對語句。

而除了內文文字之外，由於這兩份雜誌皆是與插畫家、美編合作，繪製插畫及版面，故校對時需要注意整體版面、檢查顏色、圖文是否有相呼應等等。校對整體版面中，有一個我認為相當困難的事項——圖文比。總編與總監在告訴我有關校對工作的注意事項時，曾跟我說：校對中較為困難的就是圖文比，需要經驗累積才能敏銳地找到比例的問題；因為雜誌是給年齡層較低的兒童及少年閱讀，圖畫所佔比例較一般雜誌更高，檢查時也需要更注意插畫大小與文字之間的比例是否恰當，而其位置、配色又是否容易合宜。正如總編與總監所說，校對過程中，圖文比是我最不知從何校對起的一道難題，不過由於校對的稿件上已有其他同事校對過的痕跡，所以我可以參考他人的作法，學習校對的技巧。

六　千奇百怪商店

實習開始前，我曾與總編、總監面談。當時，總編說過於實習期間，會讓我負責一個專欄的撰寫，讓我先試著想想看專欄的主題。我負責的專欄是《未來兒童雜誌》的〈千奇百怪商店〉。這個專欄以遊戲的方式進行，每一期會選擇一件我們於日常生活中常見的物品，展示此物從古至今的沿革，又或是現存的各種不同型態，並介紹其文化意涵及科普知識。在閱讀時，兒童可以觀覽散佈在版面上的圖片，再對照文字簡介中提及的特徵，將對應的圖片與解說搭配，找到圖中物品的名稱。

跟總編、總監討論決定出此次專欄的主題後，我便正式開始寫作了。剛開始寫作時，我很難抓準在這麼短的文章中，究竟應該要放哪些知識點、又有哪些不應該放進去。由於〈千奇百怪商店〉的篇幅中圖片佔比居多，因此每個物品的簡介都只能有短短五十到九十字以內；看起來字數好像很多，但實際寫起來才發現，在這樣的篇幅中，能寫的內容真的不多，以至於我一開始總是會超出字數。

後來與總編、總監開會時，總編與總監給予了我一些意見：選擇介紹的物品，需要有足夠的特別性，讓兒童看過一次就被吸引，會產生深入瞭解的興趣；而簡介文字中，希望可以更加著重於物品的文化意涵、歷史背景，又或是自然知識等等，總之就是希望要表達出我們為何選擇這件物品，它是否有什麼特別之處，讓兒童在閱讀時會願意瞭解。總編說，這就是他們希望可以在這篇專欄中，讓兒童能學習到的東西。

我個人認為，讓我學習到最多的一場會議，是一次單獨與總監討論我的寫作方向。那次會議前，我其實已經大致寫好我的稿件，也已經完成初步的排版；雖然大致完成了，反覆檢查時依舊會覺得有點可惜，但又不知道該從何修改。

討論時，總監精準點出我覺得有缺憾的點——文化意涵與科普知識的平衡。由於我所選的兩篇主題，一是與各國文化有關，二是與歷史有關，我自己在寫作很難選擇應該放入更多的科普知識還是文化背景。我一開始覺得，在短短一百字以內，要完整地講述一個歷史故事是不可能的，所以我偏重於寫科普知識；但又很可惜於不能傳達這些物品背後蘊含的文化。總監當時提醒我，寫作目的應該是要傳達那些我覺得重要的事情。一段歷史故事中，我需要將最精華的片段擷取出，讓兒童吸收；而其他不重要的，就可以省去。

此外，總監也談及我的用詞遣字。身為成年人，我對於閱讀文字已經很習慣了，不會覺得讀很多字令人疲倦，也不覺得閱讀專有名詞困難；但我卻忘記，小朋友擁有的先備知識、認字量跟心智成熟度都跟我不同，我在寫作時應該假設自己就是五到八歲的兒童讀者，從他們的視角出發，才能寫出適合他們的讀物。

聽取了總監的意見，我的寫作方向有了很大的修改。我將許多專有名詞、地名、時間等都刪去，改成用小朋友的詞彙去解釋；此外，我的文章主旨也改為分享物品的文化意涵，並且試著節選出最精華的片段。雖然修改了很多次，但看到最後定稿後，心中的滿足感讓我覺得，前面的辛苦是值得的。

七　Meeting 美編

在與總監討論寫稿方向的會議快要結束時，總監提及了隔週，也就是十一月二十一日（星期一），編輯們會有一場與美編的會議，要討論關於版面設計的一些問題。

於實習期間，由於美編皆是外包，我並未有機會實際與美編見面討論排版。總監表示，如果我有時間、興趣的話，可以一起參加會議；來開會的美編都是經驗相當豐富的，可以學習很多。

會議的主題關於什麼是好的圖解。美編以多種雜誌版面為例，講解如何可以用簡單易懂的圖片，代替一些冗長的文字敘述。由於雜誌的讀者多為年幼的兒童，而兒童多為視覺導向，如果可以用插畫講解一些難以想像或理解的知識，是否能省去文字的解釋，將有限的字數留給別的內容呢？

旁聽完整場會議後，我學到了很多。其中讓我收穫最多的是關於如何將圖與文字搭配。我在寫〈千奇百怪商店〉時，總編與總監曾在開會時跟我說過，圖片應該要找「易於辨認的、有亮點的」但對我而言，很難理解這是什麼意思。在我看來，只要有讀過文字，小朋友要找到對應的圖片並不困難；可是我遺漏了一件事，我能輕易辨認是因為我就是撰寫的人，而且我擁有足夠的先備知識，讓我足以透過敘述就找到答案。兒童們與我不同，他們對於各國文化不像我如此瞭解，而且他們的認字量也較少，如果我寫得太複雜他們反而會看不懂。

回歸這個問題：「兒童文學應具備什麼特質？」雖然這個問題我尚沒有正確答案，但在經過幾場會議與實際操作後，我開始掌握兒童導向文章的寫作技巧。這對我而言已是莫大的收穫了。

八　心得

整個實習期結束後，我總共寫了兩篇〈千奇百怪商店〉。雖然學校課業比想像中繁重許多，實習過程中時常感到很疲倦，同時兩篇文稿也反覆修改了很多次；但在結束後去回顧這段過程，我依舊感到很滿足。

雜誌社編輯是一個對我而言較為陌生的職業，我一直覺得這個工作由讀設計相關的人從事更適合，並沒特別想過要入此行；但在經過這次實習後，我不但學習到許多編輯相關的事務，還有機會去開拓一個並不熟悉的領域，自己也從中成長並收穫許多。

寫專欄時，不但可以增加自身的知識，也令我學到了不同的寫作型態。第一次寫專欄，總監和主編都給了我許多幫助，也給予我很多發揮的空間，跟我一同討論、尋找方向。透過這樣的互動，我不但學習到更多實際操作上的技巧，也獲得心靈上的成就與滿足感。

誠如我開頭所說，我抱持著想要進入兒童出版產業工作的心態開始找實習。經歷了實習，我更加確定自己喜歡這個行業。與兒童相關的文字工作充滿了想像力，在進行撰稿時也會為了能帶給兒童更多的新知不斷充實自己。

這次的實習對我而言，除了實務操作上的學習收穫，我在過程中得到很大的樂趣。我相當慶幸自己在一開始決定邁出自己的舒適圈，並且在實習過程中盡全力做到最好。經過了這次實習，我發現了自己更多的潛能，也對於出版產業有了更深的興趣；能透過短短的實習時間，對一個產業產生更多興趣，我認為是在此次實習中，最大的收穫了。

筆者撰稿《未來兒童》十月號〈千奇百怪商店〉內頁

作者簡介

林佳蓉，淡水人，目前是師大國文學系大三學生。喜歡逛各種網拍、收集漂亮的童書，特別喜歡聽音樂。希望能成為童書或兒童雜誌的編輯，目前正在為此努力中。

影視、書籍與出版

鏡花
國立臺灣師範大學國文學系

一　前言

對於工作，最重要的是什麼？影視、書籍與出版三者有何相似、有何不同？現今出版產業究竟正面臨什麼樣的挑戰？有何解決之道？為答諸問，我寫成了這篇文章。

二　不只出版

我們所認知的出版，以圖書出版為主。出版的主要意義，以文字來說，即是將作者費盡心思寫出的文稿交由編輯之手，使原稿得以更完整之姿公諸於眾。書，這一人類在資訊時代來臨前期最有效的知識傳播媒介，及與之相關的出版，從唐、宋，一路延續至今。我們所認知的出版，即是書籍、報章、漫畫等文字與圖像的出版。

隨著新科技的出現與普及，人類步入了新時代，出版的意義與做法，也隨著人類技術的進步而產生變化。一八八八年，隨著《朗德海花園場景》的上映，標誌人類的藝術：舞蹈、音樂、繪畫、雕塑、建築、文學、戲劇，加入了將在未來影響世界的第八藝術：電影。

電影，與文學公諸於眾的方式極為類似。文學作品，是作家先將原稿寫好，交給出版社校對、編輯、印刷；電影，以膠卷來說，則是先將一卷卷的素材拍好，隨後經過沖洗、拷貝毛片、剪接等工序，最後發行，在影院上映。這段「編輯」過程，電影製作中稱為「後期製作」(post-production)。

影視出版，如書籍出版一樣，早年只有少數人能做。首先，電影拍攝需要大量資金；再者，電影製作需要的人力資源極大。這讓影視製作，在電影發明後的很長一段時間中，都不屬於平民百姓。

千禧年之後，隨著電腦走進千家萬戶，一個對影視改變巨大的網路平臺上線了。二〇〇五年，Youtube 公司註冊。它的建立，以及V8、單眼相機攝影、手機攝影機等發明，瞬間改變了影視製作的遊戲規則。人們能更快速的以影片形式分享生活中的一切。

如今，影片製作權利早已不獨屬於大公司。人人都能夠以自己的設備，拍攝影片，將自己的想法、技術、能力公諸於眾。影片的剪接製作，便成為在這個時代想靠影片獲得流量的創作者們，必須學習的技術之一。由此可知，若將出版定義為公之於眾的行為，當代的出版，可不止於書籍而已。

影片的編輯——剪接師，如今扮演的角色，一如書籍的編輯。書籍的編輯者將文本透過自己的技術，編輯成適合閱讀、沒有錯字、排版美觀的書籍，發行上市；影片的後製，將粗糙的毛片，通過剪接師之手，剪輯、上特效、字幕、調色，都是為了讓影片以及傳達思想者能以最好的姿態公諸於眾。

實習期間，我的第一個工作，是針對「金門書展」的影片進行剪接後製。然而，當時的我對於自己的剪接實力，著實很沒有把握。

應當是大一時，我負責拍攝與剪接文學概論課程的期末作業影片。當時只是抱持著「沒有試過剪接，感覺蠻好玩」的心情，再加上下訂了每個月將近千元的 Adobe 全家桶，不想浪費錢，因而接下了第一次的剪接嘗試。由於對整個工作流程及如何製作影片不確定，要顧慮的東西太多，我搞砸了影片。

大三的我，聽到晏瑞老師問誰會剪影片時，第一個舉起了手，這令我感到非常意外。我沒想到自己經歷了影片製作的失敗，還敢斗膽接下如此重要的工作。「但，接就接了，還是要做下去吧。」抱持著這種想法，我從晏瑞老師那接過了灌有毛片的 USB，進行了第二次的影片剪接嘗試。

接到毛片前，我便在網路上搜尋各種合適的剪接影片以及導演教學。我善用空窗期間，不停增進自己操作軟體的能力。接到毛片後，我傻眼了。

懷者忐忑的心情，打開檔案。「這是……什麼東西？」

晏瑞老師給的 USB 中，有無數的照片以及二部分別長達一小時半與四十分鐘的演講影片，一下子感到無所適從。

我盯著電腦，瀏覽了三個小時的素材。翻了下記錄著甲方對於影片要求的筆記本。

「好在素材很多。只要將分鏡按照要求畫出來，再於空白處填上照片，加上聲效、音樂、字幕，應該就可以做出一部還能看的影片吧。」我想……。

幾天後，我順利地按照要求，大致剪出了樣片。看了看，覺得還不錯，便傳給了晏瑞老師過目。

當周下課後，我與晏瑞老師討論起了影片的修改。

「雖然粗剪完了，我不確定要不要把晏瑞老師的教學部分剪進去？」

晏瑞老師說：「教學的部分，也算是活動的一部分。甲方希望盡量呈現人多，反應踴躍的畫面。」

晏瑞老師將影片退到片頭，補了一句：「但還是要留意我的講話內容，不要涉及敏感即可。」

「涉及敏感？」我不解。

晏瑞老師補充說：「因為這是兩岸合作的書展。在製作時，除了考慮影片流暢度等技術面，還須考慮雙方立場，進行調整。」

「原來如此。有必要為了符合對方，而用簡體字嗎？」

晏瑞老師說：「沒有必要。」

晏瑞老師打開了一部影片。那是另一部書展介紹影片。那影片製作，雖然陽春，但特效、字卡製作等技術，是我不會的，高階的技術。

「這部做得不錯。但用簡體字就有些過度了。」

我問：「晏瑞老師是指不要為了迎合對方而刻意把字幕改成簡體字嗎？」

晏瑞老師沒有回答。忽然想起什麼似的，跟我說道：「對了，那邊上層領導認為影片太長了，希望能剪到二分鐘左右。」

之前不是說三分鐘左右的影片就好嗎？我心中如此抱怨。「可是，如果要壓到二分鐘內，恐怕要將段落刪去……」

晏瑞老師接著說：「另外，領導覺得影片不錯，但希望整部影片都是橫向影像，不要有直的。」

「與承辦人討論後，開幕式前的一段，凡是直拍的，包含真理大學的影片、相片，以及總裁與人談話的照片，全部刪掉，改為校園的照片播放。這樣一來，時間應該就能夠減少了。另一方面，作為替代，可以使用真理大學校內的風景照代替。挑漂亮的風景照，但一定要橫的，符合整個影片都是橫拍的。」

我回到宿舍打開電腦，開啟影片專案檔，仔細思考了一番。確實，原先雖想模仿蒙太奇（Montage）、跳切（jump cut）等手法，讓觀看者有隨著鏡頭進入真理大學的第一人稱視角效果，增強參與感。現在看來，似乎沒有也沒差。跳切，在電影敘事語法的使用上，是以一定的邏輯性將不同時空的場景接在一起，讓觀眾有快速經過、同時經歷、省略時空過程的感覺。對於這部影片，用進入校園過程進行跳切，實在有些牽強。想想修改意見，再看看影片，自己粗剪的影片，著實讓人有些無聊。

我將參考意見納入，隨後剪出來的影片，的確相較第一次粗剪更流暢、也更統一。

我帶著新剪好的影片，到了晏瑞老師的辦公室。

「影片我很滿意。對岸承辦人、承辦領導，也很滿意。」

晏瑞老師如是說。

「但因為大陸的出版社都屬於集團公司，要發布一個訊息，都要層層上報。上面領導，提供了以下幾點意見，有勞協助調整。」

我看了看修改意見，一開始著實非常不服氣。「為什麼影片中不能出現四張照片，怎麼現在還如此迷信？這效率根本奇差無比。層層上報、層層意見。如此一來，若有修改意見，必須來來回回，極其複雜。」我開始可以體會到，在大公司中，一件事情層層上報溝通協調過程中的辛苦了。

我回到宿舍，躺在床上，細細的思考整個過程。後來，我意識到這是大陸與臺灣合辦的活動，要考量雙方立場，以及大陸的管理方式與集團化經營的生態。想了想，最終還是決定依照修改意見修改影片。

最終，影片順利在微博發佈了。

製作完影片後，我又自行搜集了分鏡、電影、漫畫等書籍參考。綜合資料，影片的製作，不論是電影、動畫、或是二分鐘的完整商業廣告，都應該包含前期溝通——分鏡、中期拍攝——攝影，以及後期製作——剪接。

分鏡，主要有三步：想法、文字分鏡，到圖像式分鏡。這是一種將想法可視化的過程，可以大大降低後期的溝通成本。某種程度上來說，文字稿轉化為分鏡圖，分鏡圖轉化影像的過程，與出版流程中的企畫討論等前置作業有很大的相似之處。

對我來說，這次最大的遺憾是：本次我只有嘗試後期剪接。這讓我學到了如何與人溝通、如何調整、如何使用軟體。下次有機會的話，希望能夠嘗試以更多、更完整的流程進行操作。

三　市場省思

透過這次實習的實作經驗，讓我不禁開始思考，面對大陸這個世界最大的市場，我們應該如何面對與看待。

晏瑞老師說臺灣圖書出口最大市場是大陸，但一定要使用相同語言的國家，才能把書賣出去，不是太狹隘了嗎？

舉文學作品為例，假設書籍要立基於使用相同語言的國家才賣得出去，那日本文學、印度文學、法國文學、德國文學、俄國文學，不就都只能在該國家才有市場，到海外因為語言不通，就沒有市場了？

然而，若以成本效益作為思考點，又會產生不同看法。

就成本效益來說，臺灣出版的圖書不經過翻譯，原版出口的話，我們能外銷的國家確實極為有限。以全臺灣的書籍來說，多數屬於海外版權翻譯作品，少數文學創作，與學術出版品，要能夠讓海外出版社願意花錢買版權並翻譯成當地語言出版的，實在太少。面對內銷有限，海外市場又有語言限制的話，大陸成為最大的市場，便能夠理解。

但兩岸關係相當微妙，出版業應透過其他方式，尋求更多發展的機會，將自己國家的文學介紹給海外的潛在讀者。

對於一般書籍來說，「翻譯」可以擴張市場，讓不同語言國家的人更瞭解臺灣。但並非所有書籍都適合翻譯，或有被翻譯的機會。首先，翻譯必須符合市場利益，只有翻譯後，可能帶來市場價值的書，才有出版社願意購買版權，找人才翻譯。否則就算出版社自行翻譯成外語找到人翻譯，也難以推銷出去。

總結來說，就大陸而言，有十四億人口的優勢，閱讀人口較臺灣多得多。近幾年經濟蓬勃發展，也讓大陸讀者的購買力提高，進而引進大量外版圖書，或國外優秀作品的翻譯版權，大陸並沒有絕對需要臺灣書籍的理由。對臺灣來說，大陸卻是臺灣出版社，少數能夠依賴的巨大市場。

四　電子書與紙本書

電子書者與紙本書支持者的互相爭論，是很沒有意義的事情。放遠了看，電子書與紙本書，都是「書」的一種，只不過是媒材不同罷了。電子書存在線上，可大量複製、大量傳播；而紙本書相較電子書價高、佔位置、須定期打理。班雅明〈機械複製時代的藝術作品〉一文，很好的向我們展示了，藝術品靈光的消逝、電影的拍攝剪接，對人類來說並不是一種負面，反而是正面現象。那些曾鎖於深宮，僅皇帝或國王才能一覽的作品，如今活在了各種相片、畫冊、紙膠帶當中，被我們所有人認識。舉例來說，就算沒去過京都，現今的人類能夠透過 Google Earth、照片、影片、繪畫、文學作品、動畫、漫畫等多元方式來認識某一部分的京都。在機械複製時代，班雅明認知到了電影將改變人類「觀看」的力量，意識到印刷術對於「靈光」的消逝扮演的作用，以及對於人類而言的意義。當代世界，或可在班雅明的語境下稱之為「電子複製之時代」。我們早已身處靈光消逝的世界，我們的藝術，早已不是單純的油畫、水彩，而是更加「消逝」的電腦繪圖、影視多媒材結合。相較於前二千年人類，現今人類正處於一個藝術、科學、文化蓬勃發展的黃金時期。

回過頭討論電子書與紙本書之爭，從班雅明當年，時人對於舞臺劇與電影之爭，可窺見一二。電子書與紙本書，只不過是媒材不同而已。電子書與紙本書對比短影片，才是更值得討論的議題。

書籍的弱勢，相較於一般影片，在於需要花更多時間與作者共鳴。影片，是導演引導觀眾如何觀看。景別、運鏡、特效等炫技場面，觀眾在觀看的過程中，若沒有有意識地觀看，很容易陷入無意識之境。書籍，由於媒材的限制，導致人們必須發展出一套特定的「文法」，來讓讀者與作者約定，某些段落代表某種意思。讀者必須經由大量閱讀，來轉譯作者的「文法」，隨之在腦中想像文字中的畫面。然而，現今的短影片，抹煞掉了電影，或說影像該有的「文法」。短影片大量沒營養、重複性高且荒謬至極的內容，致使人類無須花時間、精力去轉譯作者的意圖。

五　結語

綜上所述，這次出版實習，我選擇任務制實習，雖然沒有體驗到豐富的出版業實務，透過晏瑞老師講課，我得以一窺「出版產業」的冰山一角。我很喜歡上課對於議題討論的部分。雖然同學對晏瑞老師的提問，回答不甚積極，但相關問題確實能夠引起學生對出版產業現況的一些反思。

整個出版業，還是停留在上世紀九十年代，臺灣出版黃金期的一些想法與做法。說白了，出版業就是妥協在文化傳承、創新、以及商業貿易的一種極特殊產業。不論是偏重哪一方，都會造成整體天秤的失衡。作家、藝術家、研究者沒有出版社幫忙出版作品，便沒有被「看見」的機會。數位出版、影視、電子書等「新型態」出版對於傳統紙本書出版來說，只是一個催化劑。網購的興起、平臺的殺價，也只是一種催化劑，並不是真正的原因。核心原因在於，現在人們有更多樣的選擇。從前，要買書只能親自去書店買紙本書；現在，有了網路，人們能夠方便的在網路上下單書籍。有了手機、平板，人們能夠在新設備上閱讀各種優秀作品；藉由社交媒體，創作者不再只有一種「被看見」的選擇；加上電子筆、電繪板等發明所賜，創作者能更高效率的創作，即使是新人要入門的門檻也大為降低。

因此，要改變出版業的現狀，只有拋棄從前的思維，重新打造、形塑新時代出版的觀念。綜觀人類歷史，每當一項重大發明出現，總是有人認為這是某樣事物的末日。裝訂方式的改良（卷軸裝改為線裝）、設備的創新（印刷機）在人類歷史中都是極緩慢地改變著人們。現在，人類科技在百年內完成千年未有之飛越，勢必會對部分產業造成極大的影響。誠如班雅明〈機械複製時代的藝術作品〉所揭示的，我們應該擁抱影視、電子書的發展，思考如何以新技術為舊產業創造生機，是我們在此新時代中，必須要面對的。

另外，我衷心希望未來能夠有更多的機會，深入認識出版，不論是紙本書、電子書，抑或是創作發想出版計畫與影視作品。透過這門課，作為創作者，我認識了當今出版業的現狀，以及如何從商業角度審視作品。商業與藝術，並不是敵對的。作為創作者，拿捏商業與藝術的平衡，才更有可能被人看見與記住。

作者簡介

鏡花（筆名），生於商業之家，自幼看著各類人來來去去。國、高中時是各種繪畫、寫生比賽的常勝軍，擁有細緻的觀察力。大學因中箭落馬，乾脆從臺中到臺北，就讀臺灣師範大學國文學系，開啟「國文人生」。某天雨後的下午，隨手拿起《人間失格》，就此喜歡上了各種故事。曾經看不上動漫畫，但伊藤潤二、藤本樹等優秀作家刷新了我對於漫畫的既定印象，因此現在超級喜歡漫畫這種圖加文的故事表現形式。喜歡電影、小說、插畫、與漫畫。小說喜歡紫式部、川端康成，還有谷崎潤一郎；電影則喜好新海誠、今敏、黑澤明和各種災難片、愛情片、紀錄片。目前正在磨練說故事的能力，希望以後能走向創作之路。

給十八歲的我

林婉菁
國立臺灣師範大學國文學系

題為「給十八歲的我」此等老套標題，便不以書信格式使其更加俗氣了。只想反駁前段低潮時間的自己，我不是從高中開始便停滯不前。

滿十八歲的那天，高中畢業典禮剛過去不到一個月，而我已經厭煩起超過兩個月的暑假。

一　在太過漫長的暑假後

大三到大四，是我人生中最漫長的暑假，雖然並非全然無所事事，卻第一次對開學產生了無比的期待。而看到選課系統上出現「出版實務產業實習」的課程真令我又驚又喜，身為一個未修習教程的國文學系學生，從大三的寒假起便開始被家人關切畢業後的發展，更是不斷地被催促去準備國考。看到社群軟體上的同儕，不是專題在身、準備考研究所，不然就在準備教師甄試，反觀自己始終三心二意，雖然享受大學時光，也不後悔自己選擇的科系，但畏畏縮縮的個性，讓我連一份像樣的兼職工作都找不太到，僅以滿滿當當的課表搪塞大學生活。

或許對不少人而言，實習不過是大學畢業後的必經之路，但對我而言，踏入職場本身就是個令我輾轉難眠的噩夢，寧願把課表排到三十學分，也不去工作。幸好，系上提供了一個可以讓我稍微「跳脫舒適圈」的選擇（這是我最喜歡的 YouTube 頻道的核心精神，花錢支持他們那麼久了，似乎該躬身實踐一下）。

雖然我仍因輔系而有滿滿的課表，又因房租得繼續學校圖書館的工讀（學校工讀跟真實職場還是差很多的）。因此，我根本排不出完整時間至出版社現場實習，只得選擇任務制。一開始暗自慶幸自己毋須真實進入產業現場、面對主管與工作，轉念一想，我都二十一歲了，要逃避到何時？內心糾結著，放不下圖書館的事務，最終選擇了任務制實習。

一個「在家工作」、毫無經驗的實習生到底能做什麼？主編很快為我們安排了任務：打字與校對。這基本上沒有任何門檻，只要會使用 Word 的基本功能就能做，也是最適合「外包人員」的工作。於是我每週會前往出版社一次，拿需要打字或校對的原稿，一週後帶著稿子與完成的文檔，到出版社拿新的原稿，聽起來異常輕鬆愜意。說實話，我還滿享受不用動太多腦打字或校對的時光，只需確定電子檔跟手中的原稿是相同的就好，可以讓我忙了一整天的大腦休息。然而，這種替代性高的工作，根本沒有讓我進步多少，頂多就是打字速度更快，也更能敏銳地覺察文檔中不對勁之處，「細心」與「嚴謹」是做校對時最重要的事。

然而，我依舊沒有真正地踏出舒適圈，仍舊在做我熟悉因而擅長之事。我捫心自問：如此意義究竟何在？明明在經過太過漫長的暑假後，我好不容易下定決心要做點不一樣的事，所以認真地跟母親談起了延畢、出國交換的事，還在選課時選了實習課。結果，我仍是在瞎忙，一如我過去的三年。現在早已來不及做出改變了，誰讓我把課表排得如此滿。當然，我相信這百來多的學分在未來必定有一點用處，只是我還沒到達它們產生作用的時間點。

二　我想要的到底是什麼？

我反省起自已總三心二意，好似對未來的規畫侃侃而談，卻無法真正下定決心，因此沒有多少值得談論的成就，最多的感受仍是迷茫。周遭的長輩們總問我：「畢業之後有什麼打算？」我回應：「先考研究所吧。」至於考什麼？我每次答案都不太一樣，有時說考中文，有時說考外文，有時說考臺文，有時說考翻譯，雖然大抵不脫文學院，卻沒有一個明確的方向。

人本來就是反覆無常的，這是老生常談了。然而我絕大多數的時光，都在內耗與蹉跎青春。我在申請交換及學習出版的過程中，漸漸摸索出一條能夠說服自己也說服家人的路。本學期我寫了兩次自傳，一次跟學業有關，一次則是以求職為目的。我試著審視當初選擇讀中文的契機，似乎也沒多少選擇。或者說，我沒有給自己太多選擇。童年留給我的除了焦慮症，只有書本——即便我現在看手機的時間比看書多太多了。記憶中，我第一本讀完的小說便是《哈利波特》系列首集——《神秘的魔法石》。當我走進圖書館，我總是在英文翻譯小說的區域徘徊。國高中每年一次的書展，是滿足自身購物慾的時機。學測過後，我待在圖書館的時間，比待在教室裡多上許多。

也許，我是愛書的。就算我現在真正打開書本的時間少之又少，我依舊對書本抱持深刻的情感。我喜歡看排列整齊的書櫃，也喜歡散落一地的書堆。申請交換的自傳上，我寫道：「書本開啟了我對多元文化的熱愛。未來想以考取翻譯所為目標，藉由出國交換開拓視野並增進外語能力。」其實，熱愛倒不至於，至少是願意忍受。而我對翻譯的興趣，也源於書本（說實話，到底誰會對文件翻譯有熱情？）。它們為性格孤僻的我，提供了一個逃避外界的去處。

三　似懂非懂的理論課

無論如何，學校的理論課還是要上的。看著簡報上的文字說明，我並沒有多少真實感。我知道要做什麼。實際應用卻又是另一回事了。

談到圖書版權，讓我想起《冰與火之歌》系列繁體譯本初期的譯者譚光磊先生（又名「灰鷹爵士」），是我少數在臉書上關注的業界人士。他是將此經典美國奇幻系列介紹予臺灣讀者的功臣，後來在二〇〇八年成立了「光磊國際版權經紀有限公司」。不只經營版權輸入，也在版權輸出上頗具野心，與政府合作開拓臺灣文學外譯的市場。由於課程規定，需要自己接洽實習單位，自己去應聘實習生。正好，該公司打算擴編，招攬正職跟工讀生，我於是提起勇氣投了工讀生的履歷。雖然並沒有得到回音，但我仍有意把此事記錄下來。如果沒有上實習課，我根本不可能踏出學校，主動往職場推銷自己，也不會對產業更多的好奇。

在寫作業的過程中，我也意識到自己的商業眼光與企畫能力頗為不足。我性格孤僻，偶爾趕上流行，不過當個盲目跟風仔，旁觀就罷了。之前參加其他社團的活動體驗不甚佳，暫且不提。以電影社來說，即便我當了第三年的電影社網宣，依舊進步緩慢：我提出了將社群主力換到 Instagram，增加社課預告以外的發文，以及培養了簡易製圖的能力，且不害怕上臺領導社課與簡單的活動，僅此而已。加之電影社本身是非常低調的社團，社員不多，更多時候是一小群人的自娛自樂。我掛著社團網宣名號的三年來，總做些不痛不癢的事，這些不上不下的技能，要想應用到競爭激烈的現實社會，還差得遠了。因此，撰寫企畫書以及書籍資料表的作業著實令我苦惱。我以為光寫履歷就夠難了，沒料到我會為後幾項作業傷透腦筋，最後的產出也令我不甚滿意。不過，在課程中學到的企畫策略亦促使我思考：如何行銷電影社？

對，我超愛電影社，愛到在其中待了整個大學時光。這是一個小小社團，小到幹部包括我僅三人，甚至在去年完全沒有招到新生。現在的社長是大三學生，他的夥伴則是即將畢業的大四生。說來可能不信，但電影社的歷史非常悠久，一一一學年度為本社的五十四週年，我們三人都不願看見一個跨越半世紀的社團斷送於此。從暑假起，我們就在思考，該如何招攬新生、如何將他們留下？我相信永遠都有人喜愛電影，但要如何吸引他們來到社團？我們只能想到邀請講師、重啟製作社服，以及將社課多元化。（題外話，學校另一個跟電影有關的盛大活動「人文電影節」是由學生會獨立舉辦，跟本社毫無關係，我也不知道為何，但從我入學起便是這樣了。）

回到正題，我們辦了一個風光的迎新，招攬了一些新生，也的確實現了邀請講師的計畫，不過願意持續參與社課的人仍舊不多。實習的理論課介紹了出版企畫的幾個核心思維，我想也適用於社團經營。首先，必須思考社團的優勢如何增強、劣勢如何停止。再來，是否有尚未開發的藍海以及紫牛行銷的可能。截至目前，我僅有粗淺的想法，須與其餘幹部共同討論後，才能有較完整的規畫。不過，我對社團的未來仍然充滿信心。

四　實習課之於我

回到實習課本身，或說出版產業，我原有些排斥。現在回過頭思考，似乎更像是某種反骨的表現，因為不想落入讀中文系的刻板印象中。然而，本人分明是文院生刻板印象之化身。當選課系統出現「出版實務產業實習」令我又驚又喜之餘，若非是朋友要上，我本沒打算選修。一方面是課表太滿，一方面也是如此奇怪的反骨心態作祟。

不過，現在想想，這是我大學中作過最不後悔的幾個決定之一。毫不誇張地說，實習課是個讓我能夠對自己坦誠且認真的契機。

萬卷樓並非大型出版社，也從來不是書店中暢銷書排行榜上的常客，而是主要出版文史哲相關的學術書。說實話，除了上課需要，我根本不會對萬卷樓出版的書籍有所關注。我對萬卷樓最初的印象，是大一上學期的史記課，員工送來如山一般的精裝本《史記會注考證》，乃是國文學系學生的防身利器。

我也想過，明明對小說，尤其是翻譯小說更有興趣，學術書出版可能並不那麼適合我。然而，身為總編的晏瑞老師曾提到，他寧願在小出版社獨當一面，也不願意在大出版社當基層編輯，成為一顆不起眼的小螺絲釘。這句話讓我很有共鳴。我不是野心巨大的人，卻也不甘於機械般的生活，這是我抗拒考公職最主要的原因，也是我目前許多選擇的決定性因素。

又回到永恆的大哉問了：我想要的到底是什麼？我想成為什麼樣的人？

某次校對時，我突然意識到，學術性質的校對工作，只有相關專業的人才能做，換句話說，只有我能做。一般出版社的書籍校對，可以讓任何學系的畢業生去做，但是中國文學研究的學術文章，讓國文學系畢業生校對，最有保障，因為這群人可以理解文章內容，而非只會挑錯字。我或許沒有作學術研究的天分，但我願意成為知識交流的促進者，如同當我談到翻譯時，我總會說，想對人文世界做出一點貢獻。

聽起來是個宏大的理想，卻又有些空中樓閣。出版畢竟還是個商業行為，營利才是主要目的，我也需要薪水來維持生活開銷。然而，我認為理想與商業二者並不衝突。至少對我而言，出版事業確實可以如晏瑞老師所說，作為橫跨一生的「志業」。我需要一個有意義的目標當作生活的動力。若僅僅為求溫飽，我又何必上大學？母親對我有時把金錢看得比學習重要非常不滿。她總說：「年輕人要有理想，要有熱情。」我願天真地如此相信。我的母親絕非溫室嬌花，而她仍不屈服於生活的苟且，我亦不願。

五　新的機會

一邊上著理論課，一邊做著基本的校對工作，學期逼近尾聲。此時，一個新的機會出現了。課程最後產出的實習成果書，自然需要編輯，而且須由我們這群外包編制的實習生負責。我終於可以在忙碌的學業暫告一個段落時，真正進入出版社現場，親自參與一本書籍的誕生，終於不用只是坐在臺下，聽著同學分享經驗，也終於可以看見自己的名字被印在版權頁上。

然而，實習成果書的編輯一直到隔年三月才開始。在這之前，我做出了一個會讓十八歲的自己大吃一驚的決定：主動寫信詢問晏瑞老師，我是否能在下學期繼續在萬卷樓學習。沒想到，竟獲得晏瑞老師正面的回應。上學期的實習課，雖然最終沒有真正進到出版現場，卻推著我認真面對未來，而非如往常一般逃避。

因此，我再次對這篇早在十二月底便交稿的實習心得，做出了大幅度的修改。又過了一個稍嫌漫長的寒假，確定下半年出國交換後，我明白，踏出舒適圈的第一步總是最困難的。或許結果不如預期，但如果我不去嘗試，便永遠也不會有結果。雖然我沒有申請到心中第一志願的姐妹校，卻也錄取了同個國家的另一間學校，踏上夢想中的異國土地。技不如人確實很令人難過，然而我沒有一敗塗地。

好吧，我對正能量雞湯非常過敏，便暫且擱筆。但願未來的我重讀這篇心得時，可以記住當下的感覺。也要記得，十八歲以前，我曾（或許有些斷章取義地）讓《離騷》成為我的座右銘：

路漫漫其修遠兮，吾將上下而求索。

作者簡介

林婉菁，桃園海線人，二〇〇一年生。現為國立臺灣師範大學國文學系學生，輔系英語、中英翻譯學程、歐洲文化與語言學程。把學分當自助餐在吃，期初腦子進的水都是期末流的淚。喜歡電影、音樂劇跟動物。因為想推薦大家好看的電影，所以一直待在電影社，目前邁入第四年。比起讀書更喜歡摸書，對於出版社有著愛恨交織的矛盾情結。

當愛書人與出版社相遇

林涵瑋
國立臺灣師範大學國文學系

一　愛書人對出版社的想像

關於讀書之好，有太多溢美之詞。不論是跳脫視野與認知的侷限，或僅為消磨午後時光，都使人身心愉悅，靜心思辨，偶有會意，甚至欣然忘食。

自幼我便喜歡閱讀，也愛好藏書。申請大學時，毫不猶豫在志願表上填滿各校中文系；逛書店時，總覺得自己的書櫃缺了那一本書。

文字透過書籍，能傳遞思想，改變人的一生。基於愛書之心，我希望自己未來能從事與「書」相關的工作，自然而然，便對在負責生產書籍的出版社中工作產生憧憬。

接觸出版社實習前，我對於出版社的工作事務所知有限，僅瞭解平常閱讀的書籍版權頁寫的編輯、校對等職位，耳聞出版社須負責與作者溝通選題、審稿、確定書籍外觀內頁排版設計等事務。

關於出版社出書時會先選定題材一事，相信許多愛書的人會和我有相同想法，認為若在出版社工作，興許有機會親自發掘好書，進而將之出版。這便是我對於出版社工作最初步、最簡單的想像。

二　出版產業是浪漫產業嗎？

對愛書人而言，應當難以想像出版社為何被人視為沒落的、理想型的浪漫產業。畢竟自己天天買書、讀書，消費金額不少，若稱出版社有存亡危機，似乎過於嚴重。

修習「出版實務產業實習」課程時，晏瑞老師向我們分享自己在業界多年的想法與經驗，加上課後查找相關新聞、與友人討論後，目前我對出版產業的發展現狀已有更深一步的認識與思考。

三　出版產業的昔與今

要討論現今臺灣出版產業的困境，還須從出版產業的興盛時期開始研究。

臺灣出版產業蓬勃發展的時期在一九六〇到一九九〇年代。戰後經濟已逐漸復甦，九年國教的實施使民眾知識水準提升，出版銷售市場擴大。雖然這四十年之前為戒嚴時代，出版品的題材受到政府規範限制，但六〇至九〇年代的娛樂活動不多，閱讀可說是最簡單的休閒活動之一，因此出版社銷售金額不停攀升。解嚴後，臺灣書籍出版題材更加多元，政治、思想等書籍種類不需要接受審查。當時正逢經濟起飛，出版社多元發展，出版產值逐漸提升，是出版產業的黃金年代。

出版產業產值下滑始於一九九〇年代。網路興起，全球數位化時代的來臨使得書籍形式受到改變，人們獲取知識的渠道不再只透過紙本書籍，書籍作為傳播知識的特殊地位受到挑戰。尤其是網路世界更新速度快，讀者已養成閱讀最新事物的習慣，但出版社出書需要一定的流程時間，導致書籍銷售週期縮短。此時出版社仍如過去般，需投入成本才能出版書籍，但回收的效益卻變低。

除此之外，近十年網路的發展和普及更改變民眾的消費方式。每到特定節日，各家電商便不停宣傳諸如免運、滿額再打八五折等折扣，甚至創造出了「雙十一」、「黑五」等購物節，與實體店鋪競爭客源。這樣的競爭變化在出版界也不例外，電商不停祭出折扣吸引消費者，雖然消費金額確實上升，表面上是好事，電商卻希望由出版社負擔折扣的差額，使原先利潤不高的出版社處境更加艱難。

四　愛書人的親身觀察

在過去，臺北人買書多半會選擇到書店林立的重慶南路。據說全盛時期，不到七百公尺的路上就有超過百家書店於此競爭。在我幼時的回憶中，也清楚記得母親總帶我到重慶南路尋書。當時雖已非書街的全盛期，整條路上仍有十多家書店，還是很吸引讀者前往尋書。

升高中後，我在臺北車站附近補習，下課後常順路到重慶南路逛書店。每隔一段時間，便發現有書店突然關門，經過幾個月的裝修後，變成旅館或餐廳，原先書街樣貌不再。

我想，這或許是臺灣出版產業的縮影。民眾改變生活、消費習慣的同時，實體書店不堪虧損接連關門。雖然出版產業尚能轉向網路發展，但我認為仍需要妥善規畫與轉型，不能僅以過去的經驗想像推論。數位化浪潮是與過去千年以來出版產業的發展完全不同的變化，因此更該思考如何因應這項挑戰。

五　傳統與數位時代的衝擊

傳統出版的圖書編輯在出版前會先進行市場調查，之後從選題策畫、編輯審稿、申請書號，一直到出版發行的流程，都需要花費一定時間才能完成。隨著科技發展，人手一機的現代社會，任何人只要連上網路，都能在幾秒之間向全球分享自己的文字創作，不須經過任何繁瑣流程，甚至不需要考慮任何成本問題，且能於社交平臺上及時獲得反饋。這樣的技術與媒介顯然挑戰了傳統出版產業做為知識傳播者的特殊地位。

社交平臺上的短文發表，亦改變讀者們的閱讀習慣。我親身接觸過不少學生沒有耐心閱讀長篇文章，只能接受零碎式的閱讀篇章。受到少子化影響，導致消費市場本就逐漸縮小的臺灣，新生代不同的閱讀習慣更對出版產業造成嚴重衝擊。

此外，在網路上讀者與作者之間的距離因可以即時交流而變得接近，但在傳統的出版市場中，編輯和讀者、消費者市場之間存在著一定距離。交流僅是單方而非雙方面，可能無法及時瞭解讀者的需求，因此難以發掘吸引讀者的書籍作品，更無法與網路上更新快速的作者競爭。

不過，若以此現象認定出版產業將會消失，我持反對意見，因為出版產業並不限於出版紙本書籍。基本上，文創產業皆與出版緊密相關，紙本書籍的沒落不代表整個出版產業會就此沈淪，但某些不符合市場需要的傳統出版社，若沒辦法轉型、創新，可能在這波浪潮中，會面臨倒閉。

因應時代變化，傳統出版觀念和當前受眾的閱讀、消費習慣產生衝突，這是我認為傳統的出版社需要轉型的主要原因。出版社必須針對讀者的需求作分析，提升出版書籍的價值，才能在紙本書籍日漸式微的市場中脫穎而出。

儘管現代人獲取知識及內容來源十分廣闊，已經不再是只靠紙張書籍作為載體才能取得，但在數位化閱讀流行、環保意識上升的同時，仍有部分人堅持購買紙本書籍閱讀。例如我自己現在雖以購買電子書為主，但在見到印刷排版特殊、符合自己喜好的書籍時，仍會忍不住購買收藏。因此我認為出版社若將書籍出版品藝術化、精緻化，勢必能吸引更多愛藏書的消費者，這是數位化電子書沒辦法做到的創意型態，是專屬於紙本書籍的優勢。

六　愛書人對出版的未來構想

前面曾提及，數位化時代閱讀電子書的比例提升，導致紙本書籍的銷售量下滑。按理而言，電子書仍是由各家出版社負責出版，出版社的銷售成績不應受到影響才是，但結果似乎並非如此。關於這項議題，我認為主要有兩種原因。

首先是民眾休閒娛樂方式的轉變。臺灣出版業興盛的一九六〇到一九九〇年代雖已有廣播、電視等影音娛樂，但由於以上電器無法隨身攜帶，出門在外的娛樂，不論是小說、漫畫、散文或詩集等，皆是出版品，書籍銷售並未受到影響，反而上升。然而，現今人們能透過手機、平板在外追劇、聽音樂，相較於靜態又厚重的紙本書籍，熱鬧的影音自然分走不少原來的書籍愛好者。

再者，受到網路上盜版猖獗的影響，政府現在幫助出版產業的政策如「圖書銷售免稅」、「圖書單一定價制」等都是從經濟層面來解決；但我認為這些政策沒辦法徹底解決出版產業的困境，反而是網路上盜版電子書的流行對出版社傷害更大。

雖然過去紙本書盛行的年代即有盜版書，但盜版的實體書還是需要印刷及銷售的成本，且出版品質不佳，消費者多半仍會選擇購買正版，影響的範圍不大。然而在數位時代，盜版電子書幾乎不需要成本，現行網路平臺又極為多元，流通速度快，以私人群組為傳送方式更難以管控。例如常有「好心人士」在網路上免費分享學生所使用的課本、工具書，又或是出於愛好，將自行翻譯的書籍發布於網路上。以上行為雖可能出自善意，自己並未以營利為目的，仍然違反著作權法，更使人們習慣於網路上下載免費資源，不願花錢購買電子書。

因此，我認為若要改變出版產業的現況，除了傳統出版社需要因應時代變化轉型，將對於紙本書籍的定位改變之外，政府更應制定防止盜版書流通的相關著作權法律，且須在網路上做好管控，才能讓出版市場正常運作。

作者簡介

林涵瑋，二〇〇一年出生的新北人，現就讀於臺灣師範大學國文學系。興趣廣泛，喜歡閱讀、旅遊、音樂。有著矛盾人格，既喜歡獨處，同時喜歡與人交流。熱愛於探索新事物的同時脫離手機網路，體驗自由簡單的舊時生活。自小愛書，對於書籍創作相關行業抱有憧憬。沒有座右銘，但認同文字作為思想載體足以影響人的一生。希望透過分享自己的創作或喜愛書籍得到一丁點反饋與共鳴。

菜鳥實習生初入出版業

邱筱祺
國立臺灣師範大學國文學系

一　課堂前對於出版產業的想法

這學期之所以選擇這門課，起因於我已大四，正在為作為一名國文學系畢業生的未來出路而煩惱著。在出版社工作是常見的國文學系畢業生出路之一，因此我便想通過這堂課的實習來接觸並瞭解出版社的工作內容。在我真正認識出版產業前，我一直以為出版產業僅是圖書出版產業，不知道出版其實也包含了影音、數位等的出版。在我的印象中，出版社的工作便是不斷地校對和排版，並不知道除此之外還有許多沒被看見的業務。因此，我這次踏入出版產業實習，認識到了很多相關行業的知識，可以說是大開眼界。

二　課堂學習

（一）履歷撰寫

這是實際需要與產業合作的一門課。在投入職場前，最重要的一步便是把履歷準備好，因此第一堂課晏瑞老師便教同學如何撰寫履歷。雖然同學在此之前不論是應徵工作或申請學校，可能都有過撰寫履歷和自傳的經驗。但由於大家還是學生，像我之前在找兼職時其實也沒太注重履歷的準備，想著反正只是兼職，就直接用了一〇四的模板。我從課堂上學到了履歷還得隨著不同的投遞對象進行客制化撰寫。例如我想應徵萬卷樓的實習生一職，履歷便不應過於花俏。內容亦可著重於自己適任這份工作的優勢與經驗。撰寫完履歷之後，我便正式地寫了一封電子郵件寄給萬卷樓的總編輯，同時也是我們的老師。老師會針對不同學生的情況，各別給予有哪方面還能修改或進步的寶貴意見。例如我在寄出信件前雖檢查並修正了用詞遣字、語法、稱謂、首尾用語等，但完全沒注意到信件中的字有大有小就寄出了！幸虧老師提醒了我。除了小細節，也需要把眼界放寬、看大一點，才能看見更多東西。自此之後，我撰寫正式電郵時都會更加注意且細心檢查後才寄出。

（二）產業介紹

課程從介紹何謂「出版」入門。廣義的出版是指將作品通過任何方式公諸於眾；狹義的則是將作品以「出版品」的方式，放在市場上流通。這也是我第一次瞭解到出版行業的發展過程。出版業曾有一段狂飆的年代，但由於現代網絡網際的發達，人手一臺電子設備，大部分人閒暇時的娛樂也不再是看書等線下活動。再者，電子書也大大提高了閱讀的便利性，因此實體書的銷售越來越困難。出版產業常隨時代變化。如今出版品的種類越來越多，除了圖書、雜誌、報紙，還有動漫、影音、數位等；出版業界內的工作形態也逐漸變化。例如現在的排版、校對、設計、印刷等工作皆以外包的形式進行，如此一來可以縮小出版公司的規模、降低成本。此外，以往出版社都採大量印刷降低單價成本，但如果書銷售不佳，反而堆積在倉庫，增加了倉儲費用。因此現在產生了「數位印刷」（又稱為按需印刷）的方式，賣幾本便印幾本，可以有效降低庫存，控制成本和數量。除了以上種種，其實出版產業還面臨了很多困難，如編輯企畫人才不足、閱讀人口越來越少、兩岸圖書市場開放不如預期等等。

（三）出版企畫

各種出版相關的工作或知識的認識對我來說都非常新鮮，畢竟是從未接觸過的領域。例如其中一份作業要求試撰寫一份出版企畫，我從歷次《國文天地》雜誌中選取文章進行出版企畫的設計。這對四年來只待在國文學系溫室的我來說是非常新鮮的，我從未接觸過與商業有關的企畫書。這必須先分析目標客群，再訂定內容方向等等，讓我獲益良多。除此之外，課堂中也學到了一本書的出版流程和成本結構。一本書的誕生過程有些繁瑣。首先是策畫與選題，有內容之後，要經過排版與編輯，需要好幾次校對等等。之後印刷的工作還有許多細節如製版、內頁與封面的選擇、紙張選擇、裝訂方式、各種加工等等。最後一關是發行，需要注意行銷、通路、物流、倉儲等。由此可瞭解到一本書的出版，需處理的環節非常多，並且各種環節都有一定的成本，所以說一本書的誕生要支付一筆成本。若非暢銷書，一本書的獲利其實並不多。

（四）出版合約

除了圖書出版的編輯工作，版稅、合約、版權交易或國際書號等較嚴肅的出版業務，於我而言著實非常陌生。我覺得內容要出版，而非得計算其成本結構是很難的一件事。因為內容所產生的價值，是無法以金錢衡量的。各方可能會為了獲利，而使弱勢的一方無法得到相應的利潤。

從認識版稅、合約和版權貿易的過程中，我漸漸地認知到圖書出版與商業行為的難以分割。內容創作者如果通過圖書來作為傳播內容的載體，便能賺取版稅。但版稅的計價並無一定的標準，會根據市場規則、作者或作品暢銷程度而有所變化。此外，由於不管是內容或者出版業，在出版工作上，雙方必須簽署合約，以保護各自的權益。晏瑞老師也透過本書的出版讓同學們簽署了授權書，同意將我們的心得讓萬卷樓出版。簽下去的那一刻，才真正感受到我們正身處在「出版」的工作中。

（五）議題討論

課程中晏瑞老師也給出許多討論的議題，讓我們去瞭解現況，然後說出自己的看法。這讓我在瞭解議題的同時，學到了許多出版相關的知識。

圖書單一定價制能否在臺灣實行，我認為這個制度的出現是因其有一定的價值及可行性。它的好處是可以讓出版業的收益得到保障，但是卻會令書商（不管是電商、書市或獨立書店）的銷量降低。臺灣人讀紙本書的風氣日漸下降，面對圖書單一定價制，本來習於購買折扣書的臺灣人更沒動力花高價去買書來看了。就算施行了圖書單一定價制，也不一定能拯救目前削價競爭下，處於弱勢的獨立書店。線上通過電商購書相較於實體書店是比較方便的，如果價格一樣，在生活步調較快的臺灣仍會以方便的網購為主。因此「圖書單一定價制」在臺灣是否要施行仍有待觀察。

我算是喜歡看書的人，也喜歡逛實體書店。但近年來線上電商發展蓬勃使得購書非常便利，也常有各種折扣，因此我也在網路上買了許多書。對於其他出版業或書商來說，電商憑依自身的龐大資金進行砍頭生意時，對實體書店來說將失去很多銷售機會。這不禁讓人反思圖書單一定價制是否應該實行。面對這種情況下，出版業及實體通路只能再思考自己擁有，而電商沒有的優勢加以發揮，才能找到出路。

舉例來說，實體書店擁有的優勢便是「實體」。實體書店能使消費者擁有一個選書的空間及真實碰到書的觸覺經驗。有些獨立書店所銷售的不僅僅是書，更有宣揚其品牌精神及理念，這方面是實體書店能加以發揮的。同時，實體書店不代表僅能在現實有所作為，也能通過網路進行宣傳及銷售工作。在臺東縣長濱鄉的「書粥」，不僅發揮了實體書店的優勢，更擅於利用線上經營及宣傳，因此就算實體店面遠在臺東，仍能依書店主人的創辦理想而存在著。

我認為，圖書銷售免稅政策對圖書出版產業是有幫助的，這可以減輕出版業的營運負擔。然而實際減輕的份量可能很少，對中間的經銷商來說，可能也沒有太大的幫助原本有些進項稅，如運費、倉租等，在免營業稅前還能扣抵。如今因免除營業稅後就無法扣抵，看起來好像扣了百分之五的營業稅，實際營收也不會多太多。最後，到消費者的身上時，書的價格也就與之前沒什麼差別。

免除的營業稅應要回歸繳稅的人民身上，抑或是出版社、經銷商、書店及消費者之間合理分配，也沒有達到共同意識。若說出版業和書商能相互溝通，將免除的營業稅回饋給消費者，這也是其中一種方式。但日漸式微的圖書產業已經非常辛苦，各家都在想方設法生存，或許他們也該得到這部分利潤以維持圖書出版事業。根據現狀來看，消費者到手的圖書價格在免稅前後並無太大區別。因此免稅的利潤可能被出版社、經銷商、書店吸收了，這些吸收利潤的產業或許能通過不同方式回饋給人民。例如折扣就是最直接的一種，或是實體活動的舉辦、舉辦簽書會、書展等方式。

就「公共出借權」來說，是可實行的。雖然這筆回饋金對出版社及創作者來說，僅是非常微薄的補償。之所以我用「補償」一語，其因於書本在圖書館被借出，相對的少了一本書被賣出去。知識內容雖得到了傳播，但從經濟的角度觀之，賣出一本書的收益絕對比回饋的授權金還多。書在圖書館的借閱率盛行，對出版社及作者的收益影響應當頗大，因此我認為這筆回饋金雖少，但還是需要。

三　實作實習

由於這學期除上課以外，尚有許多外務，因此無法排出每週固定的時間實際到公司實習，因此選擇任務制的方式。任務制的實習，除晏瑞老師偶爾開放任務讓同學們領取，主要進行的任務仍是由呂玉姍主編帶領我們共同編輯《臺灣經學家選集》。

（一）資料蒐集

我的第一份任務是需要到國家圖書館尋找指定的資料，並印下來交回公司。我之前有到國圖找資料的經驗，因此這份任務對我來說並不難。我收到了一份經學老師的作品清單和來源出處，我只需要事先找到其典藏位置就能方便辦事了。但在實際尋找過程中，我遇到了難關——清單上標示的出處是錯誤的，那個出處是《聯合報》。雖然標了年、月，但未寫明日期。寫到此處，我必須感謝現代網路的便利，以及國家圖書館的期刊數位典藏。遇到了這個小難關後，我選擇直接上網搜尋，確認此篇有無其他出處，結果顯示《中國語文》期刊裡也有。我直接在國圖中找到當期《中國語文》，詢問玉姍主編是否可行之後，將之列印下來。找到的《中國語文》中，也有標示其《聯合報》的出處日期，結果與清單上所列的不相同。以防萬一我想方設法找到了《聯合報》的原載，結果年代久遠，字跡模糊不清，無法使用。這便是我的第一份任務。列印下來的稿子，接下來將由人工打成電子檔。

（二）打字校對

我的第二份工作則是將經學老師的手寫稿件轉打成電子檔。我一直認為打字員是一份再簡單不過的工作。等到實際操作時，我才發現一點也不簡單，非常地耗時耗神。尤其當手寫稿的字跡潦草時則更加困難。當有模糊看不清的字體時，我有對應的幾個步驟來辨認字跡，如果上一步仍然無法辨識，就用下一個方法：一、再看得更仔細，隨著筆畫想像。二、根據句子的語義來判讀。三、暫時放著，繼續打字，發現後面有相似的字而且能看得出是什麼字，確認為同一字再補上。四、放「●」符號來表示無法辨識也打不出相應的字。

接校對任務前，我一直以為校對任務不困難。雖然沒有到困難，但略為麻煩。玉姍主編交代我校對任務時，說需要用追踪修訂的功能。我知道有這個功能，但從來沒使用過。這是我第一次使用。校對時，一般的文章較為簡單，將原稿和電子檔比對著檢查便可。但當需要校對專業學術文章時，有許多較拗口或生活中罕用的學術用語總需花較多時間去校對。另外，我有校對過幾篇學術文章，主要在描寫古書中的古字用法。其中有許多古字是查找不到、輸入法也打不出的文字，因此有許多的「●」。在校對易經相關文章時，其原稿上有許多「卦爻辭」也無法打出來，同樣是用「●」符號來標示。個人覺得校對中，如果把文章校得比原版更好，例如修訂了許多錯誤或將「●」處理掉，讓我非常有成就感。

（三）小說校對

由於接近期末了，算算我的時數還不夠。就算以每週十小時的頻率，在期末結束前是無法達成實習時數的。因此晏瑞老師特別指派了我一份任務——校對一本小說的樣張。晏瑞老師讓我到公司領取任務時，看到晏瑞老師拿出一疊厚厚的紙時，我的心情很雀躍，畢竟不再是經學類的學術文章而是現代小說。我終於有種真正在出版社工作之感。一開始，晏瑞老師先教我該如何校對一本書。就像課堂上所學的，先看大的結構，才細看每一頁的細節。在把小說的樣張交給我之前，晏瑞老師先有給同樣在公司實習的同學看過了，晏瑞老師便讓我一起聽同學對於這份小說樣張的看法。她提了許多看法和意見，包含對標題、目錄的格式和背景、排版上的一些問題等。這讓我意識到，實際在公司實習能學到更多出版相關的知識，也發現不同人對於書籍的認識與閱讀習慣會導致看一本書的角度有所不同。

（四）額外說明

此外，晏瑞老師在說明任務時也額外教了許多排版工作的潛規則。例如外包的排版，由於酬勞以頁數計算，因此有些經驗豐富的排版師可能會設法增加頁數以獲得更高報酬。然而從出版社的角度來看，增加小說的頁數和厚度並非好事。不僅成本會增加，售價也會隨之提高。像我拿到的這份樣稿，其內文的高度較低，段與段之間每段空行，部分頁面一頁的字數甚至不超過兩百字。其中也有許多單字成行，單行成頁的狀況。若讀者以厚度定價的價格買到這本書，但內頁卻看起來近乎空白，將會使他們感到非常不滿，這是出版社所不樂見的。另外晏瑞老師還有提及，一本書的樣張不論是一校、二校，都必須一袋袋裝起來保存，如此是為確保未來要查看時能順利找到。

四　心得

這學期經過晏瑞老師與其他編輯的指導，順利完成了實習，也對出版產業多了許多認知。前一陣子曾跟其他師長談過畢業後的方向，也有提及目前在出版社實習。這位老師也提出了很多意見，雖然她想像不了世界上再也沒有圖書出版業的樣子，但事實上出版業確實在走下坡。她說這是「夕陽產業」，要轉型確實很困難。若要為出版業順應時代的變化，努力幫助產業轉型，也將是十分艱鉅的任務。她也勸我說這類產業獲利低，所以薪資並不太豐厚，若沒有熱愛、理想和決心，很難堅持下去，讓我好好考慮。此外，我瞭解到圖書出版產業的現況與發展，看見仍為圖書出版堅持著的公司，我打從心底敬佩他們。若不是這些人，實體書的擁護者如我，就只能看著實體書和書店越來越少，這是我不樂見的。若是閱讀風氣並不高，出版行業再怎麼努力，都顯得徒勞。此次實習，讓我對於一本書的出生到旅行也有了更多的認識，使我更瞭解實體書珍貴的存在，以及出版業的理想與堅持是多麼偉大和辛苦。

作者簡介

邱筱祺，馬來西亞人，二〇〇〇年生。現就讀於國立臺灣師範大學國文學系。熱愛生活、旅遊、藝術。試圖通過文字傳達生活的美好，但更常以繪畫與照相的形式記錄生活。天氣好時，會帶著野餐墊到處躺著曬太陽。夢想是住在海邊，偶爾到世界各地旅遊打開眼界，再回家。

關於三件事

徐宣瑄
國立臺灣師範大學國文學系

一　前言

編輯工作和我想象中的不一樣。它比我想象中的更乏味，更讓人煩悶；它並不是我想象中的輕鬆閱讀、字斟句酌，而是一種近於吹毛求疵的仔細；它並不是細枝末節的度量，而是對於大局宏觀的把控。晏瑞老師說，這就是作為編輯的基本功啊。

二　關於文字——我只是編輯，而不是作者

在實習期間我共參與五本書的編輯工作。其中較為文學性的書，我經手了兩本——《藝采臺文（第六輯）——真理大學臺文系系刊》，以及一本席輝老師的短篇小說集。真理大學臺文系系刊是我第一本參與編輯的書。第一次對紅時，我總覺撰寫校刊文章的同學用字不夠好，總有一種想要幫他們修改文句的衝動。這衝動源自我的寫作習慣，源自於我

以「文人腦」去觀看這些文字。

我可以這樣做嗎？我問我自己。

我現在的身份是編輯。若這邊補一句話，那邊替換一個詞，那我不也成「作者」了嗎？

但在那時，我確實進行了一些改動。我不確定那時候的改動到底是否合理，將對紅完的檔案交還給主編時也有些戰戰兢兢。主編說，這是「編輯意識」的呈現，這才讓我放下了心。其實現在也忘了自己到底改了哪些部分，也知道主編的話或許只是安慰。現在的我絕不會如此，不僅給自己平添工作量，還可能引來作者的不滿。嚴重的甚至只是我自以為是的曲解文義，更改了文章邏輯。

在對席輝老師的短篇小說集進行潤稿時，並非十分順暢，因為作者的標點使用習慣與我有著極大的不同，甚至有好幾次我在糾結是否作者的使用有誤，花了許多時間搜尋正確用法。但潤稿到一半，我忽然想明白了，這就是作者的寫作習慣和特色，隨意修改成編輯自己的用語習慣，這是對作者極大的不尊重。雖然主編告訴我們，作者對於我們的潤稿很滿意，但我對於自己這次的工作完成並不特別滿意。

經過這兩本書的操作，我漸漸意識到，編輯的工作從來都不是將作品賦予文藝化。編輯是一本書的「掌舵者」，要把握的是大方向，要處理的是大紕漏，要關注的是大瑕疵。

我們並沒有那麼多時間照顧到每一字用得好不好，每一句話是否優美，因為真的有太多細節要顧慮了。在面對一本書的時候，我雖是一名讀者，在編輯臺上我更是一名整理者。編輯的工作不完全是構思如何讓文字變得更美，而是應想方設法把這本書「包裝」地更美。

在面對學術書籍的時候，更是要小心，留意任何一句話的改動。學術書籍具有極高專業性，而且萬卷樓所經手的大部分都是文史類相關圖書。當我們以為是錯字的時候，很有可能是古今字通假字之不同、用法之不同，更有可能是文獻資料中就是如此記錄。因此在校對學術性書籍的時候，需要更加嚴謹的工作態度，每一處修改都要與作者確認。因為我們只是編輯。

我想到我經手的另一本范增平老師的書。前一位潤稿者的「編輯意識」似乎過於豐富，修改了許多原文內容，甚至將採訪稿的部分都進行了修改。可想而知，范老師向主編表達了自己強烈的不滿。我的工作就是將潤稿造成的內容錯誤和矛盾之處找出，進行還原。雖然在修改過程中，對潤稿者會有很大的埋怨。但現在想來，他只是未能正確理解這份稿件，他沒有意識到自己只是「編輯者」而非「作者」。而這也是我差點犯的錯誤。

作者的文字並非盡善盡美，無論是文學性的作品還是學術性的作品。作為編輯需要有編輯意識，但要建立在尊重作品的基礎之上。因為我們不是創作者，我們是整理者。

三　關於溝通
——你要讓別人看懂你在做什麼才可以

實習期間，溝通這件事，似乎比我想像中更為困難。和其他編輯的溝通、和作者的溝通、和排版小姐的溝通、和封面設計師的溝通……

在這段時間，我最常遇到的溝通，一是與其他編輯的溝通，二是在稿件上留言給其他人的溝通。

實習生的工作大部分都是幫其他的正式編輯完成稿件的校對以及對紅，簡單來說就是「編輯助理」。不同的稿件其實會有不同的要求，比如在實習期間我的最後一項任務是對一份關於魏晉南北朝經學史的手稿文件的校稿，而那份稿件的要求是「死校」，也就是原稿與校稿之間有出入的時候，無條件以原稿為標準。這是在出版過程中較為特別的一本書，那麼這個時候我是不是能聽懂編輯的要求，我是不是有按照要求去做。執行命令，其實是溝通能力的一種體現。還有，部分稿件在原稿與校稿之間有著非常大的不同，一般這種時候就需要去詢問負責的編輯，我能不能清晰表達出我的疑問，我是不是能聽懂編輯的解答。提問，其實也是溝通能力的一種表現。

第一次和其他編輯的溝通接觸，是在第一天去出版社的時候，以邠編輯和我說明關於稿件如何標記之事宜。這其實是有點漫長的時間，因為我還沒有實際遇到這些問題，全依靠紙上的一點點例子去理解，這個時候需要我去思考、詢問。但其實詢問也不是一件容易的事，如何提問才能讓別人理解，也是一項學問。後來我慢慢摸索出，提問也是需要「具體」的，最直接的方式就是讓其他人直接看到你的問題，而不是只聽到你的敘述。這是個很有用的方法，不僅我的提問能夠被最直接理解，回答者也可以直接就我的提問圈畫標記，讓我能以最直接的方式獲得答案。

在完成任務的過程中，很多時候需要在稿件上進行改動。增添、刪減文字都是很簡單的修改，簡單的符號就可以很清楚告訴排版小姐自己到底想要如何更改。最困難的應是要把稿件中大段文字進行移位。最開始遇到這種修改確實是手足無措的，很擔心自己會不會表達不清楚，導致整體稿件看上去非常混亂。後來學會，其實如果紅筆不容易圈畫的大段文字的時候，可以選擇使用螢光筆。螢光筆更顯眼的同時，也比紅筆看起來更為乾淨整潔。而在移位的時候也並不是一定要拉一條長長的線，寫清楚頁碼，甚至以 A、B、C 標示都是可以的。編輯在校稿的時候，並不一定要全按規定好的符號修改。修改符號的作用，只是提供了一種能夠約定俗成的方式，讓編輯和排版人員雙方更為清晰溝通，如果為了套用修改符號而導致溝通上的困擾，反而是本末倒置。

因為我在出版社的時間只有禮拜四的上午以及禮拜五的下午，工作時間的不連貫導致了工作內容的不連續。那麼如何讓接續我的工作的其他人知道我做到了什麼程度，以及這份稿件是否存在特殊問題，這也是一件需要思考的事。在實習期間我曾遇到一件事，拿到一份需要還原的稿件，但因為沒有人和我說這份其實已修改過一部分，稿件上也沒有說明，因此我從頭又看了一遍稿件。其實我當天看的部分已經是有人進行修改校對過的。而且這份稿件中有一個字用了諧音，因無人告知，我以為是簡體字轉化為繁體字時的疏忽，因此將這些字一個個改正。結果可想而知，我又需要花時間把這些修改痕跡用立可帶塗掉。這並不是讓人愉快的一個經歷，因為從稿件的編輯進度上來說，我當天的進度為零。但這個經驗也讓我清楚，不將任務進度交代清楚會給他人造成多大的困擾，因此，在後來的標注上，我寧願自己多寫一些字，也不希望給別人造成困擾。

「溝通」這件事是為人處事的一堂必修課，是一件看似簡單實則困難的事。但只要做到「將心比心」，一切的問題都不是問題。

四　關於工作

（一）編輯是一項枯燥的工作

作為編輯，可以最早看到書的內容，真是一個讓人興奮的工作。很多人都會這麼認為編輯工作，我也曾這樣想。但在我的實習中所看到的，每位編輯在同一時間會負責不止一本書的工作，而且每本書的編輯周期並不長，可以說是一個每天都相當忙碌的工作。而且正如上文說過的，編輯是掌握大方向的掌舵者，對於一本書的誕生，並沒有精力撥出全部的力氣給它，並不能完全憑己意修改，也沒有精力可以用閱讀的心情來欣賞它。

比如我第一本完整有跟蹤到過程的《博雅茶藝‧至善入門》一書，即使我已經來來回回翻過好幾次稿件了，但其實我並沒有完整讀過這本書到底在寫什麼。編輯時的閱讀方法和在當讀者時是不一樣的，我們沒有太多的時間去咀嚼一句話的文采，也沒有時間去思考作者是否有埋下伏筆、是否有前後呼應，即使我們已經把一本書完整校閱過五六次。

（二）編輯的工作也是無趣的

就我這段實習的感受，我認為編輯不是一項適合團隊合作的工作。每個人的「編輯意識」是無法相通的，不同的人所整理出的稿件勢必會呈現不同的樣式。若是將一份稿件交給兩個人甚至更多人負責，容易造成前後留下不同的編輯痕跡。雖然這可能只是很細微的差別，但怎麼說都是一種割裂。因此當編輯開始負責一本書後，其實很難找到人一起討論工作內容，除了作者和主編。這是一個有些孤獨的工作。不過或許有適合分工完成的書，只不過是我實習時間太短還沒有遇到罷了。

編輯也是一個需要嚴謹的工作，每一次的修改都不應該是隨心所欲。正如在第一節中提過的，萬卷樓負責的很多是學術類書籍，是具有極高專業性的。每一個我們認為的「錯字」都應該是要經過認真考證的，加之每一年的教育部字典都有改動，對於字詞的使用絕不會是我們生活中的想當然耳。多花一點時間去使工作的嚴謹性達到另一個層級，我認為是非常有必要的。

編輯也不僅僅只是個在辦公室中的文字工作者。在一本書的文字部分完成時，還需要思考封面需要有什麼元素以及如何排版、如何與印刷廠議價，甚至需要參與後續的行銷手段。而且當出版社要舉辦一些會議、展覽的時候，編輯還需要走出辦公室，親自佈置現場。在佈置會場時所需要思考的事就不是句子是否通暢了，而是要去設想活動當天會發生的一切情況，要安排合理的動態規畫，甚至要知道現場的所有設備該如何使用。這不是坐在辦公室中就可以知道的事情，在實習期間我有兩次的佈置會場經驗，我發現這更多的是一種經驗累積，做過的次數多了，自然而然知道要如何安排了。

五　結語

一個仔細耐心的文字工作者，一個通曉人情世故的談判者，一個斤斤計較的商人。這是一個編輯。

在實習期間，我問過我自己，比較喜歡唸書還是工作。我回答，我比較喜歡工作。因為工作的成就感是立刻反饋的，但是唸書的成就感是需要經年累月的。但是我也明白，這個社會是殘酷的。我雖然確確實實在出版社中實習，但還是被晏瑞老師保護在象牙塔之中，我還沒有接觸到壓力和批評。但我還是在這段時間中做好了未來面對這個職場中一切挑戰的心理準備，本次實習並不能給我帶來財富，但卻能為我提供一輩子都受用的經驗。

作者簡介

徐宣瑄，國立臺灣師範大學國文學系學生。喜歡迷因、喜歡梗圖、喜歡諧音笑話。雖然喜歡烏龜但是動作不像烏龜那麼慢。因為一本漫畫的影響，一直想當漫畫編輯，但是因為沒有考日語能力鑒定而被拒絕。在萬卷樓實習期間經常在會議室探頭探腦，偷偷觀察有沒有有空的編輯可以回答自己的問題，但是大部分時間都會遇到編輯們在打電話，是個有些倒霉的實習生。實習最喜歡做的事情就是收集用過的標簽並一個個整齊貼好，當作新的繼續使用。自己的紅筆顏色和其他人的都有點不一樣，在工作的時候很小心翼翼，因為做錯了很容易被抓到。

踏上傳遞知識之旅

張雅靜
國立臺灣師範大學國文學系

一　前言

我從小便十分喜愛閱讀各類書籍，特別是小說，並一直對將各式各樣豐富圖書印製出版、將知識與娛樂傳遞到人們手中的出版業十分好奇和充滿興趣。故當學期初在選課系統上看到此課程，便不假思索填入志願，希望對出版產業有更深入廣泛的認識與瞭解，結果也成功選上。

二　課堂收穫

（一）撰寫正式書信、電子郵件與履歷

在課堂上，晏瑞老師教導我們如何撰寫正式書信，現今時代網路通訊軟體發達，但不論是升學還是工作，不免都有需要撰寫正式書信的時候。還記得童年時期，常常會聽聞郵差穿梭街道巷弄的機車聲與叫喊聲、門鈴聲，此時家人便會開門領取

信件和包裹。舊時的書信也傳遞了紙短情長的溫度，現今時代演進，雖已不常用紙張書寫信件，但融合傳統文化的書信用語，於現代通訊形式，依然未被時代潮流所湮沒。

掌握確實的書信格式與措詞，能夠在表現尊重對方的態度之下，清楚明白傳達事件經過、自己的來意與意見，幫助事務的推進，提升辦事效率，可謂十分實用的技能。也讓我不禁回想起國小以來國語、國文課時常提及的應用文寫作，學習如何正確使用書信專業用語，回憶中也參雜許多和同學一起學習的趣事。這段課程令我再次重拾初衷並練習寫作正式信件，收穫良多。

現今常使用電子郵件取代紙本信件，但撰寫時亦有許多事項須留意。如在電郵主旨即明確告知事由；適度將電郵副本抄送相關人員，並依照事務需求，考量是否採用密件副本；分享檔案與雲端連結時，應確認權限設定，且適時縮短網址，或利用超連結方式處理。另外，電子郵件應以簡潔扼要的語句，清楚完整地說明事件，同時也要注意段落和版面的呈現。無論完成事情與否，皆須於收到信件後盡快回覆，以促進溝通並推進事務的進展。

晏瑞老師也教導我們如何撰寫正式的履歷，以在未來實際運用於職場。履歷表應具備個人基本資料、學歷與工作經驗、特殊專長、實際成果、榮譽與證書等項目，且皆須與應徵職務有所關聯，並具有代表性。履歷中呈現的文字與內容，不應以感性文章的方式鋪敘表述，亦不堆砌冗言贅詞或是草率倉促；而是採用條列式陳述，精鍊、準確與清楚的表達語句及說明資訊。除此之外，應多方考量該企業所欣賞的風格，於行文中，讓個人特色、自身工作優勢條件主動呈現出來。最後，調整版面使之整齊簡潔，並注意細節，再三檢查確認，展現自己的重視與專業，才能從眾多求職者中脫穎而出。

（二）現代出版產業之景況與因應策略

出版業的業務內容涵蓋廣泛，從上游至下游，包含書籍出版過程中的相關編輯工作、實際印刷出版發行乃至市場銷售，範疇更是囊括圖書、雜誌、報紙、動漫、影音、數位等等，涵括了一本書的誕生至完成，直到交予顧客手中。出版產業除了出版各種書籍，也傳遞知識，使其永恆留存，既是事業，亦為志業。晏瑞老師在課堂上提及關於「石頭、石墩與石橋」的比喻，讓我十分印象深刻，出版書籍的意義與存在價值，就如同一座石橋，支撐著石橋的橋墩，就是一本一本的作品，建構出橋墩的，就是一位一位的作家；整座石橋亦代表出版的美好願景。而一步步走過這座石橋，便彷彿踏上了傳遞知識、永存智慧的旅程。

從漢代蔡倫造紙，宋朝活字印刷術興起，出版已走向大眾，一九六〇至一九九〇年代更是因數位化時代展開，網際網路興起，書籍載體出現改變與躍進。近十年來，臺灣出版產業的銷售額產生嚴重衰退，或許是吸引誘因越來越多，越來越豐富，已不似從前娛樂有限；且現代社會生活步調越來越快，進入網路時代，電腦、手機在手，即可閱讀各式各樣的書籍，而不再需要隨身攜帶著厚重的書本。

從大學的課堂就能發現，尤其我就讀國文學系，需要閱讀各種古籍，但因電子書的方便性，國文學系的學生也不必一定攜帶厚重的書本到課堂。但縱使現今電子資源十分豐富方便，我仍然習慣閱讀實體書籍，在想回顧前面的內容時，若忘記位置與頁數，不必如電子書般一頁一頁點開查看，只須動手翻閱，即能方便又快速查閱到所尋之處。此外，我非常喜愛閱讀各類小說，我覺得，將書本捧在手中，翻開一頁頁紙張，感受文字浮現在眼前，便彷彿書中一幕幕在眼前上演；相反地，若是閱讀電子書，便去失了一種共鳴與感動，況且眼睛直盯電子螢幕，長時間不但傷害雙眼，也會產生一種疲累和倦怠感，更喪失沉浸閱讀的豐富樂趣。

近年來因時代變遷，臺灣出版產業面臨許多問題，例如：少子化浪潮衝擊、全球化就業，知識份子外移，導致閱讀人口降低；全國性發行商與連鎖書店持續擴張成長，區域型發行商、獨立書店的生存空間減少，甚至沒落消失。

圖書定價是固定的，經過越多層次的環節與流程，所獲得的利潤就越低。而在出版的過程中，已印刷出的書籍就無法退回印刷廠，故於銷售流程中，承受了最大的成本壓力，導致物流商從中大量獲利。

關於出版成本的預算編列，應適度放寬一些而非剛好，以免捉襟見肘。但也不能過於誇大浮濫，以免企畫遭到駁回。在市場行情下，比實際成本提高約百分之二十為妥，若預算通過且有餘，亦成為編輯執行能力的展現。

為因應時代的快速變遷，出現了數位印刷，又稱按需印刷，相較於傳統印刷，省去製版的費用，進而降低少量印刷的總體成本；因是電腦檔案直印，可變動文件列印，更增加方便性與多元性。除此之外，近年亦出現了網路直效行銷的新思維，時興創新圖書產銷模式，不同於傳統，須經由出版社、印刷廠、倉儲、經銷商、市場等流程，創新圖書產銷模式著重於創作者與出版社、平臺與印刷廠、客戶三方之間的溝通及互動。在如今內容為王的時代，藉由網路和數位科技的應用，出版的門檻大幅降低，流程也不再繁瑣，出版不再離創作者遙不可及，而更為貼近日常生活，更具便利性與多元性。自己就是最好的出版社，展現個人出版的時代終於來臨。

晏瑞老師向我們介紹了現代出版企畫的核心思維，須懂得與時俱進，才不會被時代洪流所淘汰。例如藍海策略，在尚無競爭、或競爭較少的領域努力開發，避免同質性產品以及成本、售價上的比較競爭，創造新需求，提高性價比，並不斷的創新，以差異性來吸引消費者。

接著推行紫牛產品，從為產品尋找消費者，轉為開發消費者需要的產品，除了開發新產品，亦改善現有產品。策畫者應以消費者的思考邏輯，並親身參與消費市場，調查和分析消費數據，從中找尋所謂的「引爆點」，採取創新模式，賦予商品與眾不同、獨一無二的特色差異；敢於執行其他公司所忽略的、不敢做的、不能做的、做不好的事務，才更能於競爭市場中脫穎而出，進而獲得較好的利潤。

（三）出版相關議題討論

晏瑞老師還會提出許多關於出版產業現今面臨的困難與問題，讓我們參與討論，對出版產業的現況有更廣泛的瞭解，讓我們走出教室，懂得運用網路資源查詢資訊，參考多方意見，融合己身見解，並於課後上網回答，並回覆同學的看法；彼此集思廣益、積極討論、分享互動，提供每個人獨特的想法，不但能發現並突破事物盲點，察覺主觀外的不同觀點，亦彼此碰撞激盪出火花。

相關議題包含：面對出版業最大市場的省思，對圖書銷售免稅政策、公共出借權政策、圖書單一定價制的見解，以及對綜合型電商削價競爭的看法。

舉近期綜合型電商削價競爭為例，我認為知名電商平臺以六六折的超低折扣促銷書籍，因擁有龐大資金的強大優勢，以量制價，賺取獲得更大紅利；另一方面，此項方案亦不失為一種鼓勵民眾閱讀書籍的策略，促進一般民眾購買圖書的風氣。但也因此在出版業之間形成定錨效應，造成其他出版公司的損失，無法與其競爭，進而聯合抵制。若一般出版公司無法與電商平台低價競爭，可發揮並拓展自己的特點優勢，如特殊版本書、作者簽字、獨家贈品、特別收錄內容等等，創造獨特品牌效益，才能突圍並開拓出專屬市場。另外也可如晏瑞老師課堂所述，改變書籍的印刷順序，先於相關網站開放預購，估算數量後再印刷，避免大量多餘之圖書積累；亦藉由統計數據瞭解市場喜好趨勢，以利出版行銷。

（四）編輯校對的技能

晏瑞老師更在課程中向我們講述了校對工作的實務內容。校對的目的為校異同、校是非，校異同指確保排版稿與原稿完全一致，又稱死校；校是非則指發現原稿中的錯誤、缺漏之處，並進行改正，又稱活校。

在手寫書稿的時代，校對異同是秉持著對原稿負責的最高原則，重點在於死校；而到了現今的數位時代，因多採用電子檔案書稿，在電腦打字和選字的過程中，常會發生作者或打字者打錯字、編輯更改失誤、排版錯漏等等問題，導致電子檔與原稿、甚至作者原意之間產生差異。此時，更顯示出編輯的重要性，檢查出文稿中的錯誤的同時，亦堅守對原作的責任，該如何拿捏其中校對的分寸，變成現代編輯工作的重點。

如今國內翻譯作品眾多，之前曾閱讀過一本翻譯小說，其中內容文句與附注欄位有所出入，人名、專有名詞前後譯名不一致，且版面雜亂，訊息散落全書各個篇章，導致閱讀十分吃力；編輯的每一個步驟看似無關緊要，實則步步皆為一本書完成的重要基石，影響重大且深遠。

三　實習心得

因為這學期課表排得很滿，沒有空堂的時間能夠實際到出版社實習，所以我選擇了萬卷樓任務制實習，並從中獲得許多編輯經驗。

首先，我參與了《臺灣經學家選集》相關任務，處理書籍稿件打字與校對作業。玉姍主編教導我們統一編排的格式，讓同一本書的版面前後一致、文章標題層次有條理；晏瑞老師在課堂上也告訴我們，打字雖求精確，但更講求效率；在打字的當下須專心精準，但打完後不必再一字一字自己細細比對參照。而對於校對《臺灣經學家選集》的書稿，著重的是更改書名號、引號等標點符號的錯失，以及訂正異體字、錯別字的誤用。

晏瑞老師亦講解許多校對工作中常會使用的符號標示，在拿到稿件時，往往會被上面簡略註明的標記混淆，若在不理解其中分別代表的意義之下，即有可能將因胡亂猜測而被誤導，導致校對工作受阻甚至失誤。校對符號的呈現，往往是約定俗成，臺灣在師徒制的校對符號標示中，僅有少數的符號呈現；大陸因為各行各業都講求行業規範及標準化作業，校對符號亦有制定所謂的國家標準，例如刪除、改錯、增補等等，皆有相對的符號，以簡約的符號即能清楚明晰的表示各種涵義，故多被採用。一開始，我在拿到稿件、展開校對時，還感到有些困惑與混淆，經過認識統一規範的校對標示符號後，才豁然開朗。

從打字校稿的過程中，能夠提升專注力和謹慎度，我也閱讀了這些篇章，汲取豐富的國學知識，讓我收穫良多；每次前往萬卷樓領取任務，都是一個新的開始，從過往慢慢累積的經驗，向前展開更多的進步。

除了《臺灣經學家選集》的打字與校對工作之外，晏瑞老師讓我和另外兩位同學一起編輯《編輯「稿」什麼——2022 萬卷樓暑期實習心體驗》，為之前參與萬卷樓實習學生的實習心得。從下載字體，運用 Word 排版的過程中，我也學習到了編輯書籍刊物版面的技巧與方法。排版頁面的統一，應前後一致，不可雜亂無章；不同於之前校對文稿，因是學生書寫的感想心得，常會有過於直接的用詞，亦或是句子不通順，這時就須在不改變影響作者原本所欲傳達之意的情形下，將文辭句式做出修改潤飾。在稱謂上，除非有誤，否則不任意更動稱呼，以呈現作者寫作風格與展現彼此親近的關係，並應統一職稱，對「臺」、「姐」等字亦前後統一使用，才能免除混亂。在數字方面，也要盡量使用國字，以避免阿拉伯數字影響版面美觀。

每週安排下課後的時間，前往萬卷樓領取任務，並展開作業，督促我在一定時間中盡快完善的完成任務，於有限的時間內將工作做到盡善盡美。從與主編、晏瑞老師雙方聯繫的過程中，我也培養了效率性與責任感，每完成一份任務，也從中獲得了滿溢的成就感。

四　結語

出自對閱讀的喜愛以及對文字的熱忱，希望對出版業有更深刻的認識和瞭解，參與了出版實習課程。在課堂上，我認識了出版產業的範疇、實際出版與銷售的流程，瞭解圖書發行通路，以及數位印刷的新技術，也學習到圖書編輯技能、培養出版企畫能力，並建構出版的創新思維，就此開拓新時代出版的廣闊視野。

從實習過程中，蒐集文刊、打字校稿、編輯排版……每週安排課餘時間，展開編輯任務，參與出版社工作達六十小時以上，累積充實的出版實務經驗，為一本書的完成出版貢獻了一點微薄但重要的心力。於課程結束後，將課堂與實習的點點滴滴、滿溢的成就感、豐富的收穫透過筆尖紀錄書寫，承載了經歷、時光與回憶，永恆留存，同時亦傳遞給擁有相同志向與夢想的人。

作者簡介

張雅靜，二〇〇二年生，彰化員林人，童年歲月於北斗鎮度過。熱愛閱讀各式各樣的小說，涵蓋推理、武俠、奇幻、科幻、文學等等，遠離塵囂，沉浸於書中世界，徜徉沉醉其中，享受悠緩愜意的生活。閒適時，亦常吹奏曲笛，以此自娛，舒緩身心的疲倦，更重新迎向挑戰。除此之外，也喜愛欣賞電影、旅遊，期盼未來能有機會到英國、紐西蘭等國家旅行，環遊世界，體會不同地域的風土民情。

出版編輯？

章楷治
國立臺灣師範大學國文學系

一　書系

第一日抵達萬卷樓實習，被晏瑞老師安排整理編輯部樣書庫的工作。一開始只認為需要排列整齊就好，卻得到一張書系表。書系簡單來說的話，就是將多達幾千本的出版書籍分門別類，大分類就有如古典文學、現代文學、外國文學、古籍經書等等，而在大分類之下可再細分，如現代文學之下的分類有現代詩、散文、小說、劇本等等，是根據書寫體裁進行的細緻分類。之後經過晏瑞老師的解釋，我也逐漸明了這種做法的意義。隨之衍生的功用便可以活用在出版成本與捆綁銷售這些較為深入的應用上。

在整理樣書庫的時候，發現不同的書系其實可以從外觀去進行區分，因為在出版初期的時候，將書系定好後，便可以用同樣書系之封面去延伸設計，甚至是只換色、換字，以保留整體封面設計框架這種做法。這種做法大大降低了書籍出版時的初始成本。因為書籍封面的設計，設計費用頗高，但如果是由基礎框架進行二次設計，那成本會稍微降低；而如果書籍封面整體框架相同，只換色換字，這類設計太過簡單，設計師也不好意思收取太高的費用，大部分可能只會收取一點點的辛苦費，對出版社來說便能大大降低出版成本了。

捆綁銷售其實不難理解，當顧客需要購買書籍時，會通常會從書系結構中直接尋找，那當顧客尋找到自己需要的書籍時，可能會看中同一書系中其他的書籍，於結帳時一同買下。其次是系列出售與大書帶小書效果。出版社可以將同一書系中的書本進行統合，作為一套系列套書出售，同時在系列套書中放入較為知名的作者，那顧客或知名作家的粉絲在看見其作品時便會誕生購買念頭，但因為是系列套書捆綁銷售，那他們也只能一同購買裡面的其他書籍，而這就產生了大書帶小書的功效，其一是提高獲利，其二是減少小書的庫存。

二　書籍銷售

經過兩周的樣書庫整理，得到晏瑞老師派發的新工作——大陸進口書籍轉售。萬卷樓出版過許多教授、老師的論文等書籍，因此有部分教授和老師會透過萬卷樓找一些已絕版或臺灣找不到的書籍。而找到萬卷樓的原因，是因為個人從大陸或外國購買，其運費加上書籍本身的費用其實未必會比萬卷樓集運來得便宜。萬卷樓進貨時並非只是購買一兩本，通常購買量較大，集貨運輸，因此在整體費用就能創造利潤。

藉此機會，我理解到出版社涉及的業務其實並非如我想像中的那般——只有出版書籍與銷售自家出版書籍。除此之外，與萬卷樓有交流的國家甚多，就如萬卷樓曾負責整合其他國家的書籍轉售到香港去。

而這種國家與國家之間的書籍轉售，利潤、成本、過程涉及太過廣泛，雖尚未完全理解其中的操作，但為我日後返回馬來西亞提供了一項可以嘗試的工作內容。

三　書籍校稿，對紅

校稿，對紅，這兩件事情是出版社日常工作中佔比量最大的工作，同時對我而言也是最為枯燥乏味的工作。但如果複雜的作品是現代文學類，還是十分有趣的，因為可以在校稿的同時閱讀尚未出版的新作品，而且文筆還十分優秀，可以當做工作之餘的消遣。

校稿，分活校與死校。活校，既是我們編輯可以當下修改的，如將作品句子改得通順又將錯字修改，通常出現在文學性質的作品上；而死校則較為困難，通常用在學術性質比較深的作品之中，就如我這次實習中碰到關於一本詮釋歷代經書的作品，其中經文的用字與句子，便不能隨意修改。

對紅，將每一校稿件與上一校做對比檢驗，確保上一校需要修改的地方都正確修改，將已經修改的部分用紅筆畫記，逐一檢驗。是編輯工作中最為枯燥的工作。

每一本書籍在出版前會經過很多的三校，而每一校都有一份稿子，因此書籍出版的時候，稿件的整理是校稿中最重要的事情。每一份稿子要用自製的塑膠袋封存，確保各校次的稿件集中，也不會被搞混，且因為稿件都是未裝訂版，若是不小心將兩份稿子混在一起，那就麻煩了。一本書最少都會存有五份稿子在編輯部，即初稿、一校稿、二校、三校稿、完稿；甚至還會有樣書與編輯部用書。

出版前的樣書，是由印刷廠將完整的出版書籍印刷一份，交給編輯部與作者確認是否有誤。如若有誤，則會在樣書上註記交還印刷廠。而樣書也是作為作者與印刷廠之間的憑據，以避免成品書出版後出問題時追蹤責任歸屬。

四　版稅

修這堂課的時候，恰逢我正打算出版個人第一本書籍，因此向晏瑞老師詢問了許多關於版稅相關的問題。

與出版社談論版稅，就像一場商業戰爭，作者需要有足夠的條件與底氣，方能夠與出版社做出更加平等的交談。底氣的體現在於文學獎得獎的多寡與份量、知名度、書籍銷售的最低下限，這些都是構成出版社考慮給版稅的因素。而如我一般的新秀作家，缺乏知名度，也沒得過文學獎的，一般出版社投資出版能得到六至八個百分比的版稅已經是不錯的條件了。現在市場上聽過較大部分的版稅百分比都是十，只有少數知名作者才能達到十五或更多。

出版分兩種，即出版社投資出版以及自費出版。投資出版是出版社會支付所有的費用幫助出版書籍，而有些可能會讓作者購買一定數量的書籍，作者可以收取版稅。而自費出版又有兩種不同的模式，第一是作者負責書籍出版的所有費用，那版稅可能就是書籍銷售的利潤全數，或負責部分的出版成本，將獲得的版稅會比投資出版多不少，但也不會太多。

版稅的結算方式，實務上亦分為好幾種（晏瑞老師說了超級多的實務狀況，超煩的），就目前我個人的理解，所知曉的只有三種，即銷售結、印量結以及贈書抵稅。

銷售結是三種版稅結算法中版稅較高的，以出版書籍的銷售量來進行版稅結算。賣一本得一本的版稅，好處是可以得到較高的版稅率，缺點是結算時間較長，分為半年結一次或一年結一次；這類版稅結算法，除非銷售量高，否則作者其實得到的版稅可能連一個禮拜餐費都不夠。

印量結與贈書抵稅部分出版社在實務上有著異曲同工之處。可是印量結的版稅率較低，就是出版社以每次印刷出版的印刷量的百分比來進行現金支付，好處是可以在書籍出版後出版社要承擔較高的風險，便能夠結算版稅，而且對於版稅收入也有保障；壞處便是版稅率會比較低。贈書抵稅則是，在印量結的基礎上，將現金換算成實體印刷書籍的數量，並且也會有更高的版稅。好處是作者可以將得到的書，自行銷售換取現金；壞處便是作者自行銷售的話，也會影響市場自身書籍的銷售量，扣掉工本費後，最終版稅收益其實不高。

五　出版社困境

現在紙本書籍出版市場環境十分不良，而且在近期掀起電子書籍熱潮以及疫情因素更是雪上加霜，對出版行業造成了致命打擊。於這兩年內，雖然多少對大型出版社造成了一些影響；但對於獨立出版社以及小型出版社卻是毀滅性的影響，許多獨立出版社以及書店於這段時期內一一倒閉。出版社行業究竟何去何從呢？

現在大部分小型出版社以及獨立出版社的員工量不過一到三人，就以馬來西亞的出版社——大將出版社來說，據近期他們的臉書粉絲專頁裡的工作日記所說的，也不過剛剛加入第四位員工。而出版行業如此繁雜，冗重的工作量又如何是那麼幾個人能夠處理的呢？於是衍生出了現在小型出版社盛行的外包工作。將書籍的一校、逐字稿、排版、封面設計等都外包給外人負責，出版社負責國際書號，版稅以及銷售推廣就好。但這些外包工作中，仍舊需要支付不少的勞務費。

很多獨立出版社以及小型出版社試圖為臺灣的文學做推廣，但依舊虧損，這是為何呢？

因為當代年輕人對於紙本書籍的要求逐漸下降，電子產品以及網路的進步，電子書逐漸替代紙本書的地位。除此之外，是文學風氣的轉變，現代詩的受眾太小，而作品的隱晦程度也受到大眾的考驗，是否迎合讀者喜好以及文學性是詩人必須考慮的事情之一。而小說的受眾雖大，但在年齡範圍較低的受眾中，比起童偉格的《西北雨》，他們更願意去選擇網路短文小說或者《霸道總裁愛上我》這類型的作品。散文無疑是受眾範圍最大的文體之一，但仍舊逃不過被網路風氣影響的命運，現代年輕人比起散文大師的作品，更喜歡閱讀網路紅人的日記或無腦雞湯文。劇本類，如劇場表演，觀眾也逐漸減少，年輕人更加喜歡大陸偶像劇那千篇一律的戀愛套路，或者如韓劇中的車禍、誤會、原諒、重新歸於好的狗血劇情。

這是悲哀的，在現代隨著二〇後的出生，一〇後的長大，我們無法忽視文學作品地位逐漸受到衝擊的情況。而且隨著寫作門檻的降低，以及自費出版的捷徑，市場內可說隨隨便便一個人都可以出版自己的書籍，在書籍混雜的市場內，網絡的影響更加凸顯，銷售量甚至都在依靠粉絲的追捧，內容卻千篇一律毫無內涵可言。

而出版社恰是要在這惡劣且繁雜的市場中生存，大型出版社存在久遠，有自己的固定購買者，小型出版社甚至是新進的出版社則困難許多，除非在一開始便有知名的作家，或者賭對了一本書來提升知名度，否則是否能夠繼續存在都是一個問題。

六　編輯工作

編輯的底薪不高，新人編輯的底薪在兩萬九到三萬三之間，需要經過時間以及經驗的累計，方能夠達到五萬左右的高薪，而這是也將成為資深編輯，要求更高的薪資唯有跳槽這一選擇。可是編輯的基本薪資卻能達到六萬，這又是為何？

因為編輯除去上班的時間，下班的業餘空閒時間，可以成為自由文字工作者接洽其他出版社的外包作業。特別是能力與名聲較好的編輯，也會有出版社固定派發外包作業內容。編輯費一本書大抵在一萬至一萬五之間，封面設計在一萬至一萬五之間、排版以頁數為單位、校稿千字為計算單位。

這就是為什麼晏瑞老師在實習過程中，不斷地告知我們需要學習編輯工作外的各種實務能力。試想，如果一本初稿是手稿，可是你能夠一個人負責打字稿、一校至三校、排版、封面設計，最後再與某間印刷廠保持良好的關係，那一本實體書籍出版的所有成本都將成為你的利潤；唯一需要付出的只有時間成本。

但這也是為何編輯工作辛苦的原因，導致成為編輯意願的年輕人數銳減，雖說在現在社會所有工作都十分辛苦，但編輯要不斷地面對微小繁密的文字，久坐，在上下班都如此。曾經在報刊上看到一位詩人寫的文章，建議作者不要從事文字工作，當時不懂，如今經歷起來，大量的文字攝取閱讀，會破壞對於文字的喜愛程度。

七　文字外工作

大部分人認為編輯的工作內容只有文字，出版但其實還需要負責很多活動籌辦。編輯其中最重要的工作內容便是策畫案的撰寫。

活動內容很多，有書展、對談會、新書發表會、文學獎等。而文學獎也恰是出版社尋找暢銷書籍的途徑之一。對談會就有如雙囍出版社那樣，在詩人蕭宇翔出版詩集《人該如何燒錄黑暗》之後開辦了幾場對談會，其中甚至找到歌手柯泯薰來進行對談。書展就有如斑馬線文庫那般參加國際書展，亦或是獨立出版社書展，通過書展來對出版書籍進行進一次推廣。文學獎的話舉例後山文學獎的主辦單位之一，木蘭文化出版社，後山文學獎的年金類作品都會由在他們那邊出版，其中就有著臺師大國文學系的學長陳有志的詩集《北上南下》為例。也有的出版社並非只有書籍出版，就如萬卷樓就會出版大學的論文集，和期刊雜誌《國文天地》。

除此之外，也有很多出版社會對文學進行積極的推廣。如有的出版社時常舉辦講座會，在書店或者到各個高中，進行文學推廣，讓自家出版書籍得到進一步推廣的同時，也對文學的接受範圍受到更多人的喜愛。而有的出版社會舉辦文學創作班等等。

八　實習心得

一開始，在選課系統看見了這門課，因為臨近個人詩集即將出版，又與未來道路規畫有關，於是毅然決然的選下這門課。但真正實習之後，卻又將對於編輯工作的想像打碎，枯燥乏味的工作內容，繁冗的工作量；讓我不禁去思索，究竟是我不適合編輯這個行業；還是我根本就是一個現代影響誕下的爛草莓。

但或許是與出版社的出版內容不夠契合，因為在萬卷樓曾經負責了一位香港作家的詩集和小說，對於這類作品的接受程度較高且不容易覺得乏味。但因為在萬卷樓大部分的校對內容都以古典、經史子集等學術內容較為深奧，也與個人興趣有關導致對編輯工作的認知有誤。

編輯工作，選擇時期我認為除了薪資因素，出版社知名度等表面考量，更重要的是確認出版社的出版內容以及方向。對我而言，選定一間契合的出版社擔任編輯比起其他的更為重要。

作者簡介

章楷治，二〇〇二年生，處女座，馬來西亞，吉打州人。現就讀於國立臺灣師範大學國文學系大二。業餘創作者，散文、現代詩，作品散見於刊物，現為風球詩社社員，噴泉詩社社員。曾擔任二〇二二年風球詩社第二十六屆全國全國高中詩展總召。

出版社、編輯、未來與我

莊媛媛
國立臺灣師範大學國文學系

一　修課與實習動機

剛進大一的時候，其實就注意到了這門課，但當時對自己的能力較沒有自信，大學生活也還在適應期，於是大二才鼓起勇氣選了這門課。一直以來，我對於文字的共感度很高，常會因為某些特定字詞或文句而感動，所以有時會藉由文字抒發內心的感觸或想法，以前也有過想成為作家的夢想。不過，現實總是殘酷的，在見過許許多多比自己有才能的人的發展之後，這個夢想就幻滅了。可是，心中還是有個小心願：在短暫的人生中，如果可以的話，希望仍能出一本自己親手撰寫的書。

然而，就在這幾星期間，正如火如荼地對抗滿天飛的期末報告與考試、彷彿身在地獄裡的我，卻仍然努力端正原本已經快要歪七扭八的坐姿，任由自己的手指在鍵盤上瘋狂跳舞，並且以布滿血絲的雙眼直盯著此時此刻的電腦螢幕裡的字裡行間，幻想著自己是個才華洋溢的作家，打字聲伴隨咖啡香刺激我的耳鼻，卻仍然不受任何侵擾，因為自己正在撰寫的這份稿件，即將出版成書。心中的雀躍與焦躁相互交雜，形成一團巨大的毛球，在我內心不斷膨脹，唯有透過持續的撰寫，才能使這快要滿溢而出的複雜情緒稍稍緩解。這是夢嗎？這已經不再是夢，因為這些被困在冰冷螢幕裡的文字，將要破繭而出，成為能夠觸摸並翻閱的實體書籍，如同過去摸不著邊際的夢想，現在終於能夠碰觸到其中一角。是的，作為實習編輯，我正在撰寫屬於我的故事，而它正要出版成書。

這麼說來，我前來實習的動機或許有些搞錯重點，但相信一定有許多同學和我一樣，是因為這門課除了可以實際到出版社實習之外，還能將每個人撰寫的文章集結成冊，出成一本書，才選擇修這門課的。不過，儘管醉翁之意不在酒，喝下肚的酒也仍然擁有它獨特的價值。

出版社，是孕育書籍、以及書籍誕生的地方，對我來說既熟悉又陌生，同時也有著莫名的憧憬。然而，當別人問起我未來想從事什麼樣的工作時，我的內心卻一直搖擺不定。因為我始終無法實際想像出在出版社工作的確切模樣，成天面對堆成山的稿紙？坐在電腦前面當一臺無情打字機器？抑或像電視劇演的，與作者熱血地討論下部作品內容，是與作家並肩作戰的夥伴？不過，這些都只是我獨自想像的樣貌，於是我決定親身經歷一遍，用實際的經驗去體會編輯真實的工作情形。

二　實戰經驗與收穫

大約兩個月前，我來到萬卷樓，開始我人生第一次的實習活動。一開始其實我是有點不安的，因為擔心自己的能力是否能夠處理好指派的工作。但這裡的編輯同仁們都很親切，在交付我任何工作之前，都會非常仔細地說明工作內容，並一步一步地引導，甚至告訴我這項工作其他的相關內容，讓我收穫非常多。

首先，一進到公司，最先學習到的是身為編輯必須具備的基本技能——校對。校對工作總共分成三個階段：一校、二校、三校，每個階段在校對完成之後，需先請總編確認修改內容，或與作者討論校稿時產生的不確定之處，再請排版人員進行修改。而修改完成後的稿件需要進行「對紅」，確認每個用紅筆標註的地方是否全數修正完成。不過，文稿在進入校對階段之前，還有許多需要先處理的事項，例如作家完稿後，那些熱騰騰、剛出爐的原稿需先大致整理過，並挑出其中明顯的錯誤，若作者老師使用的是手寫稿，就需要將它打字成電子檔，然後進行死校（比對電子檔與手寫原稿內容是否一致），再進入下個階段：體例的統整，以及與排版人員討論排版格式，樣張確認後就能進行正式排版。而排版完成的稿件才會拿來進行校對。三個階段的校對都完成了以後，就會開始製作樣書，樣書的確認與修改都確定無誤之後，才會正式印刷預定的書本印量，再進到最後販售階段。

校對是我實習過程中，最常從事的工作，因為需要校對的稿件真的非常多，而且校對也是整個書籍出版流程中，佔比最大的工作，需要耗費較多的人力以及時間，尤其萬卷樓出版的大多是學術專業領域的書籍，和一般類型的書籍相比，閱讀起來確實較費神，稿件內若包含古文原文或古書名等較為陌生的內容，對於剛開始實習的我來說，是一件會令人不知所措的工作。幸好編輯同仁們對我在校稿時產生的每個疑問，都非常耐心地回答，有時也會順道補充一些相關知識，消除我原本的不安，又擴增了我的視野，讓我在此後的校對作業變得較為上手，真的要很感謝當時每位編輯的照顧與教導。

進行樣書檢點的時候，覺得這項工作真的需要極大的耐心與細心，以及一顆足夠強壯的心臟，一項又一項的檢查要點，雖然有總表可以對照，若不足夠謹慎的話，仍有出錯的風險，就算每項都確定檢查過，也不能百分之百確保絕對萬無一失。即便如此，樣書檢點仍是書在出版之前不可或缺的一環，因為編輯過程中要留意的地方太多，如果沒有經過這一番檢查，錯誤就有更大的機率存在，為了使書籍的完成度與正確度達到一定的水準，就必須謹慎地看待這項作業。

同樣地，面對謄錄或死校工作也是一樣，機械似的不斷將手寫稿的文字一個一個輸入電腦，抑或對照電子檔與手寫稿內容是否完全相同，看似不需太多思考就可以完成，事實上也不能隨便看待，如果打稿者誤會原作老師的意思，或不小心看錯或打錯字，導致內容與原先意義不一、後續程序進行不順，或一直未發現錯誤而讓讀者誤會原意，將會造成許多負面影響，因此必須非常謹慎地專注在這份工作上。

此外，除了書籍在正式出版之前，會歷經的這一連串漫長的歷程之外，我還學到了其他隱藏在這段歷程之中不可忽視的小細節，例如書籍的資料歸檔，將每本已出版或再版的書的相關資訊完整紀錄並保存；撰寫新書資訊，使消費者一目瞭然書籍想傳達的內容，刺激購買慾；申請國際標準書號 ISBN，使書籍便於管理與辨認；標示字體格式，使排版人員能更順利進行原稿的排版等等。當然，還有許多雖然瑣碎卻非常重要的工作，就不一一詳述了。

在實際操作這些作業後，我才真正瞭解到了一本書在出版前後，都有非常多需要注意且可能會被忽略的地方，也感受到了每位編輯都十分認真對待每一項工作，大家一心想讓書籍的完成度更好，並讓更多人得以體會閱讀實體書籍的喜悅，就算存在許多現實層面的問題，例如成本開銷、銷量多寡、如何打響書籍知名度等，每個人都會一起腦力激盪，盡力去突破困境，這樣的精神讓我十分感動。

其實在進到萬卷樓實習之前，我有時會悲觀地思考：如果將來去當一名編輯，是不是就承認了自己只適合當一個配角？永遠作為作家的輔助者，會不會逐漸忘了創作的快樂？然而，事實證明這些都是我多餘的猜測。藉由親身經驗與身旁編輯們工作的身影，我認為編輯具有這個職業獨特的一種「職人精神」。編輯的工作大多枯燥乏味且重複性高，又需要拿捏對於內容的干涉程度，做得好沒人會稱頌，但沒做好會立刻被發現甚至被責備，即便如此，也願意為了最後能夠呈現品質高的成品，付出極大心力去完成每一項吃力不討好的作業，我認為這不是所有人都能勝任的。

日劇《校對女王》裡有一段我很喜歡的台詞：「我覺得人生當中沒有什麼『徒勞無功』的事情。就算得不到別人的表揚，也得不到任何的認可，我都想盡自己全部的力量，將能力所及的事情全部都做到。」經歷了這段實習的日子，我才算是真正瞭解這段話想傳達什麼，它完全體現了身為一名編輯的信念——就算是平凡不起眼的事，也要認真看待眼前所做的工作，並盡力做到最好。因為這是身為編輯的職責，也是為自己所選擇的人生負責的表現。

三　出版社的未來

儘管編輯的工作很有意義，也無法改變目前出版社所面臨的困境。現代人讀書風氣愈來愈低落，導致實體書籍銷售量逐漸減少，出版社的利潤當然也下降了不少，再加上各家出版社與電商的削價競爭，賣書似乎變成一件很難獲得回報的事業。課程中晏瑞老師時常發起提問，未來出版社該如何轉型，才不會被現今風氣帶來的逆流沖走？

在探討這個問題之前，我想先發表一下個人對於這個現象的看法：事實上，我認為實體書籍被市場淘汰的結果是必然的，只是時間早晚的問題。時代不斷地演變，科技與文明也不斷地發展，傳統舊式的生活習慣會被新的取代，雖然有些事物的消逝令人不捨，但在抵達遙遠的未來之後，或許這些都是無可避免的。可正是因為會捨不得，也不想讓寶貴的事物被時代洪流沖刷殆盡，部分人們才會致力於保存每個時代產生的文化產物與記憶。單就大眾傳播產業而言，近幾年數位串流平臺興起，電視臺開始讓綜藝或新聞節目在 YouTube 播出，或將電視劇上架到串流平臺；唱片業者除了與音樂串流平臺合作，同時也為了激起消費者購買實體專輯的慾望，推出各種行銷策略，限量簽名專輯或附加精美特典，除了聽歌之外，也擁有視覺享受以及更高的收藏價值。

回歸正題，出版業者要怎麼在這樣的時代下生存？以上提到的兩個例子，正是我認為現在出版業做得不夠充足的部分：轉型，或是增加產品附加價值。首先，針對轉型的部分，網路的興起，使許多人無論聽音樂、看影劇、閱讀，都使用電子產品做為媒介，但為什麼大部分人的休閒娛樂都會提到用 Netflix 追劇、用 Spotify 聽歌，卻很少人提及看電子書呢？那是因為儘管現已有一些電子書平臺，但實體書的數量卻還是很多，換另一種說法，就是花太多成本在實體書上，卻忽略透過電子書銷售的可能性。不過事實上，某些類別的書籍販售已轉型得差不多，例如漫畫，各家 Webtoon 如雨後春筍般出現，行銷策略是讓讀者免費觀看某些集數，若想搶先觀看最新集數，就必須購買代幣解鎖，這個銷售方式的厲害之處在於，因為每次支付的金額很少，所以許多人為了閱讀後續劇情，就願意掏錢購買。此外，日本漫畫界最著名出版社「集英社」所發行的《週刊少年 Jump》漫畫雜誌週刊，也受到了時代演變的影響，實體雜誌的銷售量日漸減少，但他們選擇順應時代轉型，推出「Jump+」電子書平臺，除了有直接在平臺上連載的最新漫畫，也有過去在《週刊少年 Jump》連載的經典漫畫，可說是現今出版社轉型成功的最佳例子。

然而，其他種類書籍為什麼沒有像漫畫一樣成功轉戰網路？個人認為是因為缺乏一個功能、規畫與行銷策略完整的平臺，若各家出版社自行推出，或者多家出版社聯合推出一個系統完整的電子書平臺，可以帶來兩個好處：第一、成本降低，不僅可以不用與中盤經銷商以及電商平臺討價還價，出版社可自行販賣書籍，也可省下印刷費用，無須擔心印過量的問題；第二、除了順應電子化潮流，電子書還因省下印刷成本，所以價格比實體書籍低，讀者更願意花錢購買，以「少量多餐」方式賺取更多利潤。

當然，順應時代變遷、改變行銷策略的目的並不是為了捨棄傳統，而是使孕育書籍的出版社可以活得長久，而且實體書籍還是擁有存在的必要性。因此接著，個人認為出版社還可以做得更好的地方是：使書籍的附加價值提升。就如同前面所述，消費者購買實體專輯的原因，不只是單純為了聽歌，還希望有收藏的價值，而書籍也是一樣的，現代人的閱讀機會無須透過書本，若要看書，網路上就有了，那買書的動機何在？除了可以閱讀之外，部分原因是想要收藏，而出版社可以運用這個契機，刺激消費者的購買慾望，比如，推出限量作者親簽版的預購、買書附贈書籍內容相關商品，或者首刷才有的限定特典版等等。

不過，這樣一來或許會產生一個疑點：使用太多噱頭，不僅會使成本提高，也造成書籍內容不再是販賣的重點。可是我覺得不然。首先，針對書籍內容的部分，大多數人都是因為喜歡一本書才會興起購買的念頭，並不會單純想要附贈物品就去購買。例如：買食譜附加廚房用品，但不會為了買廚房用品就去買食譜。所以我覺得這部分不會產生太大的問題。至於成本提高的問題，的確不能每出版一本書就使用太花俏的噱頭。因此，我認為可以運用電子書平臺，販賣實體書籍，例如電子出版後，限時一個月內，在平臺開放幾頁試閱，同時也開放預購實體書籍，不僅可以先引起讀者好奇，也能確定實體書購買數量，避免印量太多，造成庫存的風險。

以上是我針對這門課討論過的議題，所提出的一些粗淺的想法與建議，實際執行起來或許會遇到不少問題，但我認為現今出版社仍有許多改變的空間，太過保守可能會畫地自限。無論如何，我都希望出版社能一步一步因應時代，與時俱進，邁向遙遠的未來。

四　回顧與展望

透過這一學期的實習與課程，我終於可以切身體會每位編輯與出版業者每天面對成堆的稿件與事務，以及許多艱難的未來產業發展問題，卻仍然盡力保持最初的熱情，是多麼辛苦的事。但每個人從來不懈怠，總是認真地對待眼前每一份工作。而對我來說，我總算能感受到作為一位編輯的成就感，從辛苦的過程中找到樂趣，以及體會當書籍完成時，版權頁印有自己名字的喜悅，也能對於這個產業的現況，做出一些回應與建議。

或許還有許多我尚未經歷到的出版業的辛勞與有趣之處，但我很慶幸能有一次這樣的實習經驗，實際參與出版社編輯的工作，成為孕育書籍的其中一員，也從過程中學習到了許多相關知識，對於出版產業面臨的各項問題，亦能產生許多想法，並提出建議。這些都是多虧了有各位編輯同仁細心地教導，面對我問的所有問題，也都耐心且仔細地回答，真的非常感謝，也要感謝晏瑞老師開這門課，否則我不會獲得這麼多寶貴的學習經驗。萬卷樓是個溫暖的地方，在這裡實習的經驗與回憶，將會成為我往後人生道路上非常重要的養分。

最後，無論是出版產業，還是我自己，未來仍然會面臨各式各樣的挑戰與抉擇，在抵達想去的地方、實現想要的生活、成為憧憬的模樣之前，我想我會繼續不斷地煩惱、思考、嘗試與收穫一些東西，並且盡全力奔赴理想的未來。

作者簡介

莊媛媛，臺北人，國立臺灣師範大學國文學系大二生，喜歡音樂、文字、藝術。比起透過話語，更擅於將心情轉換成文字表達。有短暫擔任編輯經驗，高中時期曾與同儕聯合製作雜誌，並在團隊裡擔任文字編輯。經營個人寫作社群平臺，發表新詩、散文、觀影心得或各式短文。其餘也在繪圖及音樂平臺，發布個人繪畫及翻唱作品。是個無法停止創作的學生。就讀師範大學，卻不想當老師；專攻是國文，卻對古文過敏；是處女座，卻不會凡事追求完美，對於不在乎的事情會毫不猶豫採取放任態度；討厭番茄，卻愛吃番茄醬；厭惡吵雜，卻總是把歌曲音量調到最大；害怕孤獨，卻恐懼人群。是個集矛盾與衝突於一身的人。

出版實習之旅：戰艦出航

許心柔
國立臺灣師範大學國文學系

一　前言

在萬卷樓實習就如同戰艦出航，在看似寧靜的文字之海中，浪或大或小，每次航行都得面臨不同挑戰。這學期的實習工作中，參與內容有編輯、行政、行銷等，不同工作類別間須運用的能力，以及各自的體悟不盡相同。

二　船員點名：向前輩、同學學習

實習前，晏瑞老師曾說：「實習的其中一個目的，就是要去感受一下職場的氣氛。」經過長達一學期的實習，我認為在萬卷樓工作的同仁都有幾項共同特質，也就是對人細心、溫婉、含蓄，對工作則要求準確、處事周全。每當實習生一坐進辦公室，編輯就會關心我們的任務狀況，或者當我們第一次學對紅、學校對時，編輯都會詳細的教導我們，並確保同學們都有聽懂。萬卷樓的同仁散發出的氣質與國文學系的老師、同學相同，因此對我來說感覺十分親切，有問題也不會害怕去請教。

有時晏瑞老師更是會對我們「機會教育」，工作上遇到哪些困難，也不吝於讓同學們知道。有一次，晏瑞老師拿了一疊稿子，說：「這份稿子原應是三校稿，但因為疏忽，讓作者改到比較舊的版本了！」聽到這裡，所有同學不禁倒抽一口氣，大家一時之間也替晏瑞老師緊張起來。相比之下，晏瑞老師更像見識過大風大浪的人，看到我們的反應後，才不疾不徐地說出：「解決辦法就是直接在晏瑞老師傳回來的檔案上，謄上二校稿的修改內容。」大家也開始幫忙協助處理。這個經驗讓我明白，一個企業不會完全沒有意外發生，而意外之所以得其名，就是因為發生在大家認為最沒有問題的環節。有些意外始料未及，且從未發生，此時就非常考驗危機處理方式，在萬卷樓實習，我幾次聽聞，意外的發生，都是在最不可能發生的地方，而產生的。比如：手工補救印錯版權頁、作者寫錯人等等。

在網路上曾看過一段文字：「有些人擅長將零變成一，有些人擅長將一變成十，但最重要、不可缺少的的往往是將負一變成零的人。」我尚未踏入職場，尚未承擔過重大的責任與後果，但解決問題的能力卻是要在生活中慢慢培養的，即使是微不足道的小事，若抱持著「放著爛」的態度，就無法養成解決問題的能力。因此，任何事都要用心、謹慎對待。

來企業實習不只是學習實務內容，也要跟前輩、同事學習，看看別人如何處理事情。每周三早上準時進公司，踏進會議室後，總有一位同學每次都提早到，安靜地翻閱書本，等到任務來臨時，便不疾不徐的開始工作。一樣是等待的時間，有時我會匆忙的準備下午的考試，或是看看手機，可以說是想到什麼就做什麼。從那位同學的身上，我看見一個值得學習的特質。那就是：善用時間。上班時間是九點，通常是九點十分至二十分時交代任務，所以剛進到公司會有一小段空檔。有些人會選擇遲一些，剛好趕上接任務之前的時間；有些人會準時到；然而，提早的看似沒有必要，若好好利用等待的時間，專心的做一件事，讓自己的頭腦進入工作狀態，這樣開啟一天的方式，比晚睡幾分鐘才匆忙進入公司，更顯得有餘裕。

從前我對於善用時間的概念是「多工」，即是利用零碎的時間處理事情，不放過一點空檔。但反效果，就是在工作間切換所造成的不易。在同一時間做好多不同的事，就代表任何事都沒有專心投入，也常常令人心思混亂，即便進行下一件事，腦袋卻還在思考上個工作。現在我對善用時間有了新的看法，不只要在有限的時間內完成事情，最重要的是：一次只做好一件事。畢竟人的腦袋本就不適合多工，且開始實習工作前，先給大腦暖暖身，才能更投入於文字工作。「寧靜致遠」是我在這遠離吵鬧的辦公室中學會的寶貴經驗。

三　揚帆啟程：編輯

學期初進行實習洽談時，提到想要參與編輯工作的想法。當時對於編輯的印象，大概就是看書、找錯字，腦內想像的場景類似電影《編舟記》中，坐在充滿書架的舊式辦公室中，埋首於書本之中的樣子。進入萬卷樓後，果然與想像相距不遠，我們做起國文學系的老本行，圍在形如甲板的小圓桌旁，船員各就各位，徜徉於文字之海。

晏瑞老師先是介紹編輯的流程，包含一開始與作者規畫出版計畫，經過樣張設計、三次校對、對紅與排版，與印刷廠洽談後印製樣書，最後印刷出版。其中，有幸參與古遠清老師與吳俊德老師，以及香港作者的書本編輯，我認為校對與對紅是一份不難，卻極須細心的工作。簡單之處在於一本書能夠進入此階段的工作，已經過大架構的確認，且作者都是合作多年的老師們，內容大抵完備，沒有太多疏漏，因此我能做的就是挑幾個錯字，或是再次確定版本間的修改內容而已。稍微困難的地方在於，有些字詞用法不太熟悉，找編輯確認也就解決了。在這短短的實習期間，我認為校對與對紅是非常基層、程序性的工作，這代表著「非中文系」出身的人也可以勝任，在未來也有可能被 AI 取代。關於這點，進行〈朱子焦疏補正〉謄錄時就大有體會，一本厚厚的書稿，用手機的文字識別軟體一掃，全文就馬上轉成文字檔了，不必花這麼久的時間一個字一個字慢慢打，從前需要多加一個人力做的事，靠一支手機就能達成。因此，我想像未來出版產業，不會再需要幫忙抓錯字、校對了。

整個編輯流程中相對活潑的部分，莫過於有關張愛玲房東林式同與林式芳作品的編輯討論。綜觀古今中外的文學家、藝術家，有哪個不是把作品當作自己的兒子、女兒一樣的呢？正因為如此，作者將書稿交到出版社時，希望保有原貌，呈現自己想像中的樣子。但出版社考量到讀者角度、市場機制等等，不得不將其重新編排。在這起案例中，作者的回憶錄多是陳列照片與描述場景，並未交代照片背後的故事，而編輯的工作就是將這些回憶加以脈絡化，加以包裝，使讀者看到這些文字與照片時能為之動容，這些工作都是現階段人類還勝於 AI 的地方。

從這次的編輯工作中，我看見出版工作的傳統價值在於「雕琢」與「拋光」，使真誠的情感顯現出來。儘管如此，我們還是不能低估大數據的功能，現在 AI 已經可以作畫，根據業者所需的元素、構圖方式等加以運算，成品與人畫無異，甚至在商業使用上效果更好、更便宜。同樣地，它也能集合所有成功令人流淚的元素，學習所有暢銷書的優點，將書籍包裝成一本吸引人的作品。

這學期的編輯工作中，我學到許多實務內容，但我也相信這些工作在未來將慢慢被更有效率的工具取代。因此，如何排版、如何校對固然重要，但並不是本次實習的終極目的。透過這些經驗，更要叩問的是：出版產業的未來何在？如何成功轉型？

四　後勤部隊：行政

萬卷樓創立多年，大多數資料都用紙本保存，有幸參與作者資料電子化的發想，我們幾個人針對股東、作者等不同身分的人設計表單，設身處地著想怎樣能優化使用者的方便性。經過和同學們的腦力激盪，每個人注意到的細節不盡相同，充分展現「細心」的特質，平時一起工作時氣氛安靜，鮮少有人表達太多想法，但在需要團隊工作時，大家都拋出不同見解，合作過程和睦且順利。

因本身對非營利組織「One-forty」與「TFT」（為臺灣而教）有所瞭解，此類組織仰賴社會大眾的捐款，因此非常重視捐款人體驗。因而建立專業部門，在網頁設計、電子報發送、捐款者年會中都精心規畫，且具有人味，瀏覽網站或接收訊息時，就能體會到他們的熱忱與溫暖。最重要的是要讓顧客感覺到，體驗是為了他們「量身訂製」的。在這個重視體驗、販賣體驗的時代，每個企業都致力於經營對外關係，我認為這份任務讓我們體驗到許多企業「客戶關係經營」與「使用者體驗優化」的工作，雖然只是登錄個人資料，這麼一個不到幾分鐘的步驟，也要考慮到便利性、容易性。

讓我反思自己的做事方式，除了快速、有效率之外，也要細心周到。

另外一個直接接觸作者的任務，是參與楊君潛老師著作的編輯會議。出版內容為系列套書的規畫，對於出版規畫已有多部成品出版，因此談得非常順利，楊老師十分放心地交給晏瑞老師編排，最後卻略顯猶豫得問道：「是否需要在書底附上電話？」我能理解長輩重視人情與連結，欲廣結良友。在從前聯絡方式與現今不同，打電話是最直接的方式；但以現在社會來說，由於網際網路太過發達，人際聯絡變得太過容易，每天接收到的訊息太多，世界變得好擁擠，因此這個世代的年輕人更重視隱私，對於電話禮儀更是趨於保守，傾向先傳訊息或電郵詢問，再用電話進一步連絡。對於年輕的作者來說，可能不會希望接到讀者打來的電話吧！

除了連絡方式改變之外，我會反對的理由還有安全問題，每個人或多或少都有收到詐騙訊息的經驗，這都是因為資料被外流的緣故，且長輩對於新興詐騙手法較不熟悉，若是附上聯絡電話與姓名，暴露過多資訊，實在不妥。

基於以上原因，若是我接待楊老師，我會馬上反對，並說明個資問題。但晏瑞老師的處理方式讓我非常佩服，他先是站在對方的考量說「若附上的話，方便詩友們交流」，再提醒說「但電話屬於個資，還是不要比較好。」因為有先點出對方沒有說出口的考量，使客戶感受到「被理解」，提出自己的解決方式後，客戶才會認為此方法較為周全，最後也就接受晏瑞老師的提議。

「不只要做對的事，更要學習『如何』做對。」是總結這次經驗的一句話。在職場中不能只憑藉能力好，更要精進待人處事的能力，建立和睦的合作關係。因為不管就職哪個領域，人際關係往往是決定成敗的關鍵。

五　拓展海域：行銷

出版社的行銷不只是賣書的廣告，可以透過參與活動和關注的議題，顯示企業的多元的專業與形象。實習期間參與兩岸文化會議的影片剪輯，內容是將萬卷樓與兩岸學者論文發表與短講的會議錄影，將兩小時剪輯成五分鐘。因為先前有剪輯影片的經驗，認為自己可以勝任，便接下這份原以為相當容易的任務。我沒想到的是，過去剪輯的影片是有寫過腳本、出演順序都安排好的，也就是說，錄影的當下就是為了宣傳為目的，剪輯比較容易。然而這次的會議並非針對行銷宣傳而舉辦，是傳統且程序嚴謹的學術會議。因此，在剪輯節奏上不宜過快，配合老師們的講題與主旨，不可斷章取義，而要取前後意思連貫的片段；配樂、效果、字卡等則要符合學術研討會的氣質，不宜加過於俏皮、娛樂性的元素；顧慮觀看者的角度，影片也不宜過長，否則很快地就失去興趣，在多位講者分享論文的片段間，應穿插照片以避免專注疲勞。總體來說，這支影片的困難度在於：要收錄講者短講的重點，但整體影片又不能太無聊、冗長。

剪輯影片的過程也可說相當坎坷，過去都是用手機的免費程式剪影片，這次考慮到檔案和整體製作過程比較複雜，就在電腦上下載付費版的剪輯軟體，當下考慮到免費試用期限的問題，但由於使用介面較直覺性，比較好上手，還是冒著上述風險使用付費軟體。我所不知道的是，一支五分鐘的影片，通常要花上十小時以上作業，更何況是我這種新手呢？想當然耳，交出去的檔案當然還是要修改的，但免費試用期已過，檔案開不起來了。在萬卷樓實習出現的第一個危機就此產生，一切從零開始。我只好再重新找免費軟體，剛開始熟悉軟體介面時又花了許多時間，在接近期末周的時候終於修改完成。

檢討影片時，認為花了太多時間剪輯影片，是自己能力不佳，浪費許多實習時數，因此心生愧疚。但晏瑞老師告訴我，工作時數的計算本來就應該是「投入在這份工作花了多久的時間」，剪片本來就不是短時間能夠完成的。聽完晏瑞老師的一番話，我覺得壓力減輕不少，修改下一個版本時就能專心於細節，不必太擔心時間用度。但晏瑞老師也提醒我，在工作中要多多溝通，將工作的做法和細節提出來，表達遇到的困難，並尋求上級協助，看是否有其他的解決方案或資源，也是很重要的一件事。

從剪輯影片的任務中，我學習到幾件事。第一、「工欲善其事，必先利其器。」網路上從來不缺工具，但要找到適合的工具卻不容易，如這次經驗中，要選擇一款方便使用的軟體就花了許多時間，不只要考慮介面設計合不合理，也要想到網路上相關的教學是否足夠，畢竟在這個過程中，還是必須邊做邊學。除此之外，還要考慮到現階段是否要購買進階版軟體。將來就業將要學習的新技能，或許是現在想不到的，但也不能跟風一時，盲目的購買流行的產品或軟體，花錢投資自己、升級設備，都要考量到往後能不能持續使用。第二、不管進入什麼產業，都要具備快速學習的能力。進入萬卷樓實習前，我絕對想不到有一天需要碰到剪輯軟體，雖然是在時間壓力下倉促的學習，卻也摸熟了威力導演，若往後有相關工作，也能較於得心應手。有太多時候，我被自己的思考侷限，認為製圖是圖傳系的專業、拍攝剪片是廣電系的專長、編輯採訪是新聞系的強項，就不敢去嘗試。這次的經驗，可以用〈為學一首示子侄〉中的一句格言作結：「天下事有難易乎？為之，則難者亦易矣。」

六　航向未來：職涯探索

國文學系的學生，大多懷抱對文學的嚮往，對人文精神的追求，或對教職的憧憬，充滿熱忱的進入校園，卻難免在聽到「國文學系出路窄」的言語，就連系上的老師，也曾在課堂中語重心長的說：「人浮於事的社會中，你們會發現，努力不一定會有所回報。」我必須承認，對於職涯的壓力，隨著大學生涯邁入第三年而漸漸增大，而選擇在這學習進入出版業實習，是我應對未來的方式。既然國文學系沒有相對應的職業，那麼就多方面嘗試看看吧！雖然不太清楚自己適合哪份工作，但總能透過嘗試，先找出「不適合」的，再逐一刪除。在萬卷樓實習的日子已經到了尾聲，不只學到許多實務經驗，也漸漸明白自己比較喜歡活潑、具挑戰性的工作環境，或許在將來能多往這方面嘗試。總結來說，只要有心挑戰新事物，實習就能幫助國文學系的學生跨出舒適圈，開啟新眼光。

作者簡介

許心柔，就讀國立臺灣師範大學國文學系，和國文學系其他同學一樣，從文字中汲取能量，並嘗試在充滿機會的臺北，開拓屬於自己的道路。

大一新生實習課程初體驗！

許雅宣
國立臺灣師範大學國文學系

一　實習工作初體驗

說到國文學系或是中文學門的種種出路，大部分的人都會聯想到國文老師、公務人員，以及圖書編輯吧！當中比較之下，我最不熟悉、最陌生的職業就是圖書出版的相關工作，而新生選課時，也剛好看到這門系上選修課程，讓我很想要去瞭解看看、嘗試拓展對於這項職業的相關知識。於是在我進入大學的第一個學期，便選修了「出版實務產業實習」課程。

二　心得感想

這門課主要讓我們從撰寫個人簡歷（履歷表）、個人企畫書製作、相關時事議題討論、實際進行實習、實習成果報告，一直到最後的這篇實習及課程心得，都必須學著自己統整、完成。另外也會在課堂中，向我們說明許多有關職場的禮儀、出版產業相關的事項、真實辦公室中的案例、或是行銷策略的介紹等等。

參與這堂課最重要的任務，就是需要在這學期當中，完成六十小時的校外實習時數。我們可以選擇：一、自行接洽聯繫安排想去的出版公司，並討論相關實習規畫，算是最正式的求職與面試的體驗，再填寫相關實習同意書。二、到晏瑞老師的「萬卷樓圖書股份有限公司」進行實習，並自行與萬卷樓人事主管彭秀惠副總經理聯繫，寫信進行溝通討論，完成實習的接洽與安排，並填寫實習同意書。三、最後一種是與晏瑞老師（總編輯兼業務副總經理）討論進行「任務制」的實習，將晏瑞老師當成窗口，完成討論與安排。並且和前兩種方案一樣，於順利接洽完成後，填寫實習同意書。

因為自行接洽出版公司、或到萬卷樓圖書股份有限公司，都需要拉出空間時間進行完成六十小時的時數，而我原先的空堂時間都不足以讓我拿來進行實習活動，所以本來我想選擇的是最後一個「任務制」的實習方式。但後來覺得如果實際進到出版公司進行實習的話，感受及投入性一定都會更加深刻，心得及感想也會更多！所以趁著選課時間還沒結束，勉強空出較多的空堂時間，留給實習活動進行，最後終於選擇到「萬卷樓圖書股份有限公司」現場實習。

雖然是選擇到「萬卷樓」進行實習，但還是要自行與晏瑞老師及公司討論才能展開實習工作。雖然寄過許多電子郵件了，但這麼正式的職場格式還真的是第一次！而且還要自己寄到即將進行實習的公司當中，光是這樣就已經足夠讓我緊張，深怕自己會不會不小心說錯話冒犯到他人，或讓人覺得失禮等等。幸好經過多次的電子郵件來往溝通及討論，順利到萬卷樓圖書股份有限公司擔任實習生進行實習！

我的實習時間，安排在每個星期二的上午九點到十二點，及每個星期四的下午四點到六點，一個星期總共可以完成五個小時的實習時數。依照安排，在學期結束前，可以剛好完成總共六十小時的實習時數，而本實習過程當中無支薪也無津貼。

（一）校稿眉眉角角

實習過程中，最常負責的工作事項就是原稿與排版稿的校對工作。我覺得校對是一項會越做越熟悉、效率會越來越高的工作，而目的是讓文章內容的錯字可以降低再降低，並且讓整篇文章的用字及風格更加統一。

在實習的第一天，編輯部的同事先向我介紹校對過程中的主要基本原則，以及可能需要注意的地方。主要基本原則像是：校稿時使用的筆應為較明顯而且方便辨識的顏色（實習當中最常使用到紅筆），而不確定的地方則用鉛筆標示，讓編輯可以再跟作者進行討論（不可以自行刪改原稿或換字，要尊重作者的原文原意）；校對當中也有編輯們比較習慣或是比較常使用的校對符號，幫助校對原稿及排版稿可以順利進行，並且拉出引線至空白處再進行更動（每一條引線不可以重疊）；而其他非校對符號的文字或說明，也要使用標示進行區隔。（在說明下畫記標示線或在括號內進行指示說明等等）；另外，也要確認各標題的字級大小、字體，每一頁的書眉、頁碼、每一篇的章節名稱，每一張圖片的圖說、圖表的數字文字，和缺字或漏字的問題，是不是都已改正完成並統一風格。（校對符號像是刪除取消、改錯字、增補字、字詞對調、復原保留、增加空格、縮位、增加字距、排齊字詞、移位、另起一段、接排、加上下角標等等）

另外，也要注意標點符號的使用，是不是使用全形的標點符號（逗號、句號括號等皆須使用全形符號）。再來就是書名號及篇名號的使用，有時也會不小心誤植或是缺漏（像是校對到的一本書中應該為書名號的「《文訊》雜誌社」，就發現常被誤植成篇名號版本的「〈文訊〉雜誌社」）。破折號（——）也為了與國字「一」做區隔，需要佔兩格文字空間並且相連，刪節號也和破折號一樣需要佔兩格空間，總共六點（……），只要適時補齊或改正標點符號，版面就會看起來很整齊舒服。

實習過程中，有一次遇到排版稿缺漏掉的字數過多。這時候就要另外將要補上去的字句打成電子檔，並且標註記號，讓排版人員方便改正，才能讓排版及校對更有效率。有時候也會出現字詞需要「通換」的問題，像是幫忙校對到的一本書中，編輯在經過與作者討論過後，全書「箇」字都需要通換成「個」字、「裡」字需要通換成「裏」字等等。還有校對排版的過程中，可能排版打錯字詞時、或是用到異體字時，也要再次進行修改（之前校對到「鬪」字，在排版時誤植為異體字「鬭」時也需要改正）。

還有數字的部分，主要也是將數字改為國字，像是敘述型的二位數數字如「87」，就要改成「八十七」，或「八七」；三位數數字如「333」就要改成「三三三」等等，很重要的是數字「零」需要打成「○」；年份的部分，「公元」或是英文「AD」需要改為「西元」，三位數（含）以下的年份須加西元，四位數字年份則不用，例如：「西元 588 年」，需要改為「西元五八八年」、「1987 年」就需要改為「一九八七年」的形式。而中國、韓國、日本的歷朝紀年，也一樣依照數字改國字的原則，像是「光緒 15 年」就要寫成「光緒十五年」，但以上數字改國字的原則，如果數字是在「括號內」或在「頁下註腳」是不做改動的。

這些是我在校對時，依照實習所發的編輯流程體例說明，所做的整理和工作處理。

（二）編輯這項職業

種種細節都必須在校稿時好好確認，還要在校對眾多稿件的空閒時間，提出校稿中需要統一換字或有疑慮的地方。有著自身編輯意識的同時，也要尊重作者原意，與作者討論達成共識，才能讓書本進度持續進行。這讓我深深感受到，編輯真的是一項很不簡單的工作。

在實習當中，透過幫忙校對或是對紅的過程，我也可以認識到很多平常不容易使用的字詞，像是國文學系的加深加廣課程一樣，常常在校對的過程中，出現很多系上必修課程曾經講到的文學知識，也欣賞到很多知名作者的作品。「對紅」，就是將排版修改發的稿子與舊的修正過的校對稿進行核對，確認標示修改的地方，都已經正確修改。

在實習當中我覺得最有成就感的是，當每一本書完成，最後書本的實習編輯會寫上每一位參與校對過程的實習編輯的姓名，代表著真實參與一本書製作、出版的過程。

（三）探訪金門書展——臺金馬巡迴展

今年碰巧遇上萬卷樓主辦的金門書展，分別在連江縣馬祖圖書館、高雄市中山大學、嘉義市中正大學、臺中市僑光科技大學、新竹市陽明交通大學、新北市真理大學、南投縣光復小學，和金門縣浯江書院。我的實習時間在星期二的早上九點至十二點，及星期四的下午四點至六點，剛好很幸運的遇到「第十六屆金門書展(臺、金、馬）巡迴展)」、同時也是「第三屆中華優秀傳統文化出版物臺灣校園巡迴展」的舉辦期間，關於書展的相關資訊，節錄萬卷樓臉書發布的書展介紹如下：

> 為延續兩岸文化交流，促進兩岸文化交融，共同弘揚中華傳統文化，擬定於二〇二二年十月中旬舉辦十六屆金門書展。
>
> 金門書展歷經十五屆的積澱，已成為兩岸出版文化交流的品牌項目，不斷擴大兩岸出版界合作與交流的空間，力促實現「深層次、寬領域、常態化」的對臺交流發展目標。今後將繼續以「巡迴書展」為平臺，以金門書展為起點，積極推動相關文化活動和文化產品的交流。
>
> 隨著不斷的加深合作，巡迴展也由單一的圖書展銷擴展到圖片攝影展、文房四寶、兩岸書法家交流、具有中國傳統文化特色的工藝品及非物質文化項目的交流，深受到當地民眾及高校學生的喜愛。此書展旨在推動兩岸各項民間文化交流，弘揚中華優秀文化，讓中華傳統文化在閩臺兩地讀者間共同傳承。

實習當天書展舉辦在新北市的真理大學，我也把握這次難得的機會，選擇到書展現場進行實習。當天的淡水雖然下著大雨，但卻依然有非常多的出版界長官正裝來到會場，真理大學的創校校長也親自來到會場參觀。我也在晏瑞老師的推薦下，與另一位萬卷樓的職員一起擔任剪綵工作的禮儀人員，協助開幕典禮的流程進行，並配合其他公司職員們，在書展的會場擔任機動人員，讓活動能夠順利進行。

（四）對於字的體會

《宅男的戀愛字典》（啟航吧！編舟計畫）是系上必修課程中所看的一部電影，我覺得實際在出版社實習後，對電影中的細節會更加敏銳，電影中有一句話讓我印象很深刻，他說：「語言如大海，無邊無際字典就是汪洋中的一艘船。人以字典渡過大海，找到能夠精準表達想法的字彙，就是獨一無二的奇蹟。這本字典獻給渴望交流，在汪洋中渡船的人們。」不知道為什麼讓我感觸很深，電影中還說到編輯字典的人，最後指紋會漸漸淡掉消失，讓我也很想去偷看看公司中各位編輯前輩的手。

三　理論課程全紀錄

課堂中我們也學到很多職場中會應用到的禮儀或是行銷技巧等等，除了介紹出版產業過去一直到現在，再到未來的規畫；或是兩岸的出版產業互動、印刷術的發明到改革；各類行銷策略（藍海市場與紫牛行銷等等）；又或是職場中的書信及電話禮儀；再到出版中必經的版稅與編校費如何計費的說明，能學到的真的太多太多了。

（一）企畫書習作

企畫書習作的作業，我們需要利用《國文天地》雜誌挑選出自己想做的主題、內容，去嘗試製作並策畫一本書的出版。我覺得對我來說挑戰很大，因此我真的思考了很久才交出這項作業。（雖然很努力地想完成出版，但還是遲交了。）

（二）議題討論

作業當中，除了最前面講到的撰寫個人簡歷（履歷表）、個人企畫書製作以外，相關出版時事議題討論，我覺得在這堂課也佔了很大一部分。主要議題如下：一、圖書單一定價制是否能夠對出版社有所幫助？是否有可能落實？可能帶來的影響有哪些？是否帶來其他可能不在預期內的影響？二、電商龐大資金的優勢，開啟價格競爭。賣書六六折。出版產業聯合抵制 MOMO 網站的行動，以及產業合理獲利的考量下，以及獨立書店聯合歇業的抗議。電商平臺的競價，出版社該如何招架？三、探討文化部圖書銷售免稅對於圖書出版產業，是否有幫助？出版產業要如何利用該政策，更進一步的發展？經銷商與出版社，應該如何達成共存與協議？四、大陸禁止臺灣鳳梨輸入事件，試想這些問題，會不會發生在臺灣的圖書出版產業上？如果發生，該怎麼辦？而如果不會發生，出版社應該如何面對大陸市場？五、文化部對出版產業試行「公共出借權」政策，是否能有效回饋出版社？是否能有效回饋創作者？是否公平？是否可以正式推行？

這些都是生活中正在發生的事情，透過這些議題討論，雖然不一定能給出很完美的答案，但也讓我對所生活的社會與出版產業有了更進一步的接觸與瞭解。

四　結語

高中時老師曾提到「編輯」這項職業，但以前完全沒有接觸過編輯的相關領域，讓我萌生想要進一步瞭解這項工作，因此在大一的第一學期便修習了「出版實務產業實習」課程，並參與總共六十小時的實習時數，實際到萬卷樓編輯部中擔任實習生進行實習，並於實習過程中，結合系上相關的必修及選修課程所學到的知識及技能，融合並發揮在實習活動的校對當中。

因為是這次課程唯一的大一新生，對大學的上課步調還在習慣中，對於我所就讀的國文學系本身也還在摸索，所以在參與這堂課時，壓力相對比較大、也比較容易緊張。這門課程雖然只有短短一個學期，卻讓我在實作能力與人際溝通上都有所成長，感覺也讓自己對於過去不熟悉的出版產業也有了更多的認識。

也因為這是我第一次實習、第一次真正進到辦公室、第一次進到職場中、第一次跟不是同輩同學的前輩們相處……，完成總共六十小時的實習課程時數。一開始真的讓我很緊張，也感覺壓力很大。但也很感謝在這六十小時的實習過程中，萬卷樓的每一位成員細心的指導與關心，讓第一次實習的我，能順利完成整整一個學期的實習時數。透過這次實習，也讓我提早體驗到真實職場中的生活。

在這學期修課期間，好多次我都想要放棄，想停修這門課程。老實說這堂課的作業常讓我覺得負擔很大，每星期固定時間實習，也讓我頗感壓力。但現在我想的是——好險我堅持下來了。不僅是自身能力的成長，得到很特別的實習經驗，也增加了人生中的寶貴經歷。

作者簡介

許雅宣，新北人，畢業於臺北市立陽明高級中學，目前為國立臺灣師範大學國文學系一年級學生。

初入編輯的世界

陳巧瑗
國立臺灣師範大學國文學系

一　前言

從小就喜愛閱讀的我，對於「一本書究竟如何誕生？」這個問題，一直有著無限的想像與好奇。因此當這學期看到課程名單上有此門實習課程時，我便毫不猶豫的選修了此門課。在選擇實習方案時，也因為想要體驗更貼近職場氛圍的環境，而選擇於平日至萬卷樓進行實習。以下內文將分為五個標題，並以「課堂內容」與「實習經驗」兩大主軸，進行此學期學習的總回顧撰寫。

二　臺灣出版產業的現況與困境

根據晏瑞老師的說明，臺灣的出版產業有以下四點特色：一為廣義的，指的是出版品並非單獨被定義在「作品獲得國際書號（ISBN）並經過出版機構印刷成書籍的產品」；二為家族化，也就是出版社多為中小企業規模，並未加入集團化經營，多屬個人獨資之家族事業；三是地理性，亦即由於高度分工、大量仰賴外包的特色，因此廠商們的位置都在附近，具高度地理集中性；第四則為兼容性，在臺灣，大部分的出版社除了圖書，亦兼容雜誌、影音、報紙、動漫、數位出版等其他類型的出版品。由於數位浪潮的興起，近年臺灣出版產業遭受到不小衝擊。首先，紙本閱讀的比例正在下降。電子書以及其他文字載體（例如 POPO 原創等網路小說創作網站）的蓬勃發展，還有影音技術日新月異的變革，直接影響了出版產業的銷量。紙本書籍的即時性不如網際網路上的文字與影音，且較難有動態的呈現，導致消費者不再單純依賴紙本書籍作為唯一獲取資訊的來源，而會偏向在網際網路上即時獲取想要的資料。此外，比起書店，消費者現在更習慣在線上購物（此趨勢除了是科技發達、網路購物興盛的風氣使然，另一方面也跟疫情導致的「宅經濟」脫不了關係。）讓電商通路壓低書價進行促銷，對出版社開出越來越低的進貨折扣，也讓出版社削價競爭情況日趨激烈。

接著，繁體中文本身流通量較小的問題，也導致臺灣出版事業難以擴大規模。在國內市場消減的情況下，繁體中文在海外的市場又有限，出版社的書籍銷量便進入停滯的狀態。即使政策端嘗試提出政策協助出版產業，然而仍是杯水車薪。也由於營業規模太小，導致出版社在議價談判時，難以發揮內容生產者的價值，無法對上下游之供應者產生一定程度的影響，最終導致出版社在銷售時，在一層層的銷售層次中取得較低利潤，倘若銷售不如預期，又需要承擔最多虧損，可謂是出版產業鏈中承擔最大風險的位置。

在內憂外患的惡劣環境下，出版社難以為繼，許多人選擇關門大吉，也有人選擇研究現今潮流，嘗試定位出自己的特定客群，開闢出版藍海。如何在茫茫的競爭對手中脫穎而出，擁有自己的死忠客群，便是出版社致力發展的目標。

三　出版社的因應策略與方針

在上課時，晏瑞老師提出了三種商業策略，分別為：藍海策略、紫牛產品與長尾理論，向我們說明在競爭激烈的出版產業中，出版社該如何順利找到屬於自己的地位，進而替品牌建立長期的形象與口碑。藍海策略一詞，出自二〇〇五年由韓國學者金偉燦和法國學者勒妮・莫博涅共同著作的書籍《藍海策略》，強調企業只要有足夠創意和創新，尋求屬於自己的市場，便能獲得高額報酬；紫牛產品則由 Seth Godin 在二〇〇三年出版的書籍《紫牛：以卓越成就改變業務》提出，意指透過製造出出色產品，讓產品自身產生行銷口碑，在較小眾的市場中流傳後，進而向外推廣至更廣泛的市場。長尾理論源於統計學「長尾分布」，過去企業可能會因地域關係，而受限於大眾市場的需求，僅能透過「暢銷商品」取得利潤；然而隨著網路興起，過往發展較受限的「冷門商品」，也能進而獲得曝光機會，固然無法像暢銷型產品在短時間內獲得那麼高的獲利，然而長期下來累積銷售的口碑，卻是這些長尾產品所擁有的優勢。

綜上可知，在這個競爭激烈、廣告行銷當道的時代中，若只靠過去大量生產「暢銷產品」的策略是行不通的。而隨著科技發展，紙本閱讀量大幅下降，出版社更需要以靈活的思考與創新的發想，去解決產業中的種種挑戰。

首先在技術應用上，有別於傳統印刷術，新興的數位印刷正在崛起。其特色為可省去製版費用，並可變更文件內容後再進行列印，減輕了出版社製版方面的費用和壓力。

接著是網路力量興起，比起過去消費者到書店選購紙本書的習慣，現代人更習慣在網路書店買書，或是使用電子書、看網路小說。這樣的風氣轉變也促使出版社與網路書店合作，不但可以促進自己在市場上的曝光度，更有利於之後書籍的銷售、推廣。同時，出版社也要注意與網路書店之間的合作條件，才能確保雙方都達成自己想要的目標。

此外，出版社也可以考慮從產業鏈本身著手，若不希望被層層分工削弱利益，則可致力於開發從出版至銷售的一條龍作法，不但可以由上游掌握至下游，亦可整併經銷商、發行商；最後，出版社也可以選擇多角化經營，除了紙本書籍的銷售外，跨域至雜誌、電子書、甚至影音資料等等，貼近現在民眾普遍的生活形式與需求，則受眾自然會增加，而且透過多元的銷售項目，也能降低投資風險，避免「將雞蛋放在同一個籃子裡」。

總而言之，數位化、全球化等世界變遷，對出版產業來說是危機，但也是轉機，端看企業內部如何靈活因應，從而開闢出屬於自己的藍海。

四　議題討論、企畫書撰寫與圖書分享

晏瑞老師在網路平臺上，多次開設討論區，提出與出版議題相關的時事供同學們進行留言討論。當中我印象特別深刻的是文化部圖書申請免稅的問題。因為在此之前，我也不是特別清楚出版社在出版產業鏈中的分潤地位，然而在晏瑞老師的實務分享與說解後，我意識到出版社面對市場、經銷商以及書店等多重影響下，時時處於有苦說不出、夾縫求生存的狀態，也難怪政府會想要以免稅方式，試圖減輕出版社的負擔。然而此項政策是否真能維護出版社的權益，這就要看後續的實行與修正了。

此外，在學期間有一份撰寫出版叢書企畫書的作業。晏瑞老師叮囑我們在習作企畫書的時候，內心要有一個宏觀的「願景」，亦即自己今天所出的書它分屬於何書系、你希望這個書系達到什麼效果，並且傳達哪些資訊給讀者。除此

之外，晏瑞老師也提醒我們要想建立一個完整的書系，則必定要確立一項「主題」，該主題可以擁有廣泛的詮釋空間，然而無論如何，編輯在撰寫企畫書時，腦中必定要先想好一個貫穿書系的主軸（例如：愛、孤獨、自由等，主題文學概念的應用！），並根據該主軸挑選適合的作品，才能確保此書系發揮預期效果，並成功吸引到自己所設定的客群。

除了口頭解說，晏瑞老師帶到課堂上與同學分享的數本書籍，也讓我印象十分深刻。晏瑞老師以提供實際書本的方式，向我們解釋何謂膠裝何謂線裝、何謂圓背何謂平背等出版時會遇到的名詞，透過具體物品的呈現，我對這些事物的理解便不單停留在表面理解，而是能對該事物建立更加明確與清晰的印象，同時也看見了臺灣出版產業滿滿的創意與活力。

五　職場新鮮人的必備技能

在這堂課中，除了理論的闡述，晏瑞老師也教授我們許多實務上可能會發生的狀況，以及相關的因應策略。課程一開始，晏瑞老師的履歷撰寫課程對我而言便十分震撼，我過去對於如何寫自己的履歷和自傳，並沒有很明確的架構和想法，即便上網查詢資料，也容易被網路上豐富的資訊搞的眼花撩亂，根本不知從何做起。晏瑞老師提醒我們，寫履歷時應當要具有同理心，以對方的角度去思考：「我想看到求職者的哪些資訊與能力？什麼樣的履歷讓我看起來覺得順眼、舒服，會想繼續看下去？」。然而，雖然上課時好像聽懂了，我一開始繳交的練習範本仍然不堪入目，不但資料呈現雜亂、內容缺乏重點（看不出核心主旨），在文字間距等細節也沒有多加注意，整體而言就是一團災難。所幸，在與晏瑞老師多趟的電子郵件往來中，我學習到了如何修正的方法，最終交出了一份簡潔清楚的履歷。

此外，我們也學習了書寫電子郵件的禮儀與正確格式，坦白說這方面自己之前也沒那麼講究，格式也總是一知半解。因此當晏瑞老師講解時，我很訝異於自己過去混淆那麼多相關用語。所幸晏瑞老師與我們以電子郵件進行實際練習，並在信中多次提點寫職場電郵的注意事項，我在此環節亦收穫良多。最後則是關於接電話與撥打電話的技巧傳授。接電話表面上聽來簡單，若在職場中實際碰上，剛開始真的會很不知所措，不知道該對電話另一頭的老師說些什麼，才能夠說得既清楚而又兼顧禮貌。

這些練習雖然都是看似微不足道的小事，然而魔鬼藏在細節裡，有時正是這些些微的差異，影響著重大事件的結局。因此在職場內，應當時時注意是否有不夠周全的地方，並且多向同仁請教，以確保自己的應對是否得體。這一系列的課程安排，除了讓我能對實習工作更有準備，同時也大大增強我對於職場的認識及理解。

六　實習工作經驗談

在進入萬卷樓實習之前，得先與人事相關部門聯絡，之後與總經理進行面談，然後才進入位於大樓的編輯部進行實習。在第一天報到的前一晚，我十分緊張。由於不清楚具體會發生什麼事，戰戰兢兢的上網看了許多網友的實習經驗分享文，結果不看還好，一看越來越緊張，差點就要睡不著覺。結果隔天報到後，我才發現自己的擔心與緊張都是多餘的。公司內的職員們待人都十分客氣、友善，也總是能給予具體的建議及指導，讓我感到十分暖心。

我的第一份工作是「校對」。在校對工作開始前，萬卷樓的編輯發給我一張公司內的校對畫記符號說明，接下來校對時便以此說明為標準，使用紅筆圈出錯漏字、更改段落或語句順序等較明顯的錯誤，並且使用鉛筆對有疑義，認為仍可討論之處進行畫記。透過體驗校對的工作，我理解到一位好編輯不只要擅長大量閱讀與細心挑錯，更要具有對於整本書、乃至於整個書系的設計能力，是以編輯不能僅僅關注細節，更要綜觀大局。此外，編輯也要時時以讀者的感受作為第一位，無論是文字大小、圖文配置，乃至於紙張材質的選用，都要符合該書的風格與定位，以及它所面向的主要客群進行設計。過去身為讀者的角色，有時會疑惑為何某些書的質感跟整體感特別好，有些卻差強人意，在經過實習後，我才明白這背後的原因，就在於編輯是否能搭配出令讀者感到滿意的效果。但這種技巧也不是一蹴可幾的，而是要經過不斷的精進與成練習，才能做出越來越好的作品。

此外，在萬卷樓實習的過程中，晏瑞老師為了確保我們對出版產業能有更深入的瞭解與認識，因此在分配工作上，會盡可能讓同學參與到不同階段的工作，感受一本書從原稿至出版的重重過程。以個人而言，我便曾協助過稿件整理、校對、對紅、點檢樣書、清點入庫以及詢價練習，這些豐富的經驗不但有助於我對於出版產業的工作能有更全面的認識，同時也讓我多項能力都有所提升。

期末時候承晏瑞老師所託，個人負責協助一本詩集出版。此份任務，讓我近乎完整的體驗了一次書本出版的過程。從剛開始拿到原稿進行稿件整理，到之後一、二校，甚至是內文的排版與語句順序，都有可以調整到更佳之處，我所被指派的任務便是從剛開始的稿件梳理起，參與至其出版為止。很感謝萬卷樓的同仁與晏瑞老師都給了我很大的空間，讓我也能有發揮與表達意見的可能。而這個小小考驗，也讓我更深刻的感受到當最後成功把一本書製作出來、小心翼翼捧在手心時，心中那種彷彿捧著新生兒般的悸動和喜悅，是多麼令人有成就感的時刻。

個人認為，在這堂課中讓我印象最深刻、對我也最有幫助的，應當就是實地學習的環節了。理論固然重要，然而在現場親身體驗到的所有事物，能更深刻的烙印在腦海裡，也才更能進一步與先備的理論知識作結合，從而發展出更具體可行的想法和行動。很感謝這學期有機會至萬卷樓出版股份有限公司進行實習，真的讓我學習到很多出版實務上的操作流程，公司職員態度也都十分友善，給予我很多實用又中肯的建議。今後我也會帶著這份寶貴的經驗，繼續朝著未來邁進！

七　結語

坦白說，這堂課的要求與作業都蠻繁重的，尤其是實習環節，得在真正的職場環境中完成編輯們所交派的任務，有時會頗為緊張。倘若當天身心狀況比較疲累一些，真的會感到有些吃不消。然而，我還是很慶幸自己有過這段經驗，因為它讓我對一項產業的認識有了很大的提升，同時也更能摸索、評估自己適合在什麼樣的環境中工作。最後，我想特別感謝辦公室內和藹可親的編輯們，還有兩位與我同時段實習的好夥伴，謝謝你們總是給予我很多幫助和鼓勵，你們的專業與熱忱，會一直存在我的心裡。

作者簡介

陳巧瑗，二〇〇一年生，就讀於國立臺灣師範大學國文學系，家鄉是位於東臺灣那座緊緊黏在宜蘭旁邊、能夠聽見海浪心跳的城市。從小學三年級就開始與同學共同創作短篇小說（到現在都還記得是個發生在郵輪上的超自然恐怖故事），也曾經因為喜歡寫故事又承蒙評審垂青，得了校內文學獎而妄想當個作家。現在則是明白自己比起寫故事，也許在讀故事上更有才能一些。最近的興趣是聽著音樂搖擺、捧起羅伯特·佛洛斯特的詩集假意有深度的品賞一番，想做的事情則是去昭和風情的復古咖啡廳來杯哈密瓜蘇打，然後將臉埋進貓咪柔軟的腹部深吸一口氣。

先助跑再起跳：實習中的不斷跳躍

陳宛妤
國立臺灣師範大學國文學系

第一跳　電子書

（一）電子書送存

實習第一週，因為身體不適的關係，原先超過半天的實習，最後只能向晏瑞老師請假，在中午先離開。雖說第一天在出版社的時間並不完整，但還是學習到了電子書送存的關鍵步驟：如何確認電子書的書號、新增書的版權頁資訊等。原來書在成為電子書之後，還要有另一個新的電子書號，另外送存作業是要在國家圖書館的網站進行，最特別的是竟然能更動版權頁，為這個熟悉的存在增加電子書號，過程中不免有些戰戰兢兢。

除了加上電子書號的資訊外，送存電子書時，要附上書的 PDF 內文。這是當時我覺得比較複雜的作業，要找到在新書系中，印刷檔裡的書的內文檔，替換上新的版權頁，還要加上行銷檔裡的封面和封底。在熟悉了以後，是一個蠻固定的程序，但在一開始學習時，還是會因為檔案眾多，所以不太容易找到真正需要的內容，總有四處翻找，卻遍尋不著資料的時候。

後來再次回到萬卷樓，難以避免的有些憂慮，離上次學習的送存程序已經過了兩個禮拜，不太有把握還全部記得。雖然因為換了座位，沒辦法使用原先的電腦，所以在合併檔案的進度上，較為緩慢，但還是謝謝編輯部的同仁，不厭其煩的與我確認細節、為我解惑。

後來工作告一個段落，晏瑞老師集合大家，講解了關於電子書的基本知識，這對正在進行送存，需要看到許多電子書的我來說，有很大的幫助，這讓我看到的頁面不再只是書頁和文字，而是能在整理和修改的過程中，更熟知經手的書，每個細節代表的意義。

在樣式上，電子書分為版式和流式，而我目前上傳的萬卷樓電子書，都是以版式的方式呈現，基本上和紙本出版的原書一模一樣，只是用掃描的方式轉成電子檔，不會有太多更動的程序，較為方便，但也有其缺點，即讀者在使用不同閱讀器的時候，可能因為螢幕的大小不同，造成閱讀上的不方便。例如使用手機閱讀，小螢幕就會使整體呈現的文字太小。而流式是使用 Epub，可以配合閱讀器的螢幕做縮放，讓文字維持在適合讀者閱讀的大小，另外，還可以在頁面上增加其他的加值服務，像是搜尋功能，或提供超連結等，增加收益，相較版式電子書，加值應用上更加多元，但在做到這些的同時，其中相對應必須付出的成本是不能忽略的。

實習的第四週，對電子書的送存工作更加熟悉，已經不會在眾多檔案中迷失方向，也知道當找不到封面、封底的圖片時，可以去排版檔裡找，再將需要的部分裁切下來後作合併，算是一點小小的進步。

一本本電子化的書籍看似相同，但終究有些微小的差異存在，只是在我的角度，並沒有辦法立刻點出其中的區別。最開始的送存作業是在不同檔案中搜尋，但有幾本書，會出現不同版本的版權頁，不是刷次的差別，而是價格上有所差異。一問之下才知道，價格較高的是精裝書，較低的是平裝書。對於電子書來說，精裝和平裝沒有差異，若不是兩個版本都要上傳，則上傳精裝即可。每本書的產生時間各異，印刷的次數亦有所不同，同一本書，也會有精裝和平裝的差異，這些是實作整理下來後才知道的結論。

（二）Google 圖書

電子書的業務，除了送存現有的書到國家圖書館之外，還有要上架到 Google 圖書。但執行過程中卻處處碰壁，因為帳號沒有存取權，無法進入到設定的環節。最後是直接連絡到 Google 支援團隊，用即時通訊的方式來解決問題。雖然支援小組無法對於我提出的問題提供直接的協助，但他還是幫助我查詢，在啟用服務後，終於解決問題，成功開始設定的工作。

這是一個蠻特別的經驗，畢竟自己沒有電子書，不會在上架時卡關，而自己在使用 Google 相關服務的時候，也不太會有甚麼問題。第一次有機會和 Google 聯繫，非常迅速、給予的指示簡潔易懂，困難也被解決了，稱得上一次好的經驗。

第二跳　邀稿

其中一天早上，我被派予邀稿的工作。乍聽之下，並不能立刻確認究竟工作內容是什麼，在經過晏瑞老師解釋後才明白，由於要籌畫屬於曾永義先生的專輯，紀念這位在臺灣戲曲研究上的泰斗，所以需要寄信，以邀請過去與曾永義院士交好的教授們，為紀念專輯撰稿。邀請的對象多為研究中文及藝術領域的相關學者，因此需要尋找學者的聯絡電郵。

在過程中，大致順利，可以在各大學和研究處所的網站上搜尋到學者的聯絡方式。只有一位退休的史語所院士，只見其名，而遍尋不著其電郵，最後只能再請他人協助聯繫。這是很有趣的體驗，看見了邀稿函的內容，並瞭解在徵稿時，須附上邀請函電子檔，表明來信目的、期望的收件方式和交稿的形式。

第三跳　寄信

某天下午的作業，晏瑞老師大致和我說明了，未來將需要和電子書的公司聯絡。需要撰寫的內容有多，要提到電子書的銷售結算狀況、市場的情形，品牌推廣的確認等。

這也是一次不同的體驗，在過去，幾乎不會有需要用電子郵件寄信的情況。寥寥幾次，也只是向教授提出對選課的詢問，剩下的，就是應用文課堂中所學、並沒有實際用上的知識。而這次要真正執行，寄信對象是不認識的公司主管。對此，我其實是有些擔心的，但具體是對甚麼部分沒有把握，還不太確定。

下一週便來到了上次結束前，晏瑞老師有提到的寄信環節。一共有兩封信需要寄送，一封是給某公司協理，另一封則是要寄給另一間公司的電子書業務負責人。雖說晏瑞老師會將需要撰寫的內容大致與我講解，在寄出之前也會再改一次我擬的信，但還是有些緊張。擔心想要溝通的事項沒有辦法完整的傳達，或是中間的細節有所缺漏等。

深深感受到寄信真的不比即時通訊，可能是因為過去我的使用皆是以即時通訊的軟體為主，但也因為兩者有許多不同之處，差異頗大，一時之間難以適應。

即時通訊的內容較為簡單，而且可以回覆的更迅速，現代人早已習慣這樣的運作方式，但寄信在撰寫上，需要完整的形制。另一方面，電子郵件作為正式的聯絡管道，內容的資訊量會更大，等待對方回覆的時間也比較長，亦不能收回信件，所以需要加倍細心、專注。

後來藉由信件來往的次數逐漸累積，比較不會那麼緊張了。但因為是和兩間不同的公司，在聯繫兩件不同的事情，所以一來一往之間，就有些搞混。究竟剛剛寄出的信，是給 A 公司，還是 B 公司的？而剛剛收到的信，又是從 A 公司寄來的，還是從 B 公司？只能說收發信件時要非常專注，留心信件內容和寄信對象之間的關係，不然容易釀成大禍。另外，因為有些公司給出的事務處理期限比較長，因此回信必須保持積極，才能縮短事情的處理程序，否則一封信寄出花費一週，收到信要再等一週，那麼案子解決效率會太低，耗費過多的時間，並不是件好事。

寄信的資訊量極大，又為了有效率的溝通，必須盡可能的表明來意，又不失禮貌，我覺得是件困難度極高的事。信件來往間，我發現萬卷樓作為中間人，要在廠商和對岸出版社之間取得平衡，在推廣和利益的獲取上，兩邊都要滿足，需要處處留心。另一方面，又要督促電子書的業務與客戶保持密切聯絡，只有在業績穩固、過去的合作對象都有持續在接洽的情況下，才能給未來的發展一個保障，不斷的寫信確認，便是希望續約都能成功，因為一旦沒有要續約，則要面對未來新的一年，各個學校有可能縮減預算的風險，變相等於需要從頭再來。

第四跳　排版

某天下午的另一件作業是「排版」，並整理海峽兩岸來稿的學術論文的格式。由於每個人習慣的論文排版方式都會有些微的不同，使用字體也不同，直接合併的話，版面將過於紊亂，因此統一排版樣式有其必要性，而且沒有經過整理的話，不必要的頁數將會造成多餘的開銷。

所以在進行「排版」的過程，除了單字不成行、單行不成頁之外，還有幾個重點：不能用空格調整間距，只有極少人會在排版的時候用空格控制距離，如果要增加頁數，可以選擇插入分頁符號。每篇論文必須在單數頁起頭，因此前一篇論文須在偶數頁結尾。為了避免標題太多，造成版面紛雜，文稿中，凡是低於三級標題的，如四、五、六級標題，都視為內文，改用內文字體呈現即可。論文的開頭，在作者的個人資料部分，有學校名稱、系級缺漏的，皆須補齊。理論上來說，這是一件應該會愈做愈熟練，速度愈快的工作，但由於是第一次接觸，光是在處理不同段落開頭的空格，就有些緩慢。只能期許真的能夠熟能生巧，在下次碰上刷排版的工作時，能有所進步。

第五跳　詢問印刷報價及相關細節

除了跟進之前寄出的信的進度之外，我還參與了詢問印刷報價的工作：透過和不同的印刷廠聯絡，清楚條列需要的各種規格，以取得印刷的價錢，方便在各家廠商之間比價，做出選擇。

每個細項都要確認，像一般書分為二十五開、十八開和十六開，因此在最開始就要定下書的大小。在裝訂方式上，平裝可以選擇一般膠裝或穿線膠裝，精裝的話，可以選擇軟殼或硬殼、圓背或平背。在封面的紙張材質上，若想採用比較特別的美術紙，但又怕太多的加工會失去紙張的觸感，則會採取上水光的方式，讓讀者仍能觸摸到封面的材質。而內頁的數量、印量等，也是在報價時，需要提供的資訊。在後來上課的時候，晏瑞老師也有提到印刷時的細節：若同時有彩色和黑白的印刷，那麼就必須分開做；彩頁會放在書前或書後，不能分散在書中，否則就只能整本書都用彩色印刷。

而一直以來困擾著我的問題，也就是折口的存在，原來是為了保持封面的平整，而後才在折口上，印出作者和書籍的相關資訊，避免過多的空白產生。折口也有固定的長度，如果將折口做的太長，首先是成本的增加，此外在印刷上太特殊的規格，也會導致機器不易運作，產生高額的成本，以及更長的製作時間。

第六跳　校對工作

除電子書之外，也有幾次和其他同學一起對紅、進行校對。比起電腦的操作，真正碰到紙和作品的時候，速度就放慢了下來，也需要平靜心緒，才能好好將重點聚焦在文字和文字之間。在進入一頁一頁的將紙張翻閱的程序，我才真正意識到自己正在參與一部作品的編輯工作。

進到校對的工作後，讓我發現許多我未曾想過的細節。過去對編輯最大的理解，來自電影《編舟記》，畫面大抵是多位編輯坐在辦公桌上，桌面有不斷被翻動的紙張，拉近一點看，紙張上會是被編輯修改過的紅色筆跡，僅此而已。只有當自己來到現場，才會發現電影能帶出的畫面，真的只有一小部分。

編輯的注意力除了在錯誤的字詞或句子上，還要留意排版上的疏漏，像是遇到書眉的錯誤，在書的前半部都有書眉，但無論在第二章還是第七章，都停留在第一章的書眉，至於書的後半部，書眉是直接缺少的。對於這個現象，最後是以送回修改、補上每一章應有的書眉作為結束。發現這個錯誤的同時，我感到有些訝異：一個在一本書中理所當然的存在，竟然會出錯。這也證明了是因為有編輯的努力，才能讓讀者看到完整無誤的成品。

到這裡，我逐漸意識到，作為編輯和作為讀者的視角是不同的，前者需要注意到更多角落，只是單純的翻閱是不夠的。像有另一個部分，是要檢查書中的圖片是否替換成正確的，因為原先的圖片和作者提供的圖片，在印刷上有比例上的差別，這讓我再度驚訝於，原來這樣的地方也是需要留意的。

在這些錯誤找出來之後，就要進行最後的點檢。這時編輯同仁給了一張點檢表，上頭列出了幾個整體性的檢查，最後按照這個表格逐項確認，打勾以示完成即可。相當意外，只是一張表格，可以有這麼大的用處，將最後的行事程序規格化，讓工作的進行更加有秩序和效率、有所憑據。

另外有個有趣的部分，就是在確認一切是否無誤的同時，也要有所變通。編輯盡責地將錯誤修正，然後再修改，但若程序已經來到四校或清樣的時候，有些無傷大雅的部分可以予以省略，否則印刷日期在即，無止盡的細修會擔擱進度，也會造成修改人員的負擔。

還有一件小事讓我印象深刻。手上的書有許多引用來源，而其中的排版呈現有需要改的地方，其實大致上都完成了，只是需要對紅而已，但在其中一頁，我發現下方的註釋有部分消失。有些緊張的詢問，得到的答案是，因為縮排，所以原先在同一樣的註釋就會相對移動到別的地方。不是什麼大問題，但我有些驚訝，其實當下如果我稍微前後確認其他頁的內容，應該就可以發現其實並沒有缺漏，但因為緊張，所以當下就立刻提出疑問，或許是因為前面的工作較為制式化，只要單純的看排版是否有更正即可，讓我並沒有想到有其他的可能性存在，但也有可能是業務不熟悉，如果是其他比較頻繁進行紙本工作的同學，或許就可以輕易地發現這點。但晏瑞老師告訴我，有問題馬上提問是好的，千萬不能合理化問題，盲目進行！

另一個小細節，就是關於縮排。基本上和作文相同，書在編排的時候，若發現有單字成行或單行成頁的情形，就要有所更動，如果發生在書目上，可以選擇縮短字距，如果是發生在內文的話，可以將不必要的虛詞刪掉，或選擇稍作增字亦可。

第七跳　關於編輯書的細節

下午晏瑞老師講解書封的設計：究竟為甚麼要作出一系列相似的封面？是藉由編輯外包，把封面結構固定，可以縮短設計的時間，加快編輯的速度，同時降低收費的成本，讓讀者在選購的時候，可以一目瞭然，讓擺在一起的書成為明顯的組合，讓同一個系列成為讀者的選書參考。

之後來到了書籍的規格。在印製前，書的大小規格都需要清楚溝通好，萬卷樓一般書的印製，通常是做成十八開的大小。裝訂的方式，有分成平裝和精裝，前者是用上膠的方式製作，會有一頁蝴蝶頁，而後者則是用穿線的方式，蝴蝶頁會有兩頁。平裝還有另一種樣式，是穿線膠裝，用一臺一臺的方式裝訂起來，比起一般膠裝，更加穩固。在精裝中，又分作硬殼精裝和軟殼精裝，差異在於厚紙板的厚度。當遇到較厚的書籍會製作成圓背，比較堅固，不易散落，相較薄的書籍，就做成平背即可。

第八跳　點檢樣書、書展理書

後來有提到書展整理書的工作，雖然我沒有親自參與，但還是有聽晏瑞老師講解大致上的內容。因為在參加書展活動的時候難免混亂，所以需要在刷書裝箱時，確認書車上的書的數量是否正確，如果有缺漏的話，需要向廠商核對這些書的去向：是賣出、送出或遺失。

還有另一個工作，是書籍印刷完成後清點數量並且品管的工作。跟著編輯到六樓，看到了很多臺載滿書的推車。

因為數量不少，所以會按找幾個要點進行，比較有效率。在確認完門市和作者是否有要留書後，首先先抽一本，確認版權頁、內文及封面是否正確，若有錯，則再多確認幾本，很有可能是整批書都有錯誤。若無誤，則開始計算送來的數量與印量是否一致，都沒有問題，就可以把書名和數量寫明，貼在紙箱側邊，請倉儲入庫。

結語

時數漸漸增加，自己多少有感覺到一些變化，像是過去學到的一些知識，可以應用在不同的地方：熟悉書的形制，可以在報價的時候更快進入狀況、知道電子書的意義，才能在刪減頁面的時候理解其中的原因。緩慢的學習就像跳躍前的助跑，是不可或缺、重要的一部份，完成不同的工作，就如同完成一次次的跳躍，而唯有多面向的學習才能讓跳躍成功而完整，繼續前行。

作者簡介

陳宛妤，臺北人，就讀於國立臺灣師範大學國文學系四年級。在小小的師範大學學習已經很熟悉的國文，後從聲韻學、訓詁學等等中，發現了這個語言的不同樣貌，在面面相覷之間，逐漸變得有些陌生，但並不妨礙相處。一邊讀書一邊打球，把放下書後的時光留給球場，書本攤開時，人也在被陽光曝曬。少數會被限制跳躍奔跑的時候，除了期中、期末考，就是下雨天。生長都在臺北，即使讀了大學也沒能離開，即使大雨小雨淅淅瀝瀝，即使身邊的朋友總是抱怨臺北的雨多得險些令人生病，也依舊喜歡這個多雨的城市。整個四年的學習如同被煙雨圍繞，安靜無聲，卻早在不知不覺中被浸潤。每個呼吸都帶有濕氣，於是在吐息之間張望，試圖看出小小的校園外。晴天很好，雨天也不錯，努力學習，讓自己全身溼透。

回顧萬卷點滴

陳品方
國立臺灣師範大學國文學系

一　緣起

本次之所以會參與到萬卷樓的實習機會，原因有二：一是本身對於出版產業的好奇與嚮往，希望能透過本次機會，來驗證心中的疑惑，不只對於工作內容抱抱有疑問，也十分好奇出版產業的工作環境，是不是像電視螢幕裡的場景一樣？是否像電視劇裡加班加到休息不足的編輯角色一樣？由於對於相關產業有諸如此類的疑問，於是抱著認識的心情與期待，踏進了這門課程。

另外則是，自己已經大四，對於未來的職涯發展尚未有一個明確的規畫，雖然現在才開始探索，似乎有些跟不上其他人的腳步。但是現階段的自己，能夠順利的選進這門實習課程，應該也是一種命中註定吧！因此，這次的實習目標，首先是瞭解出版產業的工作內容，其次就是透過實習活動的歷程，來確認自己是不是能夠朝著相關的方向前進。

然而，可惜的是，因為個人課程安排的因素，導致無法前往萬卷樓現場實習，而是採用領取任務的方式，來完成這次的實習活動，覺得十分可惜遺憾。因為無法到現場實習，意味著無法在第一時間發問，也無法及時的獲得充足的資訊。而且，如果能在現場實習，與其他出版產業的前輩們的相處時間也能變多，也就更能透過與他們的互動來更認識出版產業了吧！儘管如此，幸虧晏瑞老師與主編的友善幫助，不管是在領取任務當下的解說，或者是提交任務成果的額外解惑，我都能收益良多。所以，雖然沒有如現場實習同學一般，接觸到多樣工作類型，但對於工作內容所產生的疑問與該瞭解的資訊，相信在晏瑞老師的教導下，也有初步的認識。

二　歷程

（一）打字工作的血汗史

首次到萬卷樓領取任務時，玉姍主編在指派任務時，十分耐心說解。任務內容是「打字」。我們這群任務制的同學，共同參與編輯一本經學相關的書。但因為出版內容的歷史悠久，尚未建立完整的文檔，所以需要我們檢索文獻，找出文本，並將它輸入檔案裡。

坦白來說，打字這項工作所需要的工作技巧不高，唯一比較辛苦或者需要技術的部分在於，當面臨到了文本內的生難字詞，或者異體字時，需要額外的查詢，才能打出精準的字詞。甚至，因為文本本身的保存方式，在辨識上有時候也需要一些國學相關背景，才不至於在打字時鬧了笑話。

雖然困難程度不高，但需要耗費極大的專注力與時間，這同時也讓我體會到打字工作的辛苦。在密密麻麻的文字裡頭，我們必須時刻保持高度的專注力，才能在一字一句中，找到需要被剔除的贅字，或者是需要被修改的錯字。這項工作有趣的是，根據研究表明，其實每個人的大腦都帶有自動排序的功能，意思就是就算漢字的順序是被打亂的，我們在閱讀的當下，大腦就會自動的排出正確的順序，我們也就會立即的得到正確的文意，哪怕它其實是混亂而不知所云的。由於大腦自動排序的閱讀能力，加上本科系的訓練，所以在執行打字任務時，常常忘記校對職責而開始速讀。所以必須時刻的保持注意力，提醒自己必須一字一句的閱讀，才能將文本最正確的版本順利的輸入到電腦。

因為文本量其實蠻龐大的，所以有時打字打著打著，會開始有，這項工作的意義是什麼？為什麼我參與了難得的實習活動，卻還是在做基本的打字工作呢？幸好，晏瑞老師在事後進行了工作的審視與探討，解答了打字工作的相關秘辛。比如，為什麼文本要交給我們電子化，而不是交給打字小姐完成？最主要的原因在於體驗打字小姐的工作，並從中瞭解他們的心態。打字小姐的工作習慣並不是以文本的正確度做最主要的考量，對他們而言，能夠在時間內，以最快的速度，打出最多的字，才是真正的工作目標。即便文本內容的辨識度不高，出現了難以識別的文字，或者出現了明顯需要改正的錯字，他們也是快速打過、帶過。畢竟對他們而言，字數的多寡決定了薪水的高低，也就決定了工作的品質。

相對而言，由於我們本身是國文相關科系的實習生，所以在面對這些文本時，多少已具備基礎的國學背景，不管是在生難字詞的辨別、查詢，還是錯字的抓取、改正上，我們都會以自身的敏銳度，來提升最後文本的質量。

儘管如此，我們在打字速度上，還是差專業的打字小姐一大截，晏瑞老師也提出建議，能夠學習如何使用倉頡的打字方式，對於速度的提升會有明顯的效果。

（二）第九屆兩岸文化發展論壇的觀摩與紀錄

很榮幸以實習生的身份參與了第九屆兩岸文化發展論壇，畢竟是第一次參與學術相關的正式論壇，心中不免有些緊張與好奇，尤其這次還邀請到了對岸的學者一同參與，一方面感覺新奇，一方面也希望自己在協助活動進行的過程中，能夠有效學習，而不要因過度緊張而出糗。

當我與同學在早上八點一起抵達會場時，發現晏瑞老師與主編，還有其他同事已經在會場佈置了。活動開始前主要是將接待貴賓的茶水準備好、將連線對岸的機器架設好、將活動相關文本擺設好，以及最重要的是，將自己的狀態準備好，因為一旦開始論壇的進行，也就會需要高度的專注力，所以基本上必須先將早餐吃完，精神狀態調整好，才能全神全意的投入工作，也才能拿出最好的工作表現。

本次的工作的安排，用意是觀摩交流活動的進行。內容主要是準備茶水、接待來賓以及攝影。在準備茶水上，看似是一件簡單的事，但容易忽略細節。比如：茶水的溫度必須適宜，溫度太高會燙口，溫度太低又失了禮貌。若是能將接待品的細節一一做到完善，貴賓自然而然也就能感受到友善的對待，賓至如歸。

此外，接待來賓時的眉角，也是我本次實習所學習到的一大重點。因為本身個性比較木訥，加上沒有相關經歷，所以剛開始接待這些學者時，說話有些語無倫次，語調上也十分生疏。幸虧有晏瑞老師耐心的指導，以及編輯的陪同，所以接待過程中，也有了漸入佳境的表現。除了獲得了接待貴賓的撇步以及經驗之外，更難能可貴的是，能夠讓這些學者、貴賓有認識自己的機會。因為在接待過程中，能夠趁機自我介紹，讓教授們留下不錯的第一印象，也能趁此機會與貴賓們進行認識，近一步還能交換名片。可惜由於學者們相互熟識，加上論壇的學術性質，貴賓們大多都沒有攜帶名片，不過能夠藉此機會，在這些學識淵博的學者們面前刷刷臉，也是極好的業務學習。

除了學習到基本的問候禮儀之外，還有實用的攝影技巧，由於是第一次擔任攝影的工作，加上學者們各個都自帶氣場，也十分專注於論壇的內容發表。因此，剛開始還無法大膽掌鏡，無法真的卸下緊張與來靠近這些主角們。感謝主編多次的說解與指導後，我在攝影上，慢慢的能放開手腳，能夠運用特寫的方式，紀錄下來賓與會的神情。有趣的是，其實有些來賓們個性活潑，只要能鼓起勇氣踏出的第一步，他們也會有所回應，甚至主動做出拍照姿勢，讓我能夠記錄下來賓們俏皮的一面。

除了靜態的照片之外，我也協助了錄影的部分。錄影方面，最主要要注意拍攝的角度，以及畫面的協調性。聲音方面，則多虧了設備與場地的空間設計，收音十分順利。

最後，我與同學也榮幸的以實習生的身份，參與了論壇後的午宴。午宴的重點在於餐桌禮儀的表現，包含吃飯時的禮貌，還有最重要的，也是我們從未接觸過的——敬酒文化。敬酒的重點，在於向對方表達感謝、敬意等，酒在這方面扮演的是一個炒熱氣氛、拉近關係的媒介，所以喝酒不是重點。重要的是如何向對方「敬酒」表達敬意，以及敬酒時如何應對、如何說話。

從這次的吃飯經驗中，獲得了難能可貴的經驗，畢竟能與教授們吃飯的機會並不是天天都有。更何況餐點的品質極高，加上也有晏瑞老師在旁進行即時的指導，讓我們能夠在享受美食的同時，又能學到與長官吃飯時的應對進退，甚至，也藉此拉近與教授們的距離，能夠看到教授們幽默有趣的一面，著實是受益匪淺。

（三）實際編書的流程體驗

幸運的是，在實習活動邁向尾聲之際，晏瑞老師將編一本書的任務交給了我、郁婷以及雅靜，這本書的內容主要是暑假期間，另外一群學生在萬卷樓實習的紀錄與體悟。比起知識含量極高的學術書，這本書的內容看似淺顯易懂，但在第一次校對時，快把我和郁婷逼瘋了。並非同學們的文筆太爛，也不是錯字太多，主要問題在文句潤飾，與排版設計。

前者的困難點在於，首先：在「單字不成行，單句不成頁」的貫徹上，我們遇到了兩難的境地，常常更動一個句子，就會牽連到後面的段落；改動一個段落，就會造成後面頁面的錯亂。甚至，在後來對紅的過程中，也被排版工具的頁碼搞得瀕臨崩潰，尤其我們又是第一次使用排版相關的功能。老實說，我原本以為自己已經算是擅長使用文書軟體的大學生了，但在經過這次編書的任務之後，我才發現，原來自己要學習、練習的部分還有很多很多。

對於刪減與排版的部分，幸虧後來晏瑞老師的一番指導與疏通，讓我們漸漸瞭解到這個原則的意義，並不在於真正的完全落實，而在於協助維持整體。與其說是一個基礎規則，它更像是一個關鍵提醒，確保我們能遵照一個大方向邁進，然而，當遇見特殊情況時，就必須再多方考量，最後依照我們的意志與決策了。畢竟比起經驗老道的晏瑞老師，我們還是太缺少練習了，所以在討論中，花了比較多的時間在學習如何像一個編輯一樣設定、下決策。

不過，這其實也是這項任務最具挑戰性，也最有趣的地方，因為我們終於有機會能夠跳脫一個學生的身份，來嘗試體驗一個職場角色了，這種帶有責任感的體驗之所以難能可貴，在於它能確保我們認真看待自己每一次的決定。雖然過程中不免還是有些緊張、害怕，但一想到是個難得能有所表現、有所檢視自我的機會，就還是盡力拿出自己最好的表現，也幸虧這次是與課程搭配的實習經歷，因為在真正的職場上，每一次十分的付出不一定都能獲得十分的回報。能夠在實習過程中放開手腳的發問，真是太好了！我個人因此汲取到滿滿的收穫與寶貴的經驗。

其次，在文句的潤飾上，我們也面臨了很長時間的校對與討論。再次澄清，這些同學的文筆並不是造成此困難的原因，主要是我們本身是任務制的同學，對於萬卷樓的實際情況還是不甚清楚，所以對於某些工作闡述的部分，常常抱有疑問，後來幸虧都得到解決了。不得不說，同學們雖然在萬卷樓所做的工作性質都大致雷同，但是每個人的體悟都很有自己的特色，在文字描述上也頗有個人風格。該如何保留他們獨特的特色，又能使文句、文意更加通達是我在此階段的主要任務。

為了不大幅度更改文章，我這次選擇以通順文句為主要訴求，稍稍潤飾了我被分配到的部分。不得不說，自己的眼睛還是太不堪用了，不只是在挑錯字方面會有疏忽，在排版上，也常漏掉必須刪除的空格以及必須填補的文字。真心佩服每一位將書完整校對的編輯們，因為整體這樣檢查下來，我一方面擔心自己會有遺漏的部分，一方面我的眼睛常感覺到疲乏，而需要多次、間歇的休息，這讓我不禁感嘆，編輯們的眼睛真是太厲害了！同時也希望他們能好好愛護自己的靈魂之窗，因為沉浸在密密麻麻的文字堆裡太久，眼睛真的會不舒服，這次的任務，讓我充分體驗了一把編輯的使命感，也更加瞭解了校對工作的血淚。

三　總結

最重要的，是我想先感謝所有促成此次實習活動的所有出版社前輩，也感恩在實習過程中持續陪伴與指導的晏瑞老師以及主編。這次實習的經驗實屬難得，從慢慢認識出版社的環境、經營現況，到實際參與出版社工作，到後來甚至能夠有機會將自己的文章出版，這些種種經歷，除了萬分感謝百忙之中，還能一路都在旁指導、協助的晏瑞老師以外，也對辛苦完成每項任務的自己感到與有榮焉，但同時也認知到自己其實有許多不足的部分，是能夠再逐一學習與進步的。

實習，到底是一種怎麼樣的經驗，這個問題在經過一番省思後，對於我個人而言，認為實習活動不僅僅是一個關鍵的人生經驗，還可能會改變我的人生，因為它所涉及的，就是未來極有可能會從事一輩子的工作。經由這次的經歷，的確獲得了許多只在課堂上上課是不能擁有的體悟。首先不僅對出版社的工作內容有了更完整的瞭解，其次，對於如何在職場上與上司、同事們相處也建立了基本而又重要的認知，甚者，也更清楚認識了目前出版產業的情況，以及可遇不可求的職場求生技巧，這些寶貴的經歷與知識，對於即將出社會的大四生而言，都是值得一再探討與回味的養分。

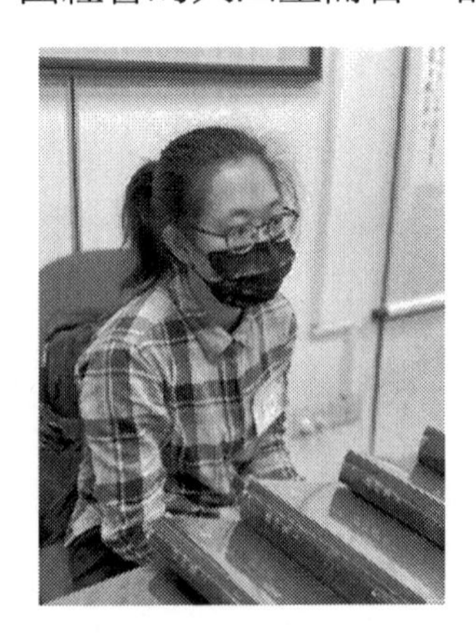

實習期間參與兩岸文化發展論壇留影

作者簡介

陳品方，出生於臺灣彰化，目前就讀於國立臺灣師範大學國文學系。平常的興趣是參與多樣化的藝文活動與尋找各種美食。文學方面，偏好閱讀小說與散文，其他像是觀賞電影、觀看展覽、聽音樂會等藝術相關的活動，目前並沒有瘋狂迷戀的作家；文學類別中特別喜歡推理小說，原因在於十分佩服與嚮往作者能夠身兼兇手與偵探運筆。於我而言，美食在某種程度上也與文學一樣，充滿無限的可能性與想像，不同的食物種類會對應到不同客群，就像是文本對應到不同讀者的特性一樣，它們不只需要本身的精彩，也需要與品嚐者擁有默契，能夠對應到彼此背後的故事，需要不同的人生經歷方能體悟箇中滋味。期望未來自己能持續以開闊的態度認識更多有意思的文學作品，以及接觸到更多滋味繽紛的美食佳餚。

我在萬卷樓學到的知識和日常

陳思翰
國立臺灣師範大學國文學系

九月開學，不知不覺在臺北也跌跌撞撞過了一年，到了大二，面對旁人的詢問和家人的擔憂，慢慢地找尋到自己的目標這件事也開始成為我正在面對的問題，時不時就會開始思考自己將來究竟想做什麼、能做什麼和該做什麼。

在一次和好友的談天中，意外發現其實自己看似格格不入的專長和興趣──國文和體育，是可以有所結合的，便是擔任體育相關書籍編輯一職。於是在選課之際，和同學一起相約選修「出版實務產業實習」這門課，替自己增添一些工作經驗，得到了這次到萬卷樓實習的機會。

起初，對於實習這件事情是有很多遐想的，加上第一堂課中，晏瑞老師和我們分享了許多關於實習的故事。其中不乏做事不可靠的實習生，頓時讓我和一起修課的同學都心生畏懼，生怕自己在接下來的現場實習活動中出什麼差錯。

第一次來到萬卷樓，這裡不如想像中寬廣，但小小安靜的辦公空間意外的令人感到安心和溫暖。會議室的兩側擺了滿滿的書，其中不乏許多過往曾在書店看過的書籍。

剛坐下，晏瑞老師便進來開始替每個人安排各自的工作。每個人開始實習的時間不盡相同，晏瑞老師把初來乍到的我，安排和我的好同學楷治，一起完成他上次負責的整理書系。

起初聽到整理書系時，只想說大概是將書籍擺放整齊或是把新書等等放到架上等等，結果沒想到楷治卻從書包中拿出一份表單，看了便發現上面居然將書分成數類，光是大標題就有十幾個，小標題更不用說了。我們的任務就是將會議室中書架上的書，按照它們各自在書系中的分類照順序排好。

我跟楷治在會議室和小倉庫中進進出出、輾轉騰挪了一個下午，好不容易把大多數的書籍都安排在正確的位置，但仍有一些在書單上卻不見蹤影的書，或是沒有在書單上卻出現的書。後來聽編輯同仁解釋，這是因為有些書是在很久以前出版的，現在可能已經沒有再繼續銷售，抑或者是外版書等等，才會出現以上那些情況。

工作結束後，第一次的實習也差不多接近尾聲，晏瑞老師進來和我們介紹關於書系的功用。原來書系的大標題是透過書所涉及的領域做出分類的，譬如人文、史地、哲理、自然這種平時會在網路書店上看到的分類，但和網路書店的差別在於，書系的分類更為縝密和細節，大標題下的小標題則按照文學的性質做分類，例如古典文學、現代文學、外國文學和古文作品等等，而小標題下有更小的分類，會將文學其中不同的形式做區分，像是現代詩、散文、小說這種不同的體裁。我這時才知道為什麼光是一個整理書系就能花上一個下午。

晏瑞老師接著解釋書系的另一個功用，我才知道為什麼會議室會有那麼多的書。書系方便編輯部的同仁在需要採用樣書作為編輯參考時，有辦法簡單且容易的在龐大的樣書庫中找到和自己負責書籍性質相近的書，以提升工作效率。

再來，晏瑞老師要我們看看整理過後的書架。我發現，許多相同書系的書明明不是同個系列的書，在書的外觀上卻有類似的設計，晏瑞老師解釋，這是因為在出版時期，很早就會將書分類至各自的書系，也因此在設計上，便可以將同書系的封面透過範本的形式，來延伸設計新書的封面，而因為是同書系的關係，設計上留下大方向的框架，在顏色、換字體字形做些微的調整，便可以讓人感覺得出是不同的書。這樣的方式，對出版社來說好處多多。若每一本新書都要重做一次設計，就是一次的費用。每次的費用累積起來，都會是一筆不小的花費。可是如果藉由上述微調的方式，站在美術設計的立場，這種二次設計的價格必然會降低，甚至對於想要長期合作的美術設計來說，一般換色換字這種小更動，可能只需要收取些微的費用。這樣一來，出版社在設計這一部份便降低了成本，而同書系擁有類似設計的操作，讓編輯在找書時更加方便，也減少了編輯時花費在設計上面的時間。

最後，晏瑞老師向我們說明，關於書本銷售這方面，書系所帶來的好處，即綑綁銷售的理論。

對於萬卷樓的客戶來說，通常主要客群不會是一般的民眾，而大多是像圖書館、學校、書商等等這種團體客戶，這些客戶在挑選要購買的書籍時，會從萬卷樓提供的書單中找尋，這時書單中整理好的書系就會發生很大的功用。客戶找到有意願購買的書時，可能會發現同書系的表單中，也有其他感興趣的書籍，如此便能一次銷售出大量的書。

再來，當出版社有熱門書籍，或是名作家的作品時，都會透過所謂大書帶小書的策略，出版社會將同一書系的書組合成套書，以套書的方式來銷售，大多都會用幾本知名作家搭配一些小眾的作家來組成套書，如此一來，這些熱門作家的名聲便會帶動他們的粉絲來購買；套書便使粉絲在購買想要的作品時，得一同買下其他小眾的書籍。對於出版社來說，不僅能增加銷售量，也可以減少小書的庫存，來降低本來書本滯銷的成本，使這些小眾作家有被眾人看見的機會，說不定就能造就下一位暢銷作家的誕生。

聽完這些，我徹底被這些行銷的策略和手法震撼到了，沒想到光是一個書系就有著這麼多功用在，甚至會影響到整個出版社的營收。

第二次的實習，在把上次剩下的樣書整理工作完成後，我便開始正式參與編輯書籍的工作。一大疊用藍色包裝的手稿就放在桌上，一看就知道這次的工作也不簡單，由於實習生都是第一次從事編輯書籍的工作，所以晏瑞老師先一一解釋編輯需要注意的事項，還影印了一份萬卷樓出版社編輯注意事項，對我這個編輯新手日後的工作，實在是方便了不少。

我這次負責的書籍是伍百年老師的作品，處理的則是對紅的環節。對紅是每一次校稿的最後一個環節，把整理過後的稿件，跟重新排版後的稿件做對照，看看需要更改或調整的地方有沒有遺漏或者修改錯誤。整體而言，對紅只是對改動的部分作審核和把關，並不是對文章的改動等等，非常適合我這種第一次從事編輯工作的菜鳥。

在對紅過程中，我發現即使是對紅這種細節工作，還是會出現不知道該怎麼處理的情況。一般而言，編輯替文章做修改時都會以紅筆做標記，如有不清楚或是想徵詢作者意見的地方，便會以鉛筆做註記，等作者看過後決定。然而鉛筆相較於紅筆不怎麼清晰，因此這次就出現編輯用鉛筆標註，但作者沒有注意到的，不確定是否要修改的內容，使得排版人員也沒有做出更動。在詢問正職編輯之後，他請我用紅筆圈起來，以便作者下次在做確認時能給予編輯答覆。

後來，又完成了幾次對紅的工作。到了十一月，我已經慢慢的習慣這個每周待五個小時的地方，心態上感覺也從一個體驗者，變得越來越謹慎的去注意每次編輯的細節。這次到了逐漸熟悉的會議室，沒想到等待我的工作不再是對紅，而是一疊未曾修改的原稿。原來今天要負責的內容是原稿的打字，有一些作品內容原先是刊登在報刊雜誌上的，為了方便編輯處理業務，需要將內容打成電子檔。

起初，我認為既然是打字，應該不會是一件辛苦的工作，後來才發現當打字是以千為單位在計算時，驚覺是一件比起對紅更令人疲憊的工作。這次處理的是雜誌中詩人沙白的被訪問。我發覺，雖然我加快了打字的速度，但腦袋還是會不自覺的去解讀文章中的內容，這可能是我對打字唯一的留戀，隨著字數的增加，我也同時越來越瞭解我所負責的這份作品、這位作者。

打字完成後，晏瑞老師問了我的感想。我還以為是要我分享沙白，沒想到晏瑞老師目的不是這樣。平時出版社會將這種打字的工作外包給打字人員。打字人員只負責打字，不同於我們在實習，他們的薪水是依靠著字數來做計算的，而當晏瑞老師把字數和薪資的比例說出來時，我簡直難以置信，整整一千字才幾十塊！我才知道，打字絕對不是一個輕鬆的工作，打字帶來的肩膀痠痛和僵硬的手指我還歷歷在目，也因此會接打字工作的人，大多會是家庭主婦或是孕婦等等這類長期待在家的人賺點外快的選擇。晏瑞老師接著說，打字人員在打字時主要講求的就是效率，打出來的精準度固然是重點，但即使每個字都精確無誤，最後還是會以完成的字數作薪水的計算。因此打字人員在收到文章時，通常不會管究竟文章的內容是不是完全正確，又或者是不是編輯所需要的，只要看到能打入 Word 檔中的內容，打字人員便會毫不猶豫地打進檔案中。所以晏瑞老師提醒我們，一個編輯在發外包稿件時，要將自己不需要的部分標記，打字人員便不會打入這些內容，提升編輯在核對時的效率，也能間接替出版社省下一筆開銷。

還有一次，正職編輯帶著我去到樓下的門市部，說是要進行點書和裝箱。書從印刷廠產出後，會送到出版社來，以便編輯來對書本有無問題作確認。我們先將一箱箱的書拆開來，確認書的數量、內容有無缺頁等，接著再將書放回紙箱並依照計畫的數量包裝好，然後在紙箱的側邊貼上書名和數量，方便倉庫處理。而這種裝箱的工作國內外又有不一樣的規定，譬如在負責國外的包裹時，為了避免在長途的運送中書本發生損壞，就得在書上額外包一層防水袋，並且在整個箱子都包裝好後，還得在外層用機器以井字的方式綑上塑膠條加強紙箱的保護性。

下一次的實習，我又進行了伍百年先生書籍的校對。但這次和上次不太一樣，因為之前的一校並不完善，不少作者標註要修改的地方都沒有在二校中出現，我這次的任務便是把一校稿和二校稿對照，看看其中有沒有甚麼缺漏和沒有標記到的地方。我才發現在校稿的時候，其實有很多小細節會被遺漏，更是容易有標示不清楚的地方。

實習慢慢的到了十一月底，臺北意外的溫暖，我感覺自己開始能帶入上班族的生活和思維，也把實習的機會視作每周最後的挑戰。本次我學習了書號的申請，其實申請書號意外的容易，因為現在科技發達，書號申請這類工作只要在網站上就能完成，細心的編輯哥哥按照每一個流程告訴我申請書號的方式，這雖然是一件簡單快速的工作，但這要不是熟知出版社工作的人還真的沒有辦法完成，不單要確定申請的書是分類在哪個書系、哪種體裁，甚至還要替書作一小段的介紹，可見編輯肯定很熟知自己所負責的書，才得以快速的打出申請書號所需的資料。

剛好有書要出版，晏瑞老師就順便講解了一些行銷觀念。首先是關於書的定價，因為在銷售的過程中，一路從印刷廠到出版社到行銷通路，中間會經過許多的議價和調整，因此書在定價時通常會較高，是為了讓後續的討論和銷售能有更多的空間，這也是為什麼在市面上買書都能打折的原因，正是因為定價本來就是設定來作折扣的。另外，印刷的成本也是決定書價的一大關鍵，不同的紙張大小，如十八開和二十五開，會有不同的價位，晏瑞老師給出的建議是：印刷費的價錢不得超過出書的百分之二十至二十五，這樣一來，才能穩定的讓書本為出版社帶來利潤。

再來便是行銷通路的問題了，也是我最感興趣的一個部分。晏瑞老師向我們解釋，其實臺灣的出版市場不大，不只國內的人口數沒辦法產生很好的市場，即便在其他亞洲國家，臺灣出版的書也向來沒辦法有很好的營收，因此臺灣出版產業現在最主要的海外客戶，大多是香港和中國。晏瑞老師也分享了香港的出版產業，據說在香港，中文系畢業的大學生剛入出版社，可以得到將近臺幣九萬的月薪，這使得在場的所有實習生眼睛都為之一亮，卻又想說高薪肯定相對的高物價，但晏瑞老師隨即說，香港的生活開銷其實和臺北差不了多少。我覺得，這真的是一個划算的選擇，未來彷彿充滿了光明。香港編輯的高薪是因為如果出版社提供不了好薪資，人才很快就會被隔壁中國的出版社給挖角了。雖然一個人在外工作會很孤單，但這個機會也讓我對未來有了更多的期待！

這次能來到萬卷樓進行六十小時的實習，真的是每分每秒都很充實，工作固然不是一件好玩的事，但我透過這次的實習，瞭解到其實自己作為一個大學生，必須得趁還在讀書的期間多增進自己的能力，以面對將來在職場所碰到的各種問題。我也在萬卷樓實習的過程中，清楚且詳細的瞭解了出版的流程和工作內容的細節，使我對未來的路多了不少想法。再次感謝萬卷樓的編輯們細心的指導，更要感謝晏瑞老師在國文學系開設了這門課，讓我有機會得到這麼充實且完善的實習機會，希望接下來這個實習活動能繼續經營下去！

作者簡介

陳思翰，來自俗稱美食沙漠的風城新竹，目前就讀於國立臺灣師範大學國文學系，畢業於新竹縣竹北高中，專長是棒球、籃球和飛盤，興趣是現代詩和動漫。因為自己喜歡文字帶來的無限可能，因緣際會之下加入了國文系，因為很熱愛運動，但偏偏就讀於大家普遍認為和運動不相關的文學院，為了改變刻板印象和突破自我，所以將來的目標是希望能將自己的專長和興趣結合，成為一名運動相關書籍的編輯，因而參與了這次萬卷樓的實習活動。

在萬卷樓不只讀萬卷書
——出版工作的理想與重建

陳相誼
國立臺灣師範大學國文學系

一　前言：對出版產業的理想

大學就讀國文學系的我，每天都在面對古典與現代文學，對「自己出版一本書」這件事情有很大的憧憬，加上自己對閱讀現代文學，包括散文、新詩、小說等各式文類書籍的興趣，而出版業就是這些書籍的產地，編輯也可以跟著作這些內容的作者見面與溝通，若未來的自己成為一位編輯，就能夠成為書籍生產的其中一位重要人物，也可以搶先所有人閱讀尚未出版的書籍，想到這裡，我已經迫不及待進入出版產業實習。

二　文字校對工作的收穫

實習工作的第一天，就被分配到最想進行的工作，也就是書籍文字校對。在進行校對之前，編輯部的同仁非常詳盡的告訴我們校對的注意事項，包括通用的符號做法，例如：若遇錯別字，就把錯字圈起來，往外拉一條直線寫上正確的字；還有哪一種書籍要用哪一種校對方式，例如現代小說、散文等，除了校對錯字、縮排、標題名稱等等之外，還要潤飾文句，也就是活校。但若是詩集、選文集、專業學術書籍等，大多不需要潤飾或修改內容，只需要注意與原稿一致即可，便稱為死校。

一本書的校對工作分成三次校對：一校、二校、三校。還有每次校對修改後的對紅。我原先不知道一本書出版之前，需要進行這麼多次的校對，直到我自己也做過校對工作後，才發現多次校對的必要性。

（一）草川的詩集校對

我第一本校對的書，是香港詩人草川老師的詩集。因為是一校，所以我必須連內容都認真閱讀，能閱讀草川老師唯美的現代詩，使我在校對的過程中十分專注且快樂。

而校對這本詩集最值得一談的，是語言與詞彙的使用問題。因為草川老師是香港人，因此有很多用語和用字都是港式用法，和臺灣讀者習慣的詞彙不同。例如：希臘神話裡的勇士「阿基里斯」，在老師的筆下寫作「厄克琉斯」；或是「不」老師會寫作「唔」，或有其他異體字的狀況。我在校對時有特別圈出來，在旁邊補充上臺灣的常見用法。

但當我將這樣的校對建議圈出，並詢問晏瑞老師是否妥當時，晏瑞老師讓我思考一個問題：「這本書的讀者跟受眾是誰？」若這本詩集的的受眾與讀者多為香港人，那麼香港用語便不需要修改；若受眾與讀者設定為臺灣人，那校對的建議就可以酌以修改。但仍須尊重作者原意，以免原有的港味走了調。

第一本校對的書籍就遇上了語言與詞彙使用的難題，總體而言有發現港臺用語相異，並圈出給予補充用法是好的，但也讓我發現，身為編輯在給出校對建議時，也必須要審慎考量書籍的市場與讀者群，以及作者原意的顧及。

（二）《逸廬詩詞文集鈔註釋》編輯整合

《逸廬詩詞文集鈔註釋》這本書的校對過程比較複雜，這本書內容繁多，總共分成三冊，不同冊別分由不同人校對。當時由我負責這本書的一校與二校意見的統籌整理。

這本書需要校對與確認的問題比較多。光是書名就來回掙扎了好幾次，有《伍百年先生詩文集註釋》、《伍百年詩文集註釋》、《逸廬詩詞文集鈔註釋》等等，二校的最後，與作者討論後，才終於決定使用第三個名稱。

此外本書主要的問題是排版，由於本書想採用有古籍味道的排版方式，加上書本的內容是彙整伍百年先生的詩詞作品。作品當中有伍百年先生自己的註釋、也有編者的註釋，排版上的格式與字型就會有兩種。而伍百年先生註釋的標題要使用「伍百年自註」還是「伍註」、要放在詩文詞彙正下方還是移出獨立成段，也來來回回修改過幾次，後因註釋數量眾多，為避免「複重」與版面美觀，後選擇「伍註」直接放在詩文詞彙下方。

另一個問題是這本書很多「單句成行」的現象，在校對時要特別注意避免單句成行，並做處理，這個工作連排版小姐都說十分燒腦呢。

最後在二校意見統整完後，晏瑞老師作為責任編輯，為了讓我體會編輯意識，包括註釋前要不要空一行、書眉、魚尾中間要不要加上冊別，冊別的說明文字要多詳細等，都詢問我想要怎麼做。真正開始思考這些問題後，才發現這些看似渺小的問題，都會影響書籍的版面與風格，而編輯就是需要在這些小細節裡掙扎與取捨，主動進行思辨，才能夠慢慢養成自己的編輯意識。

（三）《南北朝經學史》死校

《南北朝經學史》是一本手寫稿打字排版的書稿，我進行的工作是一校，由於書的內容屬專業學術性質，不需要潤飾，只需要確保原稿跟一校稿的內容相同，即所謂死校的工作。但少去潤飾的動作並沒有讓這本書校對變得輕鬆。

書中有許多引用的古文，文中有許多陌生的古字，有些連讀音是什麼都不知道，因此要查詢是否正確就需要花費比較多時間。加上文章裡有古文專用的斷句符號，本來圓圈一律打在左邊，但排版遇到書名號等左邊的符號，圓圈就會跑到右邊，導致整體排版不一致，必須做修改。最後是書本身的內容，因為是古代經學相關的研究著作，閱讀起來特別吃力。而且有時候注意了符號的問題，就會不小心忽略另一個排版問題，必須要明確地寫下要注意的所有問題才不會疏忽。在校對這本書時，對於校對工作的熱情悄悄地消退，應該說我深刻地體會到，文字校對要面對的內容相當多元，從初階到進階，身為戰士（編輯）是不可以挑選戰場（閱讀偏食）的。

三　書籍銷售與行銷的策略

（一）書系分類的重要性

首先，是書系分類的重要性。書系指的是出版社內部對出版書籍的分類，從書系的名稱與類別，就能大致看出出版社的主要出版方向。

書系分類除了能讓書籍整理更方便外，也有銷售與行銷方面的功能。例如：若有一個書系是現代文學類，那麼對「現代文學」有興趣的讀者，就能夠從同樣一個書系找到更多喜愛的書籍。出版社若在此書系出新書，也能夠方便推銷給受眾。或是有讀者或單位，也會持續追蹤出版社同一書系的出版狀況，用書系來做整體行銷推廣，間接省下行銷的時間與費用。

另一方面，書系分類也有降低成本的功能。例如：同一書系的封面排版、內文排版可以相似或相同，書系內若要出新書，就可以省下排版與封面設計的費用。除了降低出版社出書的成本外，也能省下與排版印刷溝通的時間成本。

（二）紫牛行銷

一群乳牛之中如果出現了紫牛當然會倍受關注，過去大家都看慣的產品，如果出現了獨特的賣點或是令人驚豔的地方，自然也會深受消費者喜愛。

很多時候出版的書籍內容已經有先前的版本了，例如：錢鍾書《圍城》、杜甫詩文集等等，那麼為了促進消費者購買慾望，就必須要在書籍商品上附加價值、或是凸顯出與他版本不同的特色。

這時可以在書籍的形式上做出改變，比如將古籍做成毛邊本，即書口未裁剪的書本，讓讀者能夠享受自己拆開分頁的樂趣，提升產品的獨特性，書籍的定價就能往上提高。或是在封面字上燙金、做精裝版包裝等等，這些都是在外觀上或形式上，提升附加價值的方法。

其他像是書中附有藏書票、作者的親筆簽名、作者的番外紀錄、作者設計的書籤作為贈品等作法，也都能強調書籍產品的賣點，讓產品在眾多相似的書籍中脫穎而出。

（三）各步驟價格審視與訂定的細節

出版產業就和其他商業生意一樣，在利益與成本上需要斤斤計較。晏瑞老師詳盡地告訴我們在書籍出版前印刷的成本計算、排版的成本計算，以及訂定書籍價格的守則、與作者或供應商談判議價時的技巧。

舉一個書籍定價的守則為例子，由於計算上的方便性，書籍的定價以偶數為優。而定價的細部調整也有原則，假設定價設定在六二〇到六八〇之間，除了不要定為六四〇之外（華人忌諱四的諧音），盡量讓價錢能往高的方向走，因此六六〇就比六二〇來得好，除非作者有特殊的要求，或者是書籍的品項屬於比較熱門的類型，再把價格往低的方向，也就是六二〇去調整，可藉由價格策略來推動銷售。

在晏瑞老師講解與計算這些成本時，我才意識到出版工作很多時候都是在算數學，計算要怎麼樣才能夠符合出版社利益、要怎麼樣才能不在價錢上吃虧。這些資訊都十分寶貴，讓我充分理解書籍買賣的運作模式，也對金錢流動的方向更為清晰。

四　說話的藝術與溝通的技巧

（一）編輯與作者之間的溝通

在某一次實習工作時間，晏瑞老師正在處理一個出包事件：某一本書籍在原本估價時，預計出版的頁數會是二六〇頁左右，結果最後排版出來多達三八〇頁，由於當時負責的編輯沒有注意到頁數的問題，離職前也沒有仔細的把那本書的編輯狀況作完整的告知，因此到了樣書階段才發現頁數超過原先預計頁數甚多的問題。

更嚴重的是，因為那本書有很多圖片，是彩色印刷的著作，因此出書的成本提高非常多。印刷費估價下來，幾乎佔了書定價的五成之高，不符合銷售的成本結構。然而當時已經快到交書的約期，不可能將書籍重新發還再調整排版，因此只剩下調整書籍定價一途可走。

事出突然，當時我在晏瑞老師旁，聽他與作者的電話溝通，必須讓作者同意將定價調漲一百元左右。原本與作者有約定用作者價，買一定數量書籍的默契。因此定價提高對於作者來說，多了一重負擔。為此出版社特別調降作者購書折扣，讓調高定價的作法，不會影響作者購書的成本。溝通之前晏瑞老師把姿態放得很低，雖然談判成功，但作者的情緒已然受到影響，事後晏瑞老師自我檢討，如果換一種方式來溝通，可能就會皆大歡喜。

因為我全程參與，晏瑞老師特別告訴我這個點，並叮囑我在談判與溝通之前必須冷靜，且再三考量所有已知的訊息，制定最優的溝通方案。我也從中體認到說話的藝術非常重要，如何讓作者能夠感覺守住自己的利益，如何留住潛在的客戶等等，都需要運用溝通與說話的技巧。

（二）編輯與其他工作者的信件往來

前面有寫到在一次的校對工作中，我負責《逸廬詩詞文集鈔註釋》的校對建議統籌，和晏瑞老師討論後整理出很多點的校對建議，接下來工作就是要寄信給排版人員，請他們修改書籍細節。

因為與排版人員溝通多以電子郵件方式進行，優點是方便快速，但另一方面在撰寫郵件內容時，就必須更注重文字的使用。例如：排版意見的陳述盡量精簡易懂、來信者的身分要寫清楚、內容不要一次寫太多……等。在信件往來的過程中有很多細節需要注意，編輯需要考慮排版人員的習慣、要求是否能成等等，這些也都需要強大的溝通能力與文字表達技巧。

五　其他工作紀錄

（一）點檢樣書

在書籍經過來回校對與排版後，樣書印刷出來，就要進行樣書點檢。對於樣書，萬卷樓有慣用的點檢表，表上列出了許多檢查細項。例如：書名是否正確、章節名稱是否正確、ISBN 書號是否正確等等眾多項目，編輯必須逐項確認後打勾，以示檢查無誤。

點檢表的用途在於最後一次全書系統性的細節檢查。在校對工作的經驗裡，我深知校對就是抓出許多渺小的錯誤，但經常會顧此失彼，過於專注於一個細節，就會忽略另一個。因此，點檢表的功能就是將檢查程序化，幫助編輯有效地抓取可能的錯失，也能避免疏漏。點檢表看似是一張制式的表格，但正是這張表格讓書籍能夠安心地被出版。

（二）支援出版社協辦之文化交流活動

二〇二二年十二月三日，我以實習生的身分支援「第四屆海峽兩岸研究生人文論壇（臺北會場）」的活動。由於新冠肺炎在大陸持續肆虐，因此這一次的論壇活動，分成臺北會場和福州會場，而兩個會場之間透過線上視訊會議進行交流與討論。在臺北會場又分成兩個教室，兩個討論會場。

我沒有固定被分配到的工作，基本上哪裡需要幫忙就奔跑而至。在論壇的前一天，架設視訊鏡頭、調整視訊角度就花了許多時間，而座位的安排更是一大學問，以不影響動線，方便管理為主。晏瑞老師與編輯部的同仁們，還教導我如何拍攝活動照片、如何招待出席活動的人物。辦一場幾個小時的活動，要注意的細節與關鍵不比出版一本書少。

在幫忙這場活動的過程中，我發現協辦學術相關文化交流活動，都是在累積出版社的口碑，也能趁機發展潛在的客戶與業務，看似吃力不討好的事情，其實都是為了出版社的未來發展鋪路。

六　結語：對出版產業理想的重建

（一）出版產業處境的再認知

在我實習的過程中能夠清楚的感受到，出版產業的生存不易。在資訊科技持續進步的社會裡，實體的書籍出版業勢必得伸出更多枝枒，想辦法賺錢讓自己生存。除了書籍出版工作外，還要拓展文創商品、協辦活動等相關事業，這些相關工作我也都有參與。

在進入出版社實習前，我對出版社當今的處境沒有那麼深刻的認知，如今也理解了空有理想是不行的，該如何賺取利益讓理想可以持續是更現實的問題。除了發展更多文學相關事業之外，如何進行線上服務轉型，也是出版社要面對的一大課題。

（二）在細節裡斡旋的工作者

身為編輯或其他出版社的工作者，就是不斷地在小細節裡著墨，抓出錯誤或疑義、來回取捨出最符合效益的最佳解答。例如：段落前空一行能讓版面更美觀，但卻可能因此影響後面頁數的編排與印刷成本，這時該如何選擇，便是編輯工作的難處，也是編輯意識的呈現。

在實習工作中，我也深刻地體認到一個微小的疏漏，後續可能必須付出更多的溝通成本去彌補，甚至還會影響到未來作者與出版社繼續合作的意願，一來一往之間，無形中就會導致出版社巨大的損失。

因此我會稱出版工作者，是一群在瑣碎的細節裡斡旋的工作者。出版一本書的過程裡包含著眾多細節，留意這些細節十分費神，這是身為出版工作者必須要承擔的責任。然而出一本好書的渴望，會讓這些工作者繼續燃燒自己的理想與熱情。

作者簡介

陳相諠，二十分之十六的彰化人、二十分之四的臺北人和百分之百的現代人。對潮溼的天氣、喧嘩的人群還有空曠的房子過敏。在臺灣師範大學國文學系裡打滾，是張愛玲文字的信徒，但目前仍在成為教師的道路上摔跤，常在課本文章裡懷疑自己的人生選擇，不排除往出版產業發展的可能性。遙記初上臺北時，在捷運手扶梯上常常站在左邊，如今已被臺北的氣息暈染，鄉下土包子味漸淡，總之不知是好是壞。四年以來在國文學系裡日漸茁壯，如同發現自己身上的陌生之處般，慢慢發現文字的世界不是原本認識的模樣，一片汪洋大海，自己只觸碰了近沙灘的一塊。

出發尋找我的版本

陳微霓
國立臺灣師範大學國文學系

一 前言

這堂「出版實務產業實習」恰如其名，需要透過實際抵達產業實務現場來進行學習，不僅僅是紙上談兵的理論，更是兼具實務的操作。精實的二學分三小時課程，從圖書出版產業的發展與現況、出版企畫、版權貿易、出版成本與流程、書號申請與圖書定價……再到走入產業實習現場，找尋出版產業新知和技能的路上，我也在找尋我自己。

踏上這趟旅程，不禁思索，究竟會走向什麼樣的地方？輕輕踩踏，在大四修習這堂課有點像迷途的羔羊，濺著濕漉漉的泥濘，在不知道是否要返家的歸途上，迷霧漫開、佈滿荊棘的職涯地圖迷失方向，兜兜轉轉。

第一堂課的生涯規畫與履歷撰寫，像是極欲驅開散不盡的迷惘霧霾，這份規畫專屬於我嗎？這份履歷獨一無二嗎？遊走在自己的時區當中，不疾不徐，只渴求在追尋的自我，不是為了企及何方、何人，而是完完全全地屬於我、完完整整地擁有自己。

「出」發尋找我的「版」本。這次的出版，將引領我出發，尋找專屬於自己的版本，儘管搖搖晃晃、磕磕撞撞，終將會抵達心之所向。

二　找尋理想的他方

這次的課程結合實務，需要親自到出版社實習，因此相當珍惜這次的機會。感謝晏瑞老師提供萬卷樓實習單位，並鼓勵我們當作出社會前的練習，先試著找找看其他實習單位，毫無後顧之憂地先追尋自己理想的他方，最後也一定有可以棲身的實習地方。

找尋的過程中，深深記得晏瑞老師不斷的叮嚀，要把找實習工作當作真正在找一份工作，正視這次的實習經驗，從應徵的那一刻就開始做起。這樣的心態，讓我開始細細思索、探尋內心，自己想要的是什麼？理想的實習的工作細項、環境、可以給予的和收獲的……理想又是否會和現實有落差？該怎麼在理想和現實中取得平衡？透過這些深思，仔細地思索並引領我走向勇於挑戰自我的道路。

先設定好目標，喜歡嶄新多元的事物、期待遇見有趣的靈魂、有別於濃厚深沉的學術感，我想要投遞履歷到生活雜誌相關出版社，試著給自己一些挑戰、擴展舒適圈。想起上學期有幸認識一位出版社的朱總編輯，那次深度細聊過後，相當喜歡該出版社結合藝文的理念，既是文化載體，題材又相當新穎，出刊的雜誌更是讓人看得津津有味！剛好是深感興趣的雜誌出版，我便想著何不藉此次機會爭取實習，透過這次的寶貴機會貼近自己好奇、想學習的出版產業和雜誌編輯。製作履歷、聯繫出版社實習事宜……在九月中就順利完成，確定取得實習工作資格，記得在課堂上晏瑞老師關切詢問大家的實習進度，我是最快達成的，用行動力為想做的事負責，為想做的是付諸行動，完備準備、有效率達成，感受到自己有用良好的心態面對這堂課和這份實習工作，這讓我感到相當踏實，深知在面對喜歡的事會有強大的執行動力，也藉此動力增加學習的動機並且檢視內心的嚮往。這次的實習工作能夠如此順利，我覺得自己相當幸運。深信要把想做的事說出來，全世界就會聯合起來幫助你，某次的契機讓我有機會和一位朋友分享自己熱愛寫作文章，嚮往有機會更深入認識雜誌編輯製成，因而透過機會認識朱總編。透過認識的關係聯繫，省去很多時間成本和競爭環境，其實一開始有點擔心會失去更多磨練的機會，或是透過關係這件事本身可能不是那麼正規，面對晏瑞老師的關切不太知道如何開口說明，但得到晏瑞老師的反饋是「有關係反而能夠帶來很多好處」、「有關係也是能力的一環」，甚至鼓勵我們應該要善用關係、累積厚實的人脈。磨練的機會還很多，而且每個過程都可以是一種磨練，管道有很多，這樣靠自己想方法取得的也是正規。這些體悟讓我有所改觀、變得相對有自信，也釋然許多，更重要的是不會否定自己依然很努力，所以才很幸運！有關係、有人脈也是能力的一環。

我很幸運，也很努力！有機會和人脈鏈結，從聯繫、洽談、履歷、面試到開始正式實習，絲毫不馬虎。履歷修修改改，打造切實符合該份實習的簡歷，課堂中，晏瑞老師傳授履歷製作方式，也無私分享、親自呈現個人履歷，還有修習「應用文及習作」課程讓我有雙倍的資源精心製作、雕琢履歷，從更多面向聚焦個人特質、才能和經歷呈現自我。我也謹記履歷應當時時更新、時時準備。

當然，之前打工投遞履歷的經驗也不容小覷，這些難能可貴的經驗和學習歷程都匯聚了養分，厚實了我在履歷製作及面試的基礎。

到了面試則兢兢業業，抱持著謙和有禮又有自信的姿態，展現自己想爭取到這份實習的渴望，不忽視任何細節、竭力爭取。也不忘在面試的過程中多加瞭解工作場域、實習項目、核心理念……面對要投注六十小時的實習，我是實習單位要審慎評估的應徵者，同時也需要透過更加深入的觀察檢視這份實習的人事、環境、待遇……等等。記得課堂中有同學分享在應徵過程中一波三折的際遇，這時候才有更深的體悟，原來應徵並不如想像中那般簡單。在作為求職者應徵的同時，你也在面試這間公司，包括：職場氛圍好嗎？做事態度怎麼樣？真的是自己想要的地方嗎？

有時候，不用親身體驗這些磨難，不代表我不能從別人的經歷中吸取智慧，透過其他同學的經驗分享，也是很好的學習機會，而沒能經歷這些磨練，也不代表缺少考驗的機會，或許還有更多等著我的測驗。

三　他方在彼方

抱持著期待的心情正式展開六十小時的實習，安排在每週三的下午一點到六點，每週五小時，共十二週，剛好會在期末考週前完成。這樣的時間安排可以說是恰到好處，然而地點的安排對我來說是一項挑戰。

由於朱總編的工作室位於捷運紅線的末端，需要花上一個小時的通勤時間，對我來說是相當嶄新的體驗，我甚是喜歡這樣的體驗！從國小到大學，一直以來住宿都離學校僅需十分鐘左右的車程，這次，我可以切身的體會通勤同學們漫長車程的日常，也學會感受漫漫時光的流逝，不管是忙碌之餘終於有時間好好發呆、看窗外風景，還是依舊馬不停蹄的拿出平板、筆電完成待辦事項，或是前一天早九到晚九的課太累，一上車就倒頭大睡，都是彌足珍貴的乘車體驗。

更多時候，我會一邊回顧上週的實習內容，一邊期待這週要學習和實作的項目會有哪些，十二週都抱持著求知若渴、熱切學習的心態，深怕自己有所不足，深怕自己沒有足夠的時間，帶走足夠的知識和技能。但學習本來就是永遠都不嫌多的。

記得與朱總編的初次對談，深深感受到他是位學識淵博且持續在學習的人，除了作為文字工作者，自學物理知識，將量子理論融入詩作中，還是音樂創作人，喜歡彈唱之餘，更致力於偶像行銷，栽培歌手也身兼製作人，攝影技巧、編採技術……等等，不勝枚舉。朱總編既是我在實習單位的老師，也不遺餘力持續精進學習，能夠成為這樣的斜槓人使我相當敬佩，也立志成為在所愛領域全方位專精的人才。

實際實習的過程中，這些都親眼所見、親身所感，朱總編有著深厚的軟硬實力，也不吝惜將任何我想學的東西傳授給我。理論層面，上了許多社會學、心理學相關課程，培養對於文本的解析和文章的詮釋，還有現代藝術詮釋概論、傳播理論、符號學……等等，厚實我的理論根基，以利拓展到實務層面，協助雜誌後續進行製作。

實際的演練操作從基礎攝影開始學習，先是室內打光棚拍，才發現光影的應用真的是一門學問，對於拍攝真的非常重要，此外，構圖也是對於攝影美學的考驗，要拍出品質好的照片需要相當多的條件也要兼顧各方需求，一張好的照片產出是為了修圖後更加完美，而不是靠後製完美圖像，為了避免本末倒置，在攝影方面一定要下足功夫，我也更常利於課餘時間帶著單眼到處外拍，捕捉光影，收藏每個值得珍藏的瞬間。

再來便是修圖軟體的技術學習，使用的是 Photoshop 軟體，幾乎每次實習都會練習操作，也會指派回家練習，第一次接觸這個軟體對我來說並不十分容易，因為不夠熟悉常常會忘記操作步驟和一些專業技巧，不過從九月初到十二月中可以說是有相當顯著的進步，甚至現在日常的照片我都會迫不及待想要透過這個軟體操作練習，相信持續熟悉會越來越熟能生巧，也會更有能力在這個層面協助雜誌的圖文製作。

這些基礎技能有了一定的程度之後，這個實習環境給了我相當大的自由發揮空間，我感受到自己可以擁有紮實的技巧，也有自由創作的餘裕，從基礎素養，包括：議題設定、資料蒐集、撰寫，到思考、使用方法論、加以詮釋，再到整體內容規畫製作，這些都實際參與且運用過程中所學。

這次有幸參與雜誌冬季號的全程製作，從細讀多篇稿件熟悉雜誌風格、學習修圖技巧、人物及商品攝影，再到選擇自己喜歡的主題親自撰稿，包括咖啡廳專訪、香水專欄、散文……後續也參與校稿和全程監印，整個雜誌產出的過程，從零到有，透過我的雙眼親眼見證、雙手親自執行。

非常感謝實習單位及朱總編悉心教導、提攜，無私地傳授知識和技巧，給我富足、充實的知能及彈性自主的創作空間，也感謝自己付諸行動，付出心力認真對待所學，十分有幸能在喜歡的場域作喜歡的事。

就算他方在彼方也不覺得遙遠。

作者簡介

陳微霓，國立臺灣師範大學國文學系一一二級學生，雙主修教育心理與輔導學系。很多時候我不知道該怎麼定位在國文學系的自己，更多時候我喜歡娓娓道來雙主修的科系。這時候不用解釋還沒確定要不要當老師，不會看起來不知道自己要做什麼。很多人認為國文學系就是沒有任何專業可言，而我很希望，國文學系能是任何專業的可能。或許就是抱持著這樣簡單的盼望，不斷地走出舒適圈、展望無限的可能。徜徉在中華文化中，國文學系走慢了我汲汲營營的步伐，修習專業助人技巧的路上，心輔系引領我自我覺察，先安頓好自己，才有能力照顧別人，大四階段焦急迷惘的心有了安放之處，我喜歡這樣溫煦和緩又有心之所向的自己。翻開臺北女子圖鑑，我不是臺北女生，而是拉著行李箱佯裝從容，在高鐵站穿梭的臺南人，離開臺南，帶著喜歡討厭臺北的矛盾心境不斷找尋自我。

出版社冒出了一個營養系學生

黃郁晴
國立臺灣師範大學營養科學學士學位學程

一　緣起

在出版社實習這件事，對我來說原本是一個不可能實現的夢想。在傳統思維中，理組的學生跑到文組似乎是不太尋常的事。然而，隨著時代進步，「斜槓 Slash」這一職涯新趨勢的詞彙出現，讓我在大學勇敢地爭取從三類組跨域到一類組的機會，進一步開發新技能。除了一圓成為編輯的夢想，也為未來多鋪一條職涯道路。

記憶回溯到小時候，我很愛編寫故事，想東想西是我的天賦。在國中時期，有機緣大量接觸科幻小說，像《哈利波特》、《波西傑克森》等西方奇幻，以及日本動漫的薰陶，悄悄開啟了我的想像力機關。於是，課程閒暇時，自己會在便利貼上寫下故事背景如男女主角、配角的人物設定、事件等，至今也馬虎寫完了兩部短篇小說。不過這都是業餘興趣，因應家庭背景的需求和實際生活考量，高中走上了自然組。文類科為強項的我，在這個學習環境下，當然沒有太大的發揮空間。而當時雖然努力讀書，在班上也有不錯的表現，卻發現，有一部分的自己，消失在以成績為重的高壓學習環境下。不過升學的路途上，也不完全無趣，下課或午休時，我常跑到圖書館，翻閱當期報章雜誌來認識世界，以此鍛鍊創造力和想像力，也開始對出版產生興趣，因為它們創造出可以讓我在腦中自由翱翔的物品。如今我已經是大學四年級生，然而這四年的路途也不輕鬆。「跨域學習」並不是簡單的事情，除了要顧好本科系繁重的課業，還得兼顧自己喜歡的社團和興趣發展，兩者所花的時間和心思比例要取得平衡，若本末倒置，對未來發展無益，甚至可能有害。

我的跨域第一步，就是在師大青年社訓練文筆和建立廣泛的人脈。大一到大三，在社團裡擔任小記者及編輯，透過採訪、上社課、跑活動寫文案，來學習獨立思考。因為這個社團是一個純學生媒體，接受任何系所的學生來為校園提筆，寫下他們所觀察到的事件，所以接觸到的社員背景相當多元；加上我待的版面其報導主題偏軟性，因此自己能夠在此處盡情地發揮。印象較深刻的採訪有：基隆和平島公園生態、減塑中心、師大杯特社以及未被登出的競技系的跆拳道品勢國手專訪。每一次採訪都另我大開眼界，在認識不一樣的人、事、物後，我嘗試將受訪者豐富的經歷與情感透過文字毫不保留地傳遞給讀者。更重要的是，寫稿時，迫不及待想將親身所見所聞寫下來並告訴世人的自己，成就感與興奮感充斥全身，當下只覺得「活著真是太好了」！

跨域的第二步，大三下選修了臺文系的「臺灣飲食文學」，試圖讓「文學」與「營養」領域結合。而這門課認識許多作家書寫對「採買食材、料理、市場」的作品，也介紹許多食物的社會性功能。不過對於一個營養系學生，修完課後最單純的感想，其實說起來有點羞愧，除了認識了一些描述料理味道的華麗詞語，大多覺得作者們竟然都比自己還會逛市場採買、料理食物，心裡默默地想著，若來營養系上「食物製備」及「團膳」等實作課，一定十分上手。

跨域的第三步，我預計上一門能出版實體書籍的課程。雖然瀏覽到臺科大有一門「雜誌編輯實作」，但有幸發現本校國文學系就開了一門選修「出版實務產業實習」，提供到萬卷樓圖書公司實習的機會。我立馬下定決心，一定要修成這門超酷的課程，除了圓滿至今對出版產業和成為編輯的嚮往，也為我的大學跨域之路畫下完美的句點。

二　課程所學與實習心得

（一）出版業轉型：用「軟性空間」抓住閱讀者的心

第一堂課程，晏瑞老師提出三個疑問：何謂出版？何謂出版品？何謂出版產業？在定義一個詞時，往往都有廣義和狹義。對我來說，喜歡以廣義來解釋它們。「出版」是指將作品通過任何方式「公諸於眾」的一種行為，而「出版品」就是作者將自己的想法公諸於眾的載體，以較確切的描述，是傳播資訊、文化、知識為目的的各種產品，包括印刷品、影片和音樂等；有了出版和出版品的出現，自然形成了產業圈。「出版產業」是以出版為主的生產或銷售的商業領域，包括出版社、印刷廠、經銷商、各通路的運輸業者及書店等，範疇十分廣泛。

從一九六〇到一九九〇年，是出版業狂飆的年代，紙本書充斥民間，但是在那之後，出版銷售額因網際網路興起而衰退，傳遞知識的載體不再只有實體書，網路文章和電子書也加入了媒體行列。除了數位化浪潮，人口少子化及人才外移的現象，也使臺灣的出版產業面臨越來越少學生及高知識份子購買紙本書籍的瓶頸。這時候該如何面對這嚴峻的挑戰呢？我們可以開發新的圖書銷售市場、積極發展電子書或者創造新的銷售模式。舉萬卷樓圖書公司為例，主要的市場為臺灣及大陸，但是大陸的出版品審查嚴格，市場開放有限；往有華語人口的東南亞國家，如馬來西亞、新加坡尋找市場是可以考慮的方式，但成效尚有待觀察。另外，萬卷樓也正在發展網路書店及電子書，如同博客來一般，有詳細的書籍簡介和試閱功能，並利用實體、網路書店的虛實整合，致力好書出版，以提高圖書銷售率。

日前在網路上閱讀到以創新思維經營書店的文章。撰文者表示，他在韓國看到一間很特別的書店，在書櫃後設計了一排排的閱讀座位，也進駐咖啡廳，允許顧客拿著新書和飲品到座位一邊悠閒的閱讀作筆記一邊享用飲料。就算是臺灣連鎖書店誠品，也沒有這種讓民眾安心隨意坐下來看書的空間設計。作者還提出疑問，如此一來，許多人應該是抱持著到店裡看而不買書的想法，但業者說明，有時正是需要給予讀者們踏進閱讀世界的機會：實體感受在書店尋書、找位子坐下，同時觸碰沙沙的紙張加上味蕾的衝擊，這種「五官」的記憶營造，是網路書店無法取代的。至於讀者最後會不會購書，雖不一定，但在數位化時代，實體書店的確要跟著轉型，凸顯特色，讓民眾回頭發覺其中的美好。

（二）創作與出版，往「如魚得水」的關係前進吧

在「出版新思維與企畫」的課程，晏瑞老師提及三點出版新思維：藍海策略、紫牛行銷、長尾理論，主要強調現今時代的出版企畫書要朝「創新、卓越和小眾市場」的方向發展。藍海策略，意即鼓勵出版商可以離開具競爭力的的紅海市場，成為勇敢的先驅者，將船開往需求還未被滿足的藍海市場，創造新商機，滿足小眾消費者。紫牛行銷，將產品假設為乳牛，在一群黑白相間的乳牛中，看到一隻紫色的牛，人們會停下來看那隻特別的紫色乳牛，而那隻乳牛便是具話題性的產品或服務。至於長尾理論這一概念，源自於統計學的長尾分布，過去那些受限於大眾市場環境下的冷門商品，在網路上獲得曝光的機會，也能夠被銷售，而這些之前不受重視的長尾商品，多樣化的商品，累積下來的銷售，其利潤不亞於暢銷商品。

在學期中，課程要求學生們嘗試自己撰寫一份出版企畫書。作業內容為精選幾篇《國文天地》雜誌的文章，另外策畫出一本具有主題性的書籍。起初翻閱《國文天地三百期總目暨分類目錄》時，主題琳瑯滿目，有些眼花撩亂。但是，我秉持著三個新思維的企畫概念思考，先將自己有興趣的文章寫在筆記本上，然後發揮一點想像力去連結，最後規畫了一本「從吉卜力和西方童話淺談兒童文學」的著作。這本書的出發點，是想到多數人小時候的回憶，都有著療癒人心的吉卜力動畫和經典的西方童話故事。長大後重新回味，卻漸漸發現，兒時的我們，忽略了故事背後隱藏的寓意：吉卜力動畫探討戰爭和環保議題，而童話有著更為真實的黑暗面。這本書收錄的文章老少咸宜，收錄家喻戶曉的故事之見解以及兒童文學專家之淺談，透過多方剖析，更深一層認識那既熟悉又陌生的世界，進一步發掘兒童文學的魅力。

值得一提的是，企畫書的核心關鍵是「行銷規畫」，包含市場區隔、目標對象、產品定位及價格策略，清楚標明自己策畫的書適合給什麼群眾閱讀，最終才可以讓一本好書找到適當的主人。除此之外，利用「客觀分析」，如何善用優勢、停止劣勢、抵禦威脅、成就機會，預測行銷時可能會遇到的市場問題，並預先進行準備。

早期出版社和作家的關係較為死板，猶如「魚幫水，水幫魚」，雙方之間互相協助，達成目的，卻不會有太深入的交流。經歷過紙本書出版狂飆，到現今網路興盛時期，出版產業已然要朝著一個「內容為王」的方向前進，編輯無法全盤接受作家所寫的故事，除了要顧及「現代人喜不喜歡這類主題的書」或「是否已經有大量類似的書籍出版」，還得有不錯的洞見力，發掘隱藏的小眾市場。因此，編輯和作家之間要漸漸成為「如魚得水」的關係，好的企畫，促使好的創作，反之亦然。當然，這同時也是考驗編輯和作家的堅實的溝通力與卓越的創造力，看來這年頭編輯和作家也都不好當，沒有充分的「創作意識」，很難讓出版產業有良好的轉型發展。

（三）一本書的誕生──編輯

在實習期間，最有收穫的便是編輯工作。我些微觸碰到了《王吉相集》、《佛經音義與說文學綜合研究》和《臺灣當代文學辭典》對紅，主要參與陳筱寶老師《博雅茶藝　至善入門》和范增平老師《兩岸茶人　相遇太美》的校對。

「編輯」在圖書編輯流程中，最多的業務內容是聯絡，需要看稿件、核對錯字及語意，和作者、排版與設計來回溝通數次。編輯流程從稿件整理、校對到清樣，皆不可或缺。

稿件整理的部分，有清點稿件、文稿打字和體例統整。我曾經負責當《陳第之學術》的打字小姐，因為原稿上是板刻字體，若要重新出版，一律要換成電腦字體。在執行這項任務的過程中，難免會因變化性低而覺得無趣，但若以打字小姐的角度來想，每天除了把一字字正確地打出來以外，字數也相當可觀，做這份工作就會凜然地多一分敬意。

再來，進行到校對。校對內容包含：文字規範、語句句法、標點符號、數字量詞、版面格式等。以自己在實習期間，常遇到的校對問題是簡體字，如「瞭解」應該改為「瞭解」，以及衍生字。這時候，就會拿出以邠編輯在實習第一天，和我們說明的校對符號應用實例說明，若是錯字，要將其圈起來拉線到空白處，寫上正確的字；又或是多字，圈起並畫一撇捲捲的符號丟向空白處，提醒排版刪掉多餘的字詞。如果遇上古書文字，也學會上網到《教育部重編國語辭典》認識較艱深的詞彙，並判斷該使用何種用字會比較適當。除了文字，圖片校對也是一門學問。在《博雅茶藝　至善入門》一書裡，實習生們學習校對圖檔及圖說，檢查插入的位置合不合理，是否需要放大或縮小圖檔來解決單字成行的問題等；在《兩岸茶人　相遇太美》一書中，熟悉內容並思考書的何處該插入作者提供的圖檔。

一校完成後，將稿件裝進藍色的稿袋，送回給作者確認。

而二校和三校，學習到的是「對紅」。作業時，左側放從排版廠修改回來的稿件，右側放原本謄錄後的校對稿，來回確定要修改的部分是否都已在新稿上做了修正，並用鉛筆在原稿上的紅字畫一撇，表示問題已經解決。要注意的是：稿件上的錯誤和修改處，要隨著校對次數增加而減少，避免每個校次的修改，都在不同處做琢磨，以免增加編輯的工作時長，也影響出版社的業務進行和書籍的出版進度。

最後來到清樣，在《博雅茶藝　至善入門》進行清樣時，使用「點檢表」，確認版權頁的人名、書名、CIP，以及封面的作者名、ISBN 等項目是否正確無誤。以前沒有點檢表時，由於要確認的地方太多，編輯在作業時容易漏掉一些檢查項目。自從按照點檢表作業後，所有項目和順序一目了然，出錯的機率也少上許多。

三　結語

時光飛逝，三個月的出版實習很快就結束了。但不管是在技術層面還是產業認識上，皆獲益良多。曾在師大本部圖書館拜讀萬卷樓出版的《國文天地》雜誌，翻到有一期特別策畫「Slash 中文新世代特輯」，包含採訪了時報文化出版的胡金倫總編輯、《親子天下》李佩璇資深記者，還有明華園天字團合作編劇洪靖婷等人，赫然發現，各個出版界名人幾乎是在不同領域累積能力和經驗，才有今日在出版業界上的成就。原來做「出版」這行，本身就很「斜槓」！

另外，十分喜歡出版社的工作環境。每一次在做編輯校對時，被許多書圍繞著，很有安全及包容感。因為存在在一本書的產出根源地，有種一窺真理的感覺，且可以比讀者先看到一本書的內容，真的好有趣。進行到最後，會越來越有成就感，尤其自己寫的封面介紹和編輯過的書出版後更是如此。

很榮幸在大學的最後一年，選上這門課程，也誠摯感謝晏瑞老師的認真教授出版理論及處理實習生事務，協助我完成了人生第一本跨域旅程故事。畢業後預計會在本科領域升學，然而「寫作」和「出版」已是我人生中必不可缺的一環，日後將繼續撰寫新的跨域篇章，期待「營養」和「寫作」擦出繽紛燦爛的火花，為出版產業貢獻一份心力！

筆者與張晏瑞總編輯，
於萬卷樓編輯部合影。

作者簡介

黃郁晴，目前就讀國立臺灣師範大學營養科學學士學位學程。個性單純，喜歡想東想西。興趣是逛書香市集、發掘創意的東西、攝影、日常書寫和瀏覽電影影評。在大學期間保持一顆開放的心，多方嘗試有趣的活動。最喜歡師大青年社和師大領袖社。在師大青年社，曾擔任發行股小記者及編輯，參與五五〇至五五七期師大青年報撰寫報導與編輯工作；在大型活動如師大啦啦比賽擔任攝影、快訊文案撰寫；以及在二〇二〇年市政府同志大遊行擔任攝影。在師大領袖社，透過禪定，訓練專注力，學習生活在當下和調節情緒，曾擔任領袖社網宣組組員、副家族長、北區聯合大演講生活組組員及招生社課主持人。十分支持在大學跑社團，可以更認識自我，找到價值觀相近的朋友，讓自己更有信心、勇氣面對出社會後的各種挑戰。雖然兼顧課業和社團不易，有些事情無法圓滿，但有了這個經驗，知道下次做事的先後順序，避免同樣的錯誤發生。

一本書的完成——寫在實習之後

葉家褕
國立臺灣師範大學國文學系

一　緣起

書本不僅帶給我知識，更多的是共感與同理的能力。我自幼便喜愛閱讀，從童話、青少年讀物、武俠小說，到現代詩、現代散文、世界文學經典等，陪伴我度過無數時間。每當捧起書，總像是有書本之神降臨——靈感來自森見登美彥《春宵苦短，少女前進吧！》中的舊書市集之神，以魔法為我施了結界：使人沉靜，陶醉，著迷，思緒奔飛至日常以外的種種機緣與情境，卻又在闔上書後，從那情境裡帶了點特別的什麼，歸返自身生活。本著對書的喜愛，以及對出版產業的敬佩與好奇，趁大四排課較有彈性，我選了系上開設的「出版實務產業實習」課程，因而有機會踏入萬卷樓，體驗一學期的實習編輯生活。

二　初入萬卷樓

在這堂課中，實習單位可以選擇晏瑞老師任職的萬卷樓，或自行接洽業界其他出版單位，或選擇任務制實習，由晏瑞老師發派任務完成之。為了有「臨場感」，親身進入出版社，一窺編輯上班的日常，我並未選擇任務制實習。在投遞幾家出版社爭取擔任實習生未果後，我進入萬卷樓，開始這趟實習編輯之旅。

從投履歷開始

課堂上，晏瑞老師從履歷的基本教學開始，告訴大家一份完善的履歷應該具備哪些要點，像是清晰的條列式敘述、完整的活動經歷與成果呈現、若非藝術文化類工作可選擇不放個人照片等，讓我對於職場履歷撰寫有更明確的概念。

以往投遞履歷的經驗，主要有打工換宿和兼職工作：前者的工作亦含有旅遊性質，重視雙方交流、不同領域結合與想法之激盪，因此並未特別要求履歷格式的統一、精準，帶有個人情感的抒情性自傳更能引起業者注意，也較能遇到投緣的店家；後者並非全職工作，履歷內容便以簡明扼要、符合職缺需求為準，並未詳述個人特質與經歷。

經過晏瑞老師講解，我才明白職場履歷不同於我過去投遞的履歷，有其精準、簡練、邏輯清晰、呼應職缺需要等等的要求，以便工作單位能迅速判斷求職者的能力與個人特質是否符合該職缺。在出版產業，以編輯工作為例，基本要求不外乎細心和耐心：仔細校對內容與版式，以求頁面整齊易讀，無錯別字、缺漏字；有耐心的反覆檢查、修正、確認稿件，直到一切準備妥當，方能送交印刷廠正式印刷。

打開出版社大門

秋意未濃的十月初，經過投遞履歷、聯絡出版社、確定日期與時段的一連串程序，實習工作於焉展開。萬卷樓離師大很近，我卻是初次走進那棟建築。實習的第一天，不免懷揣些許怯意。萬卷樓是個小而沉穩的空間，實習生大多數時間都待在會議室工作，室內正中央是一張長桌、數把椅子，兩面牆擺滿了過去出版的所有書籍，眼光掃過層層書架，每一本都是許多人傾注心力才得以成形，深切感受到書本以其靜定之姿，收藏了知識，凝結了時間。

第一天實習，便碰上作家老師來訪，和晏瑞老師討論即將出版之作品的細節規畫，像是印刷數量、封面字體、內文採直書或橫書等。旁聽兩位協議是很有趣的過程，一方提出要求或疑問，另一方再就其提議進行說明或提供意見。在一來一往的對談中，尋得雙方共識。像是作家詢問印量應該訂為多少本，晏瑞老師表示，由於近來採用數位印刷，印量便可由一百本起算，不必如早期得從一千本、兩千本開印，有效減少開銷與庫存，增加出版印刷的彈性。

作家老師的作品並非第一次在萬卷樓出版，先前已納入書系，是為「文化生活叢書・詩文叢集」系列。規畫書系是編輯必不可少的能力，不僅在書籍排版、樣式設計上更為統一，也能藉由書系之設定，規畫一套有主題方向、有特定受眾族群、具備該領域專業度的書籍。如萬卷樓的「文史新視界叢刊」、「經學史研究叢刊」等。這些系列叢書，多由圖書館整套購買，一字排開，利於讀者檢索、閱讀，相當有系統性。在出版社內部，也能藉由管理整套書系至單一書本，由大而小的掌握旗下出版品。因此，規畫一套書系，考驗著編輯如何安排公司的出版方向，更需具備對於該領域的敏銳度及開創性眼光，以期書系的長遠、穩健發展。

新時代的出版業

當今所處的數位時代，資訊取得非常容易，閱讀紙本書籍的人較過去大幅減少，出版業也將邁入新時代。人們的目光轉向手機、平板、電腦等電子頁面，一篇篇網路文章不斷被生產出來供人閱讀——更多的是無人瀏覽的雜言碎語。不再像以往只能透過書本、收音機、電視被動接收資訊，躋身社群平臺便等同捉住話語權，意見的輸出因而氾濫。然而，資訊容易取得，不等於就此可以摒棄出版業。出版不只是將某人所創作之內容發行、傳播的中介，還要把關內容、設計清晰的版面供人閱讀，甚或為讀者設定議題，邀請作者對某主題進行創作等等。

總歸來說，面對數位時代，更應回歸出版業的原始、廣義定義，也就是「將作品公諸於眾」，同時與電子化趨勢結合，採取數位印刷、網路行銷、數位出版等新思維。好處是數位印刷可以降低印量，減少庫存負擔；而透過數位出版發行的電子書，人們可以直接在線上購買、閱覽，不必親自到書局便能享受閱讀樂趣。這並不代表捨棄紙本書籍，相反地，可以看作是擴大書本的觸及範圍，無論在線上或線下皆能取得。

比起電子書或網路文章，我仍偏愛捧著書本、翻閱紙張的觸感，看到某個段落先夾起書籤，或是圖書館的書最後一頁的到期單，上頭一行一行以不同筆跡寫著人名與日期，都是電子畫面無可取代的器物記憶。不可否認的是數位化正在重塑我們的閱讀習慣，與其反對、死守傳統，不如想想怎麼回應現代趨勢。保留傳統中尤為精要的部分，加入數位媒體的優點，或許能夠開拓另一種閱讀體驗。

三　編輯的邊邊角角

出版社內的分工有行政、倉儲、財務、進出口業務、行銷、編輯等等，不同的單位各司其職，共同合作，使出版業務順利推動。學期中，我大多數時間都負責編輯工作，也是在親自接觸後，才發現過去對編輯存在許多誤解。

一校、二校到三校

還未進入出版社前，我以為編輯最主要的任務是更正錯別字和修潤稿件，確保內容無誤便可順利出版。其實校對工作不只是修改錯字，也非一次就能完成。在萬卷樓實習期間，校對分為三個校次，從一校、二校到三校；每個校次內又包含稿件的校對、整理、修改、對紅。我們平常所說的校對，是取其廣義而言之。按照順序，最先進行的是原稿稿件校對，通常會外包給校對人員；其次是稿件整理，經過校對的稿件，回傳至出版社由編輯謄紅；而後是排版人員修改，外包給排版人員，在電子檔上調整版型、格式和錯別字；最後是稿件對紅，由排版人員修改過後的稿件，回傳給出版社，編輯印出紙本後，再確認錯誤是否如實改正。

起初我有些疑惑，為什麼需要印出紙本而非直接在電子檔上瀏覽呢？原因是整體文字呈現在紙張上和在電腦上會有不同視覺效果，必須整份印出，以利掌握實際上的版型，決定如何優化讀者的閱讀體驗。此外，編輯在紙本稿件上作業，相關註記得以保留，且便於整理，比在電子檔上操作來得方便快速。分成三個校次，讓不同的人檢視，也能避開單人作業的誤區，使稿件臻於完善。在校對過程中，應越修越少：一開始修正最多，將大方向的問題排除，進入後續校對工作中則處理細節，不宜再大幅更動，以免影響稿件整理進度，校對品質也會受影響。

校對工作是編輯的基本技能，所謂基本功，必須經過時間的雕琢、經驗的累積，並非一蹴可幾。可幸的是，失敗不只帶來挫折，同時也帶來學習機會，儘管面對錯誤的當下可能感到惶恐、歉疚、自責、焦慮，但只要經過轉化，也能是自我成長的養分。

各類書籍的校對歷程

進入萬卷樓之後，第一份參與校對的稿子是王吉相《四書心解》，身為國文學系學生，對於古文內容並不陌生，這也是本科生的優勢所在。學術文章好處在於錯別字或語句問題不大，且撰稿者多有經驗，寫出來的內容已十分凝鍊。不過，校對學術文章，需要養足精神方能觀之，因為專業領域的內容相當細緻縝密，像是文字學、詞學專篇論文，無法快速概覽，需要靜下心檢視。相反地，若是一般通俗書籍，如回憶錄、入門工具書等，語句相對淺近，能以較快的速度審視完畢。學術文章通常不會有照片，頂多是表格，一般書籍則可能安插些許圖片，這些表格、圖片與文章之間如何協調，如何配置，也需經過編輯用心安排。

校對工作不若閱讀，雖然也會瀏覽文章，卻沒有時間細品其中深意。編輯的任務是修整稿件，平時作為讀者不必留心的行距、字型、字體、級距、版面疏密、單字不成行、單行不成頁等細節，都經過編輯的仔細審視與把關，排除一切不利閱讀的因素，讓讀者得以專心投入在文章內容本身。編輯在拿到排版後的稿件時，並非直接進入內文、挑錯字，應該先從大方向開始看，掌握全書的結構性問題，像是章節單頁起和標題次序的字型、樣式需一致等。整本書概覽一次後，將需要修正體例之處列出，才進入內文的校對與檢視。

退稿

出版社收到稿件後，要進行篩選，除了評估作品內容完整性之外，也需注意作品性質與出版社是否相符。實習期間，曾收到一份輕小說的稿子，關於青少年的成長、情感與心理歷程。由於萬卷樓的發行以學術書籍為主，小說可能就不適合在此出版，晏瑞老師便請我練習寫信退稿。撰寫退稿信也是門學問，作為公司方，語氣應當有禮而不過度謙卑，善用電子郵件裡的簽名檔功能，附上相關聯絡資訊，以便日後需要時還能再次聯繫。拒絕他人並不容易，卻必須練習，無論是商業需求不符或理想上有落差，將意願說清楚，可以讓雙方理解現階段的情況與困難。保有禮貌也很重要，假使哪一天再次遇上，當時的需求剛好能配合，便有機會合作。

樣張與樣書

在校對工作之後，便是樣張與樣書的製作。作者對於封面和內頁視覺意象呈現的想法，和編輯、設計師討論後，會先讓設計師做出設計樣稿，由出版社確認是否符合作者要求，未符合便再次討論。重點是要明確，而非空言概念，以免設計師不知道作者的具體要求為何。編輯在這之中要做好溝通的角色，掌握設計進度，減少反覆修正的麻煩。有時候在電子檔上看樣張設計覺得不錯，印出來才發現留白過多、間距太寬等問題。因此若非電子書，還是要以印出的紙本為判準。

至於樣書，是正式開印前的最後一道關卡，檢查的最後機會，也是出版社、印刷廠、作者，三方之間責任歸屬問題的依據。樣書與成品若不同，要對照先前稿件，若稿件正確而樣書錯誤，則出版方負責；若稿件正確、樣書亦正確，惟成品不同，則印刷廠負責。其實樣書製成後，會由作者檢查、簽名並簽署同意書，才交由印刷廠開印，以免出版社承擔的責任過大。拿到樣書時，編輯須進行點檢工作，做最後的、全面性的檢查。此時檢查重點不在錯別字或語句修潤，那些都應該在前面的校次處理好。點校應著眼於體例格式的統一，例如書名會出現在封面、書背、書名頁、版權頁、書眉、序文等等，由於稿件內容並非一時之間寫就，時間差異必然會造成前後內容不一致，或更動了部分而未統一全體。

點檢樣書是開印前的最後一道程序，必須謹慎把關、反覆確認，確保書名、作者名、章節名等名稱一致，以及章節單頁起、頁碼符合目錄等細節。

四　書與我

好奇一本書的生產過程，是帶領我走進出版社一探究竟的原因，這個原因奠基於我對書的喜愛，而大多數出版社從業人員也是作為愛書的人，為了做書、賣書、推廣書，投入其中成為一份子。實際走入辦公室，經手一疊疊稿件，到書本製作完成、版權頁印上自己的名字，再回顧我與書本的淵源，諸多想法油然而生。

有時借書，有時買書

由於不喜歡囤積物品，平時看書多從圖書館借，書的流轉和共享性質之於我也是其魅力的一部份。然而走進出版業實際瞭解內部運作後，開始思考書的市場問題，沒有人買書也就沒辦法做書，這樣還有人願意寫書嗎？成本始終是不可忽視的根，有了生存成本、經濟成本作為支撐，才有後續的生產與創作。在能力範圍內購買喜愛的作品，是支持創作者、支持這個產業繼續運作的重要方式。儘管身為學生，尚未經濟獨立，現階段能做的是喜歡羅卓瑤便買票進電影院，喜歡張亦絢便走進書店買書。不常看的書，仍可以利用圖書館資源借閱，讓買書和借書互相調節，在現況中尋求適合自己的平衡。

可是書　也要這樣慢慢讀著的

夏宇〈我們苦難的馬戲班〉有句詩：「終究是要死於虛無的／可是琴也要這樣慢慢彈著的」。而書，也是要這樣慢慢讀著的。經過一學期的實習，更加瞭解書本製作程序，一方面敬佩製作過程裡各個崗位的嚴謹對待，一方面也更珍惜手裡的書，頁面看似普通，卻是在編輯反覆調整、修正、檢查之下，才得以呈現得如此清晰整齊。無論之後是否選擇進入出版業，學習校對方法、如何透過書籍簡介行銷等，都使我在這段旅程中有所成長，認識更多業界做事的方法和溝通技巧，以及最重要的，讓出版品得以傳播出去的信念。

作者簡介

葉家褕，國立臺灣師範大學國文學系四年級生，在小南風手沖咖啡館擔任幫手，寒暑假出沒於東部、南部或離島打工換宿。搭捷運看短篇小說，在傍晚的咖啡店喝卡布奇諾看散文，入夜讀詩，每天睡前用一點一點時間拼成長篇小說。與書相伴的日子使人安心，知道世界上有多種可能是重要的，讓我可以再撐開小小的縫隙，認識人與人的邊界、人與事件或自然的邊界。閱讀時的腦內活動總會摻入生命經驗，由此所引發的想法又蔓延至生活當中，成為迷人的循環並累積。生活也就是循環和累積。

行歧路，為異人，做狂事

廖柏倫
國立臺灣師範大學國文學系

一　行路之難，意志之堅

個人原先就喜愛文學創作，未來職涯規畫也希望能往出版業發展，雖然對於行銷和企畫也十分有興趣，但還是希望能從容易上手的領域開始嘗試。對於出版產業而言，編輯、校對是基本能力，除此之外，接觸一本書籍由接稿、潤稿、校對，再到排版、設計，最終產出的過程想必是十分迷人的。再者，書籍的設計和包裝，能體現出行銷手法和策略，如何銷售、選擇通路和吸引消費者，甚至參與策畫書展，都能夠增進企畫的發想力和執行力。實際感受職場的氛圍，以及體驗求職的過程，相信也是實習中可貴的收穫。

二　如何行歧路，為異人

（一）盛綻的女中之花：女書店

實習求職首站，是位於臺大綜合體育館附近的「女書店」。女書店創立於一九九四年，是華人地區首家關注女性主義的獨立書店，販售許多關於女性主義、性別平權、多元性別文化的書籍，也時常邀請講師、作者、譯者等，於女書店進行書籍講座分享。也常邀請不同領域的女性職人，至店內進行經驗分享，有時也會策畫多領域結合的活動，使得書店空間具有多元化的功能性。

原先是在網路上得知關於女書店的講座資訊，進一步查閱資料、做些功課後，發覺女書店獨特的定位和業務內容，因此決定先實地探訪女書店，並且瞭解業務內容後，再決定是否要投遞履歷並申請實習。造訪女書店是在微雨的夜晚，在店內空間四處探索過後，決定先詢問工作團隊關於店內空間運用，和業務內容事宜。沒想到詢問到的成員正好是女書店現任店長，一來一往溝通之下，和女書店工作團隊相談甚歡，對方也表示若合適的話，女書店也願意遞出實習機會的橄欖枝，進一步邀請我參與兩場女書店策畫的活動，以工作人員的身分參與女書店的業務內容，若與我的期待相符，對方評估後也認為我適合這份實習職缺，應該就能順利接洽到這次實習機會。

首場活動是在晚間時段，邀請《當女孩成為貨幣》的中文譯者柯昀青小姐進行導讀。工作團隊帶著我由場佈、架設線上會議室及錄影設備等開始，再到活動過程側錄、紀實等，參與整場活動並適應業務內容。第二場活動則是擔任活動側記，類似即時文字記錄，並在經過潤飾、修改過後，作為是次講座的文案紀錄。後來女書店面對業務內容轉型，並且不以出版產業為重心，故工作團隊評估過後，認為這份實習可能並不適合我，最終婉拒了我的實習申請。

雖然這次求職結果並不圓滿，但過程十分愉快，也學習到許多技能，比如與講者溝通協調、講座場地佈置和調整、活動紀實與文案撰寫等，這都是在尚未接觸出版業之前不曾體驗過的。雖然女書店的業務內容與這學期的實習目標並不相符，仍是於參與活動的過程中汲取許多特別的經驗。

女書店雖不將業務重心放於出版業，但將獨立書店的獨特定位發揮至極致，不僅橫跨出版、行銷、企畫、展覽、講座等文創領域，更具有體察社會現況的人文關懷精神。雖不符合個人實習需求，但我在擔任工作人員並參與活動的過程中，看到更多關於出版產業的可能性，比如：如何因應疫情下的互動模式驟變？如何調整行銷和企畫模式？出版業如何轉型成為更具特色的多元化產業？這都是在實務操作過程中，才能可經歷並且實際吸收的寶貴經驗。

（二）難以安宅：Living 住宅美學雜誌社

第二次求職的實習單位公司業務內容涵括室內設計、住宅美學、建築設計，為多元面向的設計美學雜誌，而此次面試的職位是編輯採訪部的實習職缺。因職缺於一〇四求職網上開放，故在我投遞履歷後，先由公司人資與我聯繫，並確認面試時間及須攜帶紙本履歷與作品集。

到達面試地點後，由接待人員指引我前往小型會議室，並告知面試官很快就到。準備好作品集和紙本履歷後，約莫五分鐘才見面試官帶著一杯咖啡走入會議室。面試官的態度起初皆是提問基本的求職疑問，比如：為何投遞實習？對實習的期待？對公司業務的初步瞭解……等等。爾後，當面試官詢問對實習待遇是否有任何期待？我便根據以往兼職工讀的經驗提出是否可以時薪，或以按件計酬的問題。面試官的回應，只說他們將評估我的工作成果，並以此結算實習期間的薪資，卻未對評估標準、薪資計算方式有任何說明。並表示只是大學生，在校的學習歷程皆止於理論導向，與技職體系學生，以實務操作和企業應用不同。

對我來說，實習是正式進入職場前的探索與學習，我渴望透過在學時期所獲得的專業能力，以期能培養職場倫理和適宜的特質與能力。由於面試過程並不愉快，也並未讓我感受到被尊重而作罷。

經過這次求職經驗，我更深刻體悟到，所謂面試不僅是公司正在評估我們是否適合，我們也同樣在評估職場環境、主管同仁等是否和自己合得來。雖然此次面試過程並不愉快，但我反而更抓住面試的幾個重點：觀察職場環境、體會職場氛圍、感受面試過程是否彼此尊重等等，求職過程最困難不是跨出那一步，而是適應求職過程多少會遭遇挫折，並且必須和他人磨合與溝通，重新審視自己的優勢與不足之處，並在每次面試過後汲取經驗並不停調整，無論是否成功獲得面試機會，都是寶貴的經歷。

（三）博覽群史：崧博出版

第三次面試的公司，也是在求職網站上找到的實習機會，職缺要求是必須和學校簽約才可進行實習。崧博出版主營業務是電子書的出版，業務內容也常須外發校對，諸多稿件皆從大陸發來，因此在校對錯字、簡繁轉換之外，尚須潤飾用詞、外文譯名需代換為臺灣譯名，在潤稿過程中必須盡可能讓稿件閱讀起來像是臺灣本土作者撰寫。

投遞履歷後很快收到回覆，對方發來實習前的測驗，內容是將大陸用語轉譯為臺灣常用語，以及基本的追蹤校訂的能力。在回傳測試結果後，很快便收到通知，我通過測試並能夠展開後續事宜洽談，因此便進一步討論實地實習的時間安排。無奈，對方希望我能夠配合一星期三個全天的排班規畫，加上公司假日休息、晚上不上班，因此以我的課表規畫，並不能如願配合實地實習。

因為無法配合實地實習，崧博也提供另一種實習方式，即外稿校對接案，並依外稿校對之結果，適度給予時數。但事前我們雙方並未妥善溝通，在我同意接下外稿校對後，收到的是一本約莫十一萬字的歷史類科普書。公司給予的修改期限為一星期左右，但這段時間，我仍需照常上課、準備考試，沒有審慎衡量時間和能力，因此最終延到約莫一個月左右才完成整本的校對工作。由於耽擱甚久，對方並未同意接受我的實習申請，但稿件完成後，公司將會支付我稿酬。

此次校對經驗，不僅對於基本校對錯字、標點等頗有心得，甚至對於整體排版、潤稿皆有嘗試，在潤稿的過程中，對於文字的運用能力也有長足的進步，比如用字的修飾、句式的改寫、資料查閱及補充。加上公司的要求乃是希望讀者閱讀的感受是臺灣本土作者所撰寫，因此對於兩岸文字運用上的差別更加瞭解，並懂得使用合適的作法改寫、潤飾。

三　結語

由於多次尋找實習單位不順利，我和其他修課同學不同，本次課程中，我並沒有實際實習的單位。聽聞於萬卷樓實習的同學可能參與過策畫、執行書展活動的過程，抑或是校對、編輯以及手稿轉打電子檔的工作。也有同學至其他出版社、雜誌社進行實習，也留存紙本的印刷品作為實習結果。看見大家都有實習單位及成果，其實內心十分羨慕。

反省整個過程中的錯誤，一方面是沒有及早與晏瑞老師保持密切溝通。另一方面，沒有把握好時間，並盡早重新尋找實習。最終，卡在不上不下的尷尬狀況。若能重來，也許結果會與現在不同。

雖然並沒有實習單位，我仍在學期中體驗了求職歷程，感受職場環境和校園的差別。在每一次面試過程中，慢慢調整自己的心態和想法。其實在學期初撰寫履歷的過程中，便已經深刻思考自己究竟想要朝著哪個領域前進，並且在撰寫時重新審視自我。

我對於某次課間與晏瑞老師的交談，印象十分深刻。晏瑞老師詢問我：「為何會想要實習？」於我來說，實習是適應職場環境並探索、調整自我的機會。晏瑞老師說我在大學階段選擇實習自然是正確的選擇，但既然選擇實習，那麼便要先做好份內的工作，並享受嘗試的過程。即便過程中屢經挫折，途中的收穫卻也十分豐厚，求職的過程和結果可能不盡人意，但成長永遠具有陣痛期，我們很難避開人生中所有可能會有的苦痛，但我們總能夠找到合適的方法填補空洞。

作者簡介

廖柏倫，出生於臺中，長期蝸居於南投，大學時期北漂至臺師大國文學系求學。喜愛古典文學，尤以詩詞為美，曾研讀《花間集》而愛不釋手，偶有所得即自樂不已。詞人獨鍾李清照之風，寫作風格受易安影響，婉約柔美且情真意切。嗜讀小說且愛寫小說，偏愛張愛玲之作，故寫作風格也華麗蒼涼，自有一股悲戚之意在其中。惟實習不順一波三折，仍努力生活在清冷的臺北，過於耽溺於情感的性格，也使得自己過於優柔寡斷，宜改。

關於出版業一些有趣的小事

蔡易芷
國立臺灣師範大學國文學系

一　前言

最一開始選修這門課的動機，就是想在學習的同時，也能走進出版產業的現場，看看「編輯」工作和自己想像中的差距，以產業中的視角，檢視崗位的工作內容與責任，並在實戰中探索自己和編輯工作之間的適配性。

這個學期，從課堂、實習，到晏瑞老師講的各種案例，逐漸建構起我對出版產業的整體認知，也讓我從參與書籍製作的過程之中，學到許多難得的實務經驗，其中，聽晏瑞老師「講古」（案例分享）一直都是我最喜歡的部分，本文將以此為核心，用一個個小故事，串起我所看到的出版業。

二　書籍的特殊裝幀

現在的臺灣出版市場，出書容易，但能不能賣得好，又是另一回事，而當出版書籍的內容面向小眾市場之時，「怎麼賣」就是一個需要細細規畫的重點了。

針對小眾類書籍其中的一個策略，在於使其「特殊化」，異於一般平裝書籍的製作方式，加上限量銷售，營造「稀有」的氛圍，讓人覺得這本書有收藏價值，將購買動機在純粹的內容導向之外，融入其他的誘因，使書籍的附加價值提高，讓消費者產生「它值得我掏錢買回家收藏」的感受，購買意願自然也就能因此提高，同時書籍的定價，也能適度調高。

其中一個實際案例如下：一套兩本配有名人題字的精裝書，一本為收藏用的毛邊本，一本則為閱讀用的刷金邊本，可拆售，兩本合買另有折扣，精裝套書僅刊印一千本，其餘皆為一般平裝書。這樣一來，雖然書籍面向的市場受眾體量較小，也能透過「附加價值」提高購買的可能性。另外，部分大陸讀者對於此類「仿古製作」的書籍充滿興趣，這類型的書也很適合外銷到大陸市場，因此，也不需要擔心臺灣市場是否無法全數消化書籍銷售量的問題。而從出版社的角度考量，用多幾道製作工序的方式，提高書籍定價，創造銷售話題，也能使出版社的利潤增加，同時讓書籍銷售多一個推廣方向，是筆划算的買賣。

而我認為，這和汽車業的銷售模式接近——不同的裝幀方式，相當於同一車型中的不同車款等級，比起一般車款（一般平裝書），特別車款或尊榮車款（特殊裝幀的書），是在原先車子（書籍內容）的基礎上，另外多出吸引消費者的外在誘因，以加價提升配備等級（書籍裝幀方式）的做法，使消費者透過與一般產品的區隔化感受到「尊榮感」。另外，假設花四萬成本升級配備作為尊榮車款，總價就可以加十萬，再來打折，消費者就能從中感受到「優惠感」，而購買套書有折扣優惠，也是同一個邏輯。最後，以稀少性為噱頭的限量發行，例如：保時捷紀念款全球限量一百輛，這種只有少數人能夠持有的方式，會讓消費者產生「特殊感」，從而回饋到前面的尊榮感之中，而書籍的特殊版本，與限量銷售也正是這麼一回事。

三　成書後的內容錯誤

在書籍編輯、刊印的過程中，難免會遇到整批成書印刷完成後，才發現有部分內容錯誤，至於如何處理這樣的問題，有以下幾種做法：

第一，整批重印。這是最不會影響書籍成書品質，同時也是花費時間、金錢最多的方案。如果面臨書籍印量較大，離合約訂定的交書時間較近，或者（和作者商量後認為）錯誤較不影響閱讀，就應該斟酌這個處理方法。

第二，送回印刷廠裁掉封面，替換頁面後，重新裝訂。好處在於負擔的金錢和時間成本較小，壞處則在於有可能會被讀者發現書籍的尺寸寬度少了大約零點三公分。雖然有微小的差距，但整體效果，和整批重印差不多，費用卻減省不少，是較普遍常見的做法。

第三，以貼紙浮貼於錯誤之處。好處是處理方式簡單，費用精省，壞處則是黏貼貼紙處會比較明顯，讓整體頁面顯得不太一致，讀者觸目所及就能看到此瑕疵。

第四，不需處理錯誤之處。這一做法只能用於輕微錯誤——若其錯誤不明顯、不影響文意與閱讀，且經作者確認後同意可以不進行修改，才可以採用此一方案。

就我個人觀點來看，以上處理法，在實務考量可能會以成本作為首要考量，因為出版書籍的獲利有限，重新製作的費用，是不可承受之重，因此編輯在編務工作上，務必要小心再三，以免造成公司巨大的虧損。

另外，書籍的種類與對象，也會影響處理方式的選擇。例如針對專業類、讀者品質要求較高的書，書籍就不能讓讀者發現瑕疵，進而產生誤導，所以這一類型的著作，正確性就相當要求；而針對一般性的通俗讀物、可以輕鬆閱讀的書，書籍的細部問題（小錯字之類），即便被讀者發現，通常也都還在能接受的範圍內，但還是要小心留意。

除了處理方式有所不同之外，責任歸屬也是需要討論的一環，因為誰都不願意吸收處理書籍錯誤的成本。因此，主要是從樣書與成書的對比就很重要。若樣書與成書不同，出版社也未對樣書內容進行修改；或出版社要求修改樣書內容，而成書未對樣書的錯誤進行修正。以上兩者關於成書內容錯誤的責任方在於印刷廠。

若出版社未於樣書時發現錯誤，直到刊印成書之後才發現問題，或出版社對樣書之內容、格式進行修改，以至於印刷時出錯，則關於成書內容錯誤的責任在於出版社。

若開印前經過作者仔細校對，確認樣書，也同意印刷，印製成書後，作者對錯誤的內容提出修正，這樣一來，責任就在作者身上。

由於責任重大，出版社與作者之間，一定要做好事前的溝通，關於內容的責任歸屬，需寫明於合約之中：在樣書確認階段，一旦經作者審核、確認後簽名，即視同同意以樣書之內容作為成書刊印，以免事後肇生糾紛。

四　兩岸出版市場的比較

與臺灣百花齊放的自由出版市場不同，大陸的出版業是受政府管控的行業，且出版社在業務上也與臺灣出版社有極大的差異。

首先，大陸的出版社為國營企業，總共僅約六百家。由政府提供的「書號」有總量限制，出版社掌握書號，便可以控制出版書籍的數量和內容。當然，出版社規模的大小，也會影響收到書號的數量。因此，大陸的出版社，有分級制度，較不受市場機制影響。

有別於臺灣的生態，大陸出版社每年的書號使用完畢，當年度的出版工作也就接近完成。隨著書號數量的減少，價格也會跟著水漲船高。因為想出書的人數遠遠大於全國書號總量，在僧多粥少的情況下，就形成一種買書號的特別現象。需要「走門路」──有出版業的人脈、和編輯相熟、請人牽線、甚至編輯吃飯等等，這些都是常有的事。

光是書號制度的不同，就導致了大陸和臺灣出版業的發展景況有所不同：臺灣出版業主要受自由競爭市場與核心獲利與銷售量掛勾兩者影響，在書市不景氣下，往往被稱為「夕陽產業」。；大陸出版業則因為獲利可以和銷售量切割開來，而能作到穩定獲利乃至於營業成長，自比為「朝陽產業」。

另外，大陸編輯行業的薪水也比臺灣優渥許多。以上種種情形，導致了大陸的「編輯」成為一個受人尊重、有一定社經地位、薪資優渥的職業。反觀臺灣出版業的編輯，往往自稱為「魯蛇」。

因為在大陸出版作品的難度相當高，也導致一部分大陸作家、作者放棄在大陸出書，轉而與臺灣出版社合作，在臺灣出版著作。近年來，出版大陸書籍也逐漸變成臺灣出版社的重要業務之一。在實習過程中，從萬卷樓有一部份業務便是協助大陸作者出書。業務涵蓋兩岸圖書進出口、書展合作、出版業交流……等等，也可以明顯感覺到萬卷樓和大陸作者、出版業之間密切的合作關係。

至於大陸的海外出版品（包含臺版書）進口，必須透過少數有進口權限的進出口公司進口，也因此，在臺灣出版的大陸書籍，要回銷大陸，並不是那麼容易，但也難抵擋人們想要出書的慾望。

而我認為，兩岸制度的差異正是雙方合作、互利共榮的機會。因為大陸作者尋求臺灣出版的主因在於年度的出版總量限制，就算搶破頭也難以取得出版機會。而如果大陸市場管制變少，越來越開放、自由，那大陸作者也就不再需要捨近求遠，在海外出版。這時，臺灣出版業的機會就會失去來自大陸出書需求的業務。這樣的改變或許會因此對臺灣出版業造成衝擊。

且大陸的出版制度有利有弊，雖然書號限制構成了不自由的出版市場，壓縮了作者自由出書的權利，但這也讓產不需要面對自由市場的競爭與淘汰機制的壓力，而讓好的作品，更能經過內部的篩選，脫穎而出。臺灣書籍的價格戰、通路壓價等問題，也就不至於影響到出版社的獲利。臺灣出版業也多出了透過「代工」獲利的可能：藉由承包大陸的出版需求，開拓新的獲利模式，進而在兩岸間形成一條新的出版產業鏈，使出版業多出另外一種轉型的方向。

五　書系的規畫

書系的規畫，是將同一領域或同一類型的書籍加以整合，如：文史新世界叢刊。近似於「合併同類項」的概念，除了方便讀者依照分類尋找所需的書籍，也有將冷門圖書，如《楚國文化研究叢書》透過書系整合，便於行銷推廣，以利銷售的作用。因為此類書籍單本的推廣較困難，要使曝光率大，也不敷行銷成本。但若以書系、叢書為單位，則不僅能做成主題式的推廣與曝光，更有機會讓圖書館或消費者以書系為購買單位，便於推廣，增加書籍的銷售量。

另外，書系的規畫能明顯降低書籍的製作成本，因為同一書系內的排版可以互相套用，毋須花錢重新設計新的排版樣式；封皮設計則能套用同一系列的圖樣與構圖，或者只需要進行顏色的更換。同時，可以請設計者一次設計一個系列——比起請人一次做一個封面，分十次製作十個不同的設計，一次做十個設計相似的封面，價格自然會降低，還能因為單次製作量較大，要求對方提供一定程度的折扣。

最後，得利於書系中統一樣式的設計，書籍在視覺上會因此顯得極為整齊，在銷售時，也可以讓人在眾多書籍門類中，一眼就能辨認出來，引起消費者對於系列書籍的興趣與好奇心，對於協助聚焦消費者的目光有一定的作用。

而我認為，書系的缺點在於，成套合售的價格高昂，且較占空間，一般讀者更可能只購買自己有興趣的單本。而其優點（最大受益者），則在於整合了單一冷門書籍的閱讀受眾，成為一個受眾的集合體。如：書系其中一書受眾兩千人，書系之二受眾只有五千人，書系之三受眾僅剩三百人，以套書的形式銷售，書籍面向的群眾會從個別小市場，聚合成一個中型乃至大型的潛在消費市場，使總體關注量上升，也讓圖書館對於書系有了更大的需求，令圖書館為了豐富館藏的完備性而更有購買意願。此時，購買書系（套書）的經費，對於圖書館的採購預算來說，不會是一個需要擔心的問題。

而回到銷售策略的根本考量：「經濟效益最大化」這一點上，就能發現，書系和特殊裝幀兩種銷售模式，其實都是來源於此。他們針對的是同種書籍類型：不容易推廣，體量小，需要透過特殊化、區隔化來增加銷售量的小眾市場。只是一個透過增加本體的附加屬性，使人認為其具有「收藏」價值而產生購買意願；一個透過與同類型書籍的綑綁曝光與銷售，讓更多人對書系產生購買需求，而達到一魚（書籍推廣）多吃（作用在多本書之上）的共同效益。

作者簡介

蔡易芷，來自火雞城嘉義，堅信「嘉義以外的雞肉飯不能吃」，是一位準備延畢的師大國文系大四生。上了大學後原本打算多元發展，結果一不小心就把大學四年都貢獻給圍棋社，但比賽成績遲遲無法突破，現在依然會不時回去指導一下庶務問題，是學弟們口中社團的「慈禧太后」。在修課上是個雜食性動物，每每在師大各系所、學程以及臺大三校課程之間四處溜達，一不注意就會被叫去系辦填超修單，也因此常常碰到期中期末報告大塞車這種甜蜜又痛苦的掉髮時間。

如毛線球般我的萬卷樓實習生活

蕭郁婷
國立臺灣師範大學國文學系

經過一學期理論課程與實際操作雙重認知衝擊之下，我對於出版產業有更深刻的認識。以前以為出版業都躲在陰暗昏黃的燈光下不停打字，或是不斷用紅筆挑錯字，現在才發現，出版業者不只和書籍互動，同樣也與作者互動，並已走向更廣闊的市場，向有心創作的新血作家、有意購書的讀者等，都有所接觸。回到出版社與書籍的關係，我很高興有機會能深入了解出版產業，獲得編輯一本書籍的機會。

一　履歷撰寫與投遞

在正式實習之前，我首先開始撰寫履歷，意外發現大學生涯看似忙碌，卻沒有明確的行進方向，像是花蝴蝶一樣，好似什麼都有沾染一些，卻對於出版產業上需要的專業技能，比如：攝影、繪圖或排版軟體等應用能力，根本趨近於零。為此，還出現了一點點對自我能力認可的恐慌。

完成履歷後，便寄了一封信詢問出版社總編，是否允許我參與實習工作。因為採取的是任務制實習，我並沒有嘗試到外部出版社投遞履歷，而是直接向晏瑞老師提出需求。

會選擇任務制度，是因為剛好這學期比較忙碌，沒有完整的時間到萬卷樓實地工作。任務制度的實習方式，其實是幾年前因應新冠疫情，誕生跨時跨地的遠距離工作模式，該工作模式往往需要工作者更高的自制力，或對於工作展現更加積極熱情的一面，以免產生工作總是超過約定底線的情況。

在與晏瑞老師信件往來的過程裡，對於如何寫出符合書信禮儀的電子郵件是很有幫助的，由於是真實往來，不論是書信用語，或是實際按下寄信紐，對我而言都需要提出一定的勇氣。同時需要一再確認錯字、附檔，或語氣及書面用詞是否不合時宜甚至致命疏漏。總之，對於未來職場生活，藉由這次實習的機會，我跨出了很大的一步。

二　圖書館尋寶記

我的第一份任務，是出版素材文獻資料的檢索。包含兩大內容：一是尋找指定文章，掃描成圖檔後列印；二是將部分內容打成文字檔，並有相關格式規定。

完成任務的過程中，我才了解國家圖書館館藏的擺放方式，也才終於實際接觸館藏資源，並理解圖書館頁面使用的方式與其用語的涵義。比如說，我負責的文章皆是國家圖書館館藏，卻未擺放於書架，若要調閱，因書籍存放於倉儲區，並非存於館內，至少需要十五個工作天移動，不能夠滿足臨時需要。然而，其查詢頁面標註為「典藏書庫」，乍看之下，並不能與之聯想，導致我一開始以為只要進到圖書館就能找到內容，典藏書庫不過為館內一隅。連著一連串失利，詢問館員後，館員建議我前往其他圖書館，才能更快拿到資料。經過一個晚上的奔波，我明白了預約書冊的重要性，以及適度了解圖書館的開放時間、導覽地圖及運作流程，以助於查找書籍。此外，也發現原來有這麼多的出版素材，典藏在圖書館的深處。

由於陳大齊先生撰寫的〈我如何讀論語〉一文收錄於《臺灣新生報》一九五九年的副刊，年代久遠，疑似有缺漏的情況。首次收集報紙上的文章，我其實是沒有概念的，在網路上、圖書館中遊蕩許久才漸漸發現搜索方式，發現該篇文章可能散佚不見了。當時查詢途徑有：

一、前往國家圖書館，使用館內「全國報紙影像系統」之服務，查找到共有六頁內容。此文位於第八版次，不存在於該服務系統收錄範圍內。（註：仍有其他日期有第八版，應為該日期缺頁）

二、查詢「國史館檔案史料文物查詢系統」，見《臺灣新生報》內容皆不提供查詢服務。

三、進入政大「陳大齊校長數位導覽」頁面，多見其專書介紹，唯一有關《臺灣新生報》的報紙影像為一九七六年「耕耘小穫」一文，與查詢內容不符。

因此，我便詢問晏瑞老師，面對這種找不到原作的情況，會導致什麼後果，或是後續要如何處理。晏瑞老師告訴我，這時會回過頭詢問作者是否需要繼續採用該作品的內容，或是作者原本是從哪裡找到原作等，將採取一連串的討論來解決當前問題。這樣的訓練，間接的也提高了我查找資料的能力。

三　文化交流機動組

在某個週六早上，師大國文學系上的會議教室，迎來一場兩岸文人在思想與研究上的交流碰撞。作為工作人員，本次任務我被分配為機動組，大部分時間為觀摩會議，或處理簡單庶務，例如幫助簽到作業、偶爾倒倒茶水。

本場文化交流，進行方式非常特別，採取線上與實體並行，在大陸有一群老師使用線上會議軟體參與，並於開幕式一一介紹致詞，而臺灣會場則是有約十位老師親自上臺分享自己研究領域的內容。幾位老師的研究領域不盡相同，有研究詞學，也有研究宋詩，或是儒家道家思想的，全都收錄於該會議的論文集中，個個內容龐大而細緻，主題豐富多元而不失趣味。本場會議中，每位老師皆有十分鐘的時間能帶領其他老師閱讀，包括引起興趣、著作動機或是研究成果等內容分享，因為選材有趣加上難得有如此專業的內容，總覺得時間不夠呢。

我的工作任務，主要是觀摩和支援，內容主要有兩項，一是在會議正式開始前，請老師在入場時簽到，二是於會議進行時，適時替老師添加茶水，讓老師保持舒適的狀態。簽到作業不困難，即備筆請老師在表格上簽名，特別的是，簽到表隔壁放上一本空白筆記本，詢問老師能不能替《國文天地》留一段話。這本筆記本看來收藏已久，書寫方式是寫一頁，背面則不寫，以方便保存；全白頁面保留了老師們的創作空間，從字體大小到排列方式，都可以隨心所欲，尤其老師們最後龍飛鳳舞的簽名，彌足珍貴。準備茶水時，我受到晏瑞老師的提點，只倒七分滿，倒太多反而燙手，也不方便飲用，這樣才是一個貼心的舉動。其他作業像是司儀、按鈴、拍攝、會議記錄等，我沒有參與，卻是不可或缺的幕後工作。

會議結束後，萬卷樓有在附近餐廳訂位，舉辦午宴，宴請嘉賓和工作人員，讓與會人員有時間交流意見或聯繫感情，同屬重要環節。席間備有酒水，參加這場餐會，成為我人生敬酒的初體驗。敬酒涉及職場應對禮節，關於人情往來與自我保護等細節，須自己留意，這是校園中難以學習到的，讓我收穫不少。

四　打字小姐初體驗

到了第三次任務，我收到了約二、三十頁的打字作業。打字作業提供的文本分成兩種，一是作者實際手寫內容，保留原本筆跡，能看出作者修改塗寫痕跡，隱含作者的思考順序，也有一些省略標點符號，或是寫得快而出現了小錯字。這些情況在打成文字檔案時，都要利用特殊標記作補充說明；二是複印文本，即是將掃描過的圖檔打成文字檔，同樣得一個一個字打進文件檔，沒有特殊途徑，而且圖檔列印下來後，可能有墨水分布不均勻的情況，導致在閱讀文本時，出現判讀問題。當然，手寫文本也可能出現文字需要判讀。

面對文字判讀不清的情況，多數時候可以透過閱讀文本上下文，找出一個形近、語意符合的文字，推測及判斷為作者用字。倘若出現不只一種可能，或判斷不出任何可能，就以「●」的符號來代替，這個符號稱為「墨丁」，是用來提醒文稿上尚有未打入文件檔的文字。另外，協助補上標點符號時，理解文章語意是很重要的前提，不過，萬卷樓的服務範圍以文史哲的學術用書為取向，通常需要一點背景知識，甚至需要查詢相關資料，才能更清楚更完整地理解內容，以更利於後續作業。

晏瑞老師曾經提及外包的打字小姐與我們實習生在打字作業不同的處理方式。前者多是接案工作，論件計酬，因為一個小時能打越多字，就能賺到越多的錢。他們不會停下來理解語意或確認缺字，無法直接辨識的就直接特殊標記帶過。當出版社拿回來，不清楚的內容，往往是以問號或是墨丁組成。而學生願意做出額外查詢資料、補上標點符號等行為，便能減輕出版社負擔，對於學生同樣能達到增廣見聞的機會，成就一個雙贏的局面。但安排這項作業最主要的目的，是希望瞭解打字小姐會遇到的問題與心態，未來在做編輯外發打字稿件時，才不會做出許多無厘頭的要求。

但不得不說，打字作業還是相當無趣的。雖然查找資料可豐富自己的學識，多認識自己從未探索過的人物或領域，卻抵擋不了照著原文輸入的單調，也發現自己的專注力根本無法支撐太久，需要分割多次來作業。同時，打字作業難度不高，其實沒有特別大的成就感，便不願意花費時間在這項作業上面，很難想像有人願意做這樣無趣的工作！導致我花費長達一個月的時間才繳回文件檔案。

任務制的難處，就是沒有外人的約束，全由自己分配時間。晏瑞老師提醒我們，未來求職盡量避免居家上班，或遠距工作的職務。因為初入職場，這樣的工作少了學習的機會與公司同事的互動，剩下一個電郵帳號，對於職場的發展相當不利。經過任務制實習，我大概能感受到這樣的狀況了。

五　實習編輯

到了學期最後，我開始編輯一本萬卷樓暑期實習生心得的書冊，負責校對作業，即錯字修改、語句潤飾或修正敘述邏輯的錯誤。舉例來說，要將阿拉伯數字要改成國字，或統一稱謂和相同活動的名稱，或排版出現不一致，並避免出現不合理的、不合時宜的敘述，或是修改到作者特殊寫作的呈現，以免別出心裁的設計在不知情的情況下，意外消失。

校對時，我意外發現這些心得其實蠻能體現各個作者不同的文風，但閱讀時，因為不是當下一起工作的同事，作者有時認為敘述生動有趣的方式，往往因為缺少主詞或情境敘述，或是一直重複相同字詞，如：也、然後等，進而影響了讀者閱讀心情。有些因果邏輯也是乍看之下不能理解的，中間或許缺少了某些補充，進程太快，導致上下文之間看似毫無連結而成為因果句。這一些，都成為我在校對工作時，曾經感到困惑又無從下手修改的部分。希望未來在書寫時，我自己也能避開這些情況。

不過，因為是實習心得，得以透過別人工作的情況窺探整個出版社工作的全貌，也看到許多非常有趣的工作內容，同樣具有收穫。在完成約五十頁的校稿內容後，我詢問了晏瑞老師關於編輯有什麼決定權限，抑或是文字可以修改的程度。晏瑞老師給我們很大的空間，讓我們自己發揮，因為修改後，還要給作者看過，才能正式定稿，所以不怕出錯。因此，我和品方同學經過校對後，討論以下結果：

一、頁面最左上方，書眉的書名，統一改成「暑期實習」。

二、除非有誤，不然文中稱呼盡量不更動，以呈現同學寫作風格與展現彼此親近的關係。若採用稱謂則需統一，例如：晏瑞總編，應統一職稱，而不要再另外出現晏瑞編輯、晏瑞老師等不同名稱。

三、若使用稱呼「姐姐」或「姊姊」時，皆使用前者，以統一全書用語。

在討論過程中，我認為編輯最重要的工作，就是「注意全書的統一的狀況」，不要前一篇文章與後一篇文章有所出入，或出現任何影響讀者閱讀的情況。編輯的決定範圍包括統一字詞，如事物名稱、人物稱謂等，有時還會針對部分語句潤飾，權限說多不多，說少卻也不少，但這些工作，都是幫助讀者擁有更舒適的閱讀過程。晏瑞老師說，這些想法和處置，都是所謂「編輯意識」的呈現。

六　對紅

經過一系列校稿過程，接著，便要進行「對紅」作業。校稿時，出版社通常會先替整份稿件加上框線，預設其為製作成書的實際頁面情況，而編輯需拿著紅筆直接在紙上寫下需要修改的內容，作為標記。經過三校，意即完成了所有校稿作業，編輯作業便進入下一個階段，將紙本上的紅字標記更動在電腦文件檔案，作為未來製作成書的內容，稱作「對紅」。

在對紅時，我本以為此次任務相當輕鬆，畢竟校稿時都已經挑出所有問題，只是完成補上去這樣簡單的工作。實際上，校稿時無所顧慮的增減字詞，卻苦了現在。因為對紅牽涉到排版的設計，在實際打上檔案後，往往會因為增加一個標點符號，或刪除冗言贅字後，導致整個頁面的行列數目不同，多一列少一列，導致整個頁面更動。內文下面的圖片位置也可能跑掉，讓整個頁面文字與圖片混雜一起。另外，若因此檔案出現白頁，反而形成一種浪費。

因為我負責的是該書最後一部分，我索性直接倒著編輯回去。然而，一開始，我沒有意識到排版，大刀闊斧修改了一番，才發現整個頁面不復從前，文字與圖片全部交雜一處。這才理解到為什麼校稿的時候，晏瑞老師不建議我一次改太多字詞，一方面是避免修改到作者原意；另一方面，便是考慮到編輯作業的流程。在編輯完整本書最後一份心得時，我發覺為了通順語句和排版原則，刪減字詞後，竟減少了一個頁面。實際上，每一個心得都有各自編上頁碼，如果是前面的檔案更動頁碼，後面所有頁碼都得跟著改動，將是一件浩大工程。幸好我剛好是倒著編輯，用不著更動前面頁碼，便沒有發生上述慘況。不過仍帶給我一個警示，在排版編輯時，一定要留意頁面、頁碼的變更。

七　結語

本次實習活動中，我採任務制的實習，以遠距離的工作模式，參與許多任務。一是於萬卷樓主辦的兩岸文化學術交流會議，擔任機動組，負責當日會場的簽到、茶水準備等後援工作；二是協助「臺灣經學家選集」項目文件檔案蒐集，前往國家圖書館與各大校園圖書館，找尋並圖檔掃描指定文本，另完成約五千字的打字作業；三是參與萬卷樓二〇二二年度暑期實習生的心得書冊編輯，作為該書編輯小組的組長，負責小組分工與監督，完成校稿、對紅等編輯作業。

經歷這些任務，我文書處理的能力有所上升，意外發現自己其實不甚熟練應用文書軟體，許多功能是過去未曾觸及的。最令我意外的，是打字作業所耗費的時間，原本以為自己打字和閱讀的速度並不慢，實際上卻耗費甚久。另外，我對於瑣碎時間安排及抗壓能力有所提升，由於我這學期學分不少，只要有能使用電腦的時候，我都會把握時間完成任務，同時仔細安排進度，以免未能在事先承諾好的時限及時完成作業。不過，任務制往往是個別作業，主編難以估算進度，也難以約束實習生，許多時候都是實習生自己說的算，在提高自主性之餘，重視自我約束能力，也養成我遵守約定的習慣，對於性格散漫的我而言，是一大進步。

除了操作技能的提升，這些經驗也帶給我不少收穫，不僅促使我認識有趣的書籍主題、具有學術研究上重要地位的專家學者，同時拓展了我對出版產業實務工作的認識，深入而具體。對於一本書籍從無到有的流程，或是整個出版社工作運作的方式，有著清晰輪廓，也有更多特殊或能深入嘗試的地方，值得未來的我仔細思考探究。

總結來說，我開始意識到和各個行業都有其門道，有其辛苦的地方，出版社亦然。我很感謝每一位同事的努力，致力於提供優質的閱讀體驗，不論是作品的正確性、邏輯性，還是排版的舒適度，每個面向都有不易之處，真的辛苦了！

最讓我感到感謝的是晏瑞老師相當重視不懂就要提問的態度，他認為實習必須透過發問，才能有收穫。就我而言，提問亦能有效降低出錯機率，減少出錯後修補的時間，對於公司、實習生雙方，都是有效的溝通方式。以前的我，總是「不懂問」或「不敢問」，但當我被鼓勵提出疑惑，問了也不會受到質疑責罵時，便發現提問的好處，這亦是一個良好習慣的養成。在萬卷樓實習很短暫，卻是豐富而有趣的。雖然未來還不一定會踏入出版產業，但這一次的學習經驗，相信在未來的職涯發展，也能帶著我繼續前行。

筆者於第九屆兩岸文化發展論壇會場留影

筆者於圖書館進行稿件校對時留影

作者簡介

蕭郁婷，生於二〇〇一年，喜歡閱讀各式各樣的書籍，曾經認為憑空產出一本書是一件有趣的事情，所以前來出版產業實習。這兩年間，在 YouTube 上花費不少時間，去年喜歡泰國吃雞實況主，還常常追起比賽轉播，但泰語一直學不好。最近莫名開始追起韓國女團，認為玟星是最帥氣的女生，並用她的圖片設置成電腦桌布，每天都在讚頌她的帥氣中度過。性格上有樂觀積極、休閒自在與隨心所欲三大特質，代表動物為熊貓，自認為住在噗嚨共星球上的居民。大一自我介紹曾經介紹明星花露水，綽號便帶有「水」字，還一路跟著我四年。最近最瘋狂的事情，是在大雨中從大稻埕騎腳踏車到公館，堪稱熱血，實則不希望再度發生了。

編輯人的地圖

謝宜庭
國立臺灣師範大學國文學系

一　地圖構築

在這學期修習出版實務產業實習後，我覺得收穫十分豐富。不僅是在課堂上的知識傳遞、課後的出版議題討論，或是實習歷程，都幫助我對於編輯的世界更加了解。我認為，這段經驗就像是一段旅程，而我想將在其中所摸索出來的路線和心得，繪製成一份地圖，留作紀念，紀念自己曾經在編輯人的世界走過，不僅可以在日後拿出來，重新看看自己的足跡，同時也可以和其他夥伴們分享。

（一）關於出版產業的思考

現在，閱讀實體書籍的人越來越少，大家較常接觸的是電子產品，包括了社群媒體或影音資訊等，許多人甚至完全不看書，遑論去書店買書來看。出版產業現在遇到了困難，如電商平臺壓低書籍價格，吸引消費者去買書，壓縮了傳統書店和出版社的空間。又出版書籍供過於求，新書生命週期變短，新的書不斷推陳出新，銷售不出去的書，就只好被退回倉庫堆放。

雖然如此，每家出版社都有自己對應的方式，在其中追尋自己最適合發展的領域，可以運用藍海策略，運用創意和創新，開發一個競爭者少或尚未有競爭者的市場。因為市場的進入者少，在商品價格方面，企業能訂出較高的價格，獲取較多利潤。因為消費者並沒有其他比較的產品，只要產品夠吸引消費者，就能獲得良好的回饋。或者是運用紫牛理論，創造自帶話題性，或是卓越非凡的產品。因此，出版社可積極尋找自己的優勢，看看在哪個方面，有其內在優勢，能讓自己超越其他一般產品，在眾多出版社中脫穎而出。

這是我們從課堂中所學習到的一些行銷方法。我覺得非常具有啟發性。出版社的經營不是容易的事情，也不是今天說想要把書賣好就辦得到，而是要確認自己的定位，且規畫合適的行銷方法，不一定要和大眾商品搶市場，而是可以運用自己的專長，將擅長的商品做好。例如：人們若想到萬卷樓，便會想到其學術書相關的出版，其他的競爭者相對來說，與其競爭缺乏優勢，而這也就是萬卷樓的藍海市場與紫牛特色。

（二）啟程前的準備

我所選擇的實習方式，是到萬卷樓編輯部進行實地實習。雖然我的時間很瑣碎，只能用課程之間的空堂做實習時間的安排。但是，我當初選擇修這門課的原因，便是希望自己能夠實際到出版社現場進行編輯工作，因此還是選擇了實地學習。

準備工作一切安排妥當後，我便按照約定的時間，來到了萬卷樓。還記得初次進入萬卷樓的情形。我們被領著進入九樓的編輯部，認識環境後，便在以邠編輯的教導下，開始學習萬卷樓的編輯體例，以及瞭解編輯的流程和意義。

實習工作結束後，晏瑞老師問我對於整個過程的心得，又問我和開始實習之前的想像是否有落差？我覺得，其實和我想像中的並沒有相差太遠。

我認為所謂編輯，就像是打理文字花園的園丁，我們手上所握著的筆，就是陪伴我們整理稿件的得力工具，它既是鏟子，也是修剪樹木的剪刀，還是澆水器，能滋潤花朵。

通常，我們都會拿起紅筆、鉛筆、尺和螢光筆，來進行校稿工作。而自從在出版社實習之後，我開始對於便條紙的使用更加熟悉。遇到不確定的事情，例如字的寫法，或是不知道是否可以刪去的地方，都能在便條紙的上方做註記，並將便條紙黏貼在當頁，或是統一黏在稿件的第一頁上。如此一來，版面不致過於混亂，也可以讓作者方便確認。

另外，標籤貼也是編輯在工作時，不可或缺的工具。在實習的過程中，我們常常接觸到不同文章的稿件，而每篇文章又承載不同的校稿紀錄，如：排版稿、一校稿、二校稿等等，每一份皆相當厚重。老實說，有時候在進行校稿工作時，如果要往前去找和後面有聯繫的地方，確認前後文用法是否相同時，會被厚重的稿件弄得眼花繚亂，一不小心就像迷失在迷宮中一般，分不清自己所在的位置，有時甚至還會忘記自己本來在做什麼事情。此時，標籤貼可幫你解決找不到對應稿件頁數的困擾！做完一段落的作業後，除了可以寫下頁數之外，也可以把標籤貼貼在稿子上，方便自己之後查閱，或是繼續工作。在實習的過程中，因為還不太熟悉，所以如果遇到問題，就必須去詢問正職編輯，但是，如果一直去問的話，不僅自己的工作流暢度會被影響，同時也會打斷對方的工作，因此，我會先將有問題的地方寫下來，並用標籤貼做一下標記，之後等手邊作業告一段落之後，便可以一併拿出去問，而且也不會迷失在稿件當中。

二　筆生花

走在屬於編輯的旅行途中，我想，每個流程都像是一道關卡，要先破了這一關之後，才可以前進到下一關，最後將稿件全部編輯完成，製作成一本書。

在旅程中，會遇到許多的問題，晏瑞老師鼓勵我們，要多問問題，才能真正從中學到知識。因此問題的提出和解決相當重要，這可以幫助我們瞭解工作內容和原理，突破每一道關卡，爾後則愈來愈熟練。

（一）稿件整理

稿件整理，是編輯收到原稿後，最一開始的編輯程序，將作者送過來的稿子進行整理。因為每份稿子的狀況都不太一樣，因此會根據它們各自的情況做不同的處理。

在實習一開始的時候，我接觸到一份原稿，由眾多位作者完成，但是他們的版面沒有統一，每個人按照他們自己習慣的方式寫，然後彙集成冊。這時，就要需要先統一各篇文章的格式，歸納出固定的版式。先將稿件進行整理之後，拿去排版。

參與的過程中，我記得那次的體例統整，有「錯將訪問者改成是寫作者」的情況。也就是說，那篇文章是作者寫的訪問稿，卻把文中訪問的對象當成了作者。不慎刪掉了的原稿內容，或是改動原意，會使得之後的每一個步驟都沒法完整。我們的工作是要去對照原稿和已送交回來的校對稿，內容是否缺漏，以及是否會更動到原意等。

我在其中學到，對於文章的意思，要很小心地檢查，若是因為一時不察，改掉原意，就會讓整本書變得截然不同。

如晏瑞老師在課堂中曾經提到，有本小說，作者描寫主角躊躇不已的場景，作者描寫他「上車、下車、上車、下車，最後頭也不回的走了……」但是其中一組「上車、下車」被編輯當成冗言贅句刪去。後來，有人評論這部小說，竟然說其他什麼地方都好，就是這個地方沒寫出那種躑躅的感覺。作者覺得納悶，自己明明就有寫。一回去翻開書來才發現，原來被刪掉了。所以，我們應該要多加注意，才不會改動到原意，造成麻煩的結果。

還有一次，我接觸到了一本文字學相關的書。通常排版稿都是送去請排版小姐排的，不過，負責編輯卻告訴我，這份稿子是作者自己排的，所以整體內容上應不會有太大的問題。我心中便感疑惑，通常不都請別人排版嗎？作者又是否有完整的排版工具可以排？

晏瑞老師告訴我，因為這是一本「文字學研究」的書籍，其中有許多古文字的圖檔，如果交給排版小姐進行排版的話，校對工作會大幅增加。如果透過技術支援，協助作者自行排版完成，並交給出版社出版的話，可以省卻大量的勞動，也避免無謂的錯誤。

另外，我還參與了一本著作的編輯，準備出書的作者是一位九十幾歲的老教授，不會用電腦打字的他，利用的是傳統紙筆寫作的方式。這時，我便生出疑問：這麼多的原稿稿件，是如何變成我們手中正在進行死校工作的排版稿呢？

以邠編輯告訴我，要先把原稿送去請人打字，等電子稿回來後，先進行體例整理，最後才送去請排版小姐排版。並不是所有的稿子狀況都相同，因此作業流程和方式也不太一樣。此外，除了整篇稿子都是手寫稿之外，這份稿子還有一個特別的地方，便是需要進行「死校」。這是我第一次接觸到「死校」這份工作，剛好在晏瑞老師於課堂講解後沒多久。所謂死校，便是不需潤稿，完全依照原稿進行校對。這是特殊狀況，因為稿件比較特殊。雖然這個工作看似簡單，但需要非常嚴謹，一個一個小地方，都要檢查是否和原稿相同。

（二）校對

校對工作，可以說是編輯工作之中的重頭戲，也是每個編輯幾乎每天花最多時間在處理的部分。一開始來到萬卷樓的編輯部，第一個學習的便是校稿的工作標準，以及校對符號的應用。

要確實的對文字進行把關，使內容的錯誤降到最低。雖然有一點小錯誤是難免的，畢竟編輯也是人，不一定能在有限的時間之內，將所有的錯誤抓出來。但是，明顯一些的標題、段落、頁眉、數字部分，還是要盡量避免出錯。

體例統整完之後，便會進行樣張試排，一校後會給晏瑞老師看過，再進行之後的流程。我印象最深刻的校對經驗是一本由大陸作家寫的書籍，我負責二校整理和三校對紅。其中，簡、繁體字間的轉換和統一是我覺得特別複雜的部分。

給作者看過校對稿之後，他們也會在稿件上寫下自己的意見。因為作者預設出版之後，讀者以大陸學者為多的關係，所以書中的繁體字要以大陸的用法為基礎。因此，如「箇」要改為「個」，而「雞」在其中全部都要改成「鷄」，「為」字要寫成「爲」等等，這些都是要在全文統一的異體字。因此作者全部將之寫在書名頁的部分，方便編輯和排版小姐修改。

我覺得作者和責任編輯之間的溝通是十分有趣的，有時候在看稿子時，會遇到自己看不太懂，或是不明白作者意思的地方，這時候我便會去問正職編輯。若對方也不太清楚如何解決，便寫下來，方便日後詢問作者。作者回覆時，除了回答問題，同時提醒責任編輯自己對於某些異體字的偏好。我認為，編輯也是一種「溝通」的專家，在整理作者的文字花園時，除了剛剛上述所提出的工具之外，最為需要的，或許可以說是他的嘴巴了！編輯在整理花園，若看到那棵植物好像長得沒有很直，但又不確定這是否只是花園主人（作者）刻意為之的？又或者，他發現了文中有某個含苞待放的花苞，已等候多時但是卻久久不開，便可以試著建議作者是不是應該展開劇情的鋪排呢？

（三）對紅

我在所有的編輯流程中，最喜歡的莫過於「對紅」的工作了。對紅，顧名思義，就是要對照之前的校對稿和修改過後的稿子，看看是否都有按照上頭的「紅字」進行修改了。如果有的話，便拿起筆，痛快的把修改標記畫掉。如果沒有，則要按照原本的標記，重新謄在新的校對稿上面，方便下一次校對。在這樣的過程，是相對容易的。不過，若遇到有許多東西沒有改到，或是原來的標記過於混亂，便會感覺有點煩，因為沒辦法快速的將稿子對完。而此中，我學到：校對時，要記得把標記的部分，拉往頁緣的空白處進行，否則全部擠在行中間，會造成之後作業上的混亂。

（四）清樣製作

經過三次的校對整理、校對和對紅之後，錯誤而需要改正的部分也會漸漸減少，最後便可以開始進行清樣製作，試著做出一本樣書，供編輯和作者確認檢查，也作為正式書籍印刷的依據。樣書製作完成後，便會需要進行樣書點檢，內容包含版權頁的書系、書名、人名確認；書名頁的文字、補助文字確認；序文、目次、章節頁碼的確認；封面、封底的資訊是否正確，以及頁碼、標題……等，是否正確。

樣書點檢的工作相當重要，有時甚至需要經由多人來加以檢查，以免等到書籍全部印出來的時候，才發現有地方印錯，而要設法補救，或甚至要全部拉去銷毀，導致成本的浪費。

在實習期間，我遇到了印刷出來的書出現小狀況的情形。有一次，是書中的表格超出了紙張的邊緣，因此被裁掉。雖然被裁掉的地方並不多，但還是會影響到閱讀者的理解，因此，我們試圖想要將之進行修理和加工。有個辦法是，將書頁整個撕掉，然後安插一張新的書頁進去。不過，這個工作比較適合在版權頁，若在全書的中間，難度便會增加，難以將書頁準確的黏貼。後來有同學提出了貼貼紙的方法。那就是將沒有印在書頁上的文字，用新的小貼紙把它呈現出來。這個方法或許不錯，但是需要經過作者的同意，幸好只是小部分的錯誤，所以最後作者也同意了。另外，我也曾經幫忙拆掉印錯的版權頁，裝上新的版權頁。這是實習的旅途中，令我印象深刻的事情，告訴了我點檢樣書的重要。

（五）正式印刷

通過了前面幾個關卡，最後終於可以來到書籍印刷的環節了。書籍的印刷，除了內容文字外，要決定印刷的大小開本、印量、定價、紙張和裝訂方式，封面和折口的設計，也十分重要。好的設計，可以幫助書籍本身，達到吸引讀者的效果，而封面、封底的文案更可以幫助讀者更快速的選擇自己想看的書籍。

我覺得十分有趣的是紙張厚薄的決定，紙的磅數越高，代表越厚，如果紙選用得太薄，背面的印刷文字便會透過來。折口的設計其實是有妙用的，設計折口，可以保護封面封底，避免時間久了便被摩擦翹起。蝴蝶頁的存在，是為了連接封面和內頁，通常會設計成兩頁。以前沒有膠裝的技術，因此才會利用蝴蝶頁連結，不過，現在變成是形式上的存在，沒有實際用途。不過如果沒有蝴蝶頁，好像就缺少書的感覺，因此，有些出版社和印刷廠會「偷吃步」，只設計一頁，聊勝於無。

此外，書分成精裝和平裝，一般書籍的印刷都是使用平裝。精裝部分，硬殼、軟殼差不了多少，至於圓背精裝和平背精裝的差別在於：「有沒有加一塊厚紙板」。精裝書基本上都為穿線，如果不穿線，採用平背精裝，書便無法攤平，會翻不開。另外，如果使用大平釘的方式，放了多年釘子生鏽斷裂後，書就會散架。另外，封面的上膜也是有巧思的，塗上霧面或是亮面的膠都有不同的效果。印刷的時候，可以思考自己書籍的屬性，看看需要如何設計。

三　抵達終點

我覺得要透過實際操作，才能真正知道出版產業的情況究竟如何。如果只是坐在教室聽，只能依靠晏瑞老師的講述進行想像。到了實習場域之後，才會有深刻的體會。

編輯流程是很複雜繁瑣的，從收到原稿，一直到真正把書印出來，並非易事，需要文字編輯、美術編輯、排版人員、校對人員和主編等人，花費時間，將書的每個部分編輯好。

令我很有成就感的是：自己參與編輯製作的書印好之後，可以收到一本做為獎勵。看到版權頁上有自己的名字，便想繼續努力下去，將書籍最好的一面呈現給大家。

謝謝晏瑞老師、以郃編輯還有其他編輯的耐心教導，我才能走完整幅編輯人的實習地圖。真的十分開心，希望之後還有機會能夠參與編輯工作。

作者簡介

謝宜庭，師大國文學系大三學生。臺中人。喜歡日本文化和日本美食，希望之後能夠去日本旅行、賞櫻。從小就愛看書。還未識字時，時常指著街道上的招牌問母親怎麼唸，對於學習國字樂此不疲。連筆都拿不好，卻喜歡在作業簿上多次練習國字的寫法。最喜歡做的事情就是到圖書館借書來看，沈浸在書中世界。最喜歡的小說是王度廬的《寶劍金釵》，但最近常看的是日本翻譯文學，喜歡的作家是三島由紀夫、湊佳苗和中田永一。高中時看了《告白》，覺得非常好看，且發現了新的寫作模式。曾獲中一中女中聯合文學獎極短類第二名。

編後記

林婉菁、林涵瑋、林彥鋐
國立臺灣師範大學國文學系

猶記得半年前，在「出版實務產業實習」課堂上，第一次見到晏瑞老師。他向大家介紹三種實習方式時，絕大多數的同學，都選擇進入出版社實習。我們仨，因各自的原因，無法安排出完整的時間，實地到出版社實習。因此，我們選擇了任務制實習，並跟老師約定好，在期末課程結束後，必須回來一起完成同學們的修課心得，也就是這本課程成果專書的編輯、出版工作。

因為任務制的關係，修課期間，我們各自被指派了不同的工作。例如：剪影片、打字、校對……等，能在家中完成的任務。因為沒有現場參與，對工作的體會，往往隔了一層。直到新學期開始，老師傳來訊息，重新邀集我們，開始進行本書的編輯工作。我們來到萬卷樓，坐在會議室裡討論、分工，這時才真正感受到編輯工作的展開。

我們約定每個週四的下午三點，固定到萬卷樓編輯部的會議室與晏瑞老師討論本書的編輯工作，並且討論編輯過程中，所遇到的困難。天啊，編輯完成一本書，真是不如想像中的容易！

本書的排版，結合課程的安排，雖然已經由同學們自行排版完成。但各篇稿件，成於多人之手，前後之間，因為設定上的不同，各篇之間總有些微差錯。只好由我們三人，重新再整理一次。

第一次校對時，我們各領了三分之一的稿件，回家進行校對。針對文字的正訛，以及文句的通順、排版的調整，進行處理，花了不少時間。

第二次校對，由晏瑞老師進行。老師以紅筆改在紙上，隨後交由我們修改。本次校對，原則上是以統一用詞、訂正錯字、修飾文句、補充說明、完善敘述為準。部分文字紀錄太過細節，可能會造成侵權或糾紛疑慮者，會進行刪改，並轉知作者確認。

第三次校對，則是由我們發還給同學們，確認我們的編校，是否有更動到作者原意。作者對於稿件的敘述，是否有需要補充、修改之處。

在同學們進行校對的同時，我們爭取時間，進行國際書號的申請、封面設計的討論，以及各種編輯出版的作業，如火如荼的進行，感覺繁忙卻井然有序。

在編輯過程中，其實幕後遇到的問題很多。例如：安排各個校次的校稿日程時，有些時間並沒辦法全部人參與。因此，必須彈性調整，壓縮部分校稿的時間，才能趕在印刷前，完成所有流程。又如：在選擇書名、排版、封面設計與定價時，不同編輯有不同的考量和想法，需要經過一再的討論才能確認最終定案。此外，像是缺少作者授權書，卻無法即時聯繫作者，需要透過友人協助聯繫……等等，都是始料未及的問題。

但因為編輯團隊彼此信任，遇到難題時，詢問其他編輯，總是能夠及時克服困難。團隊合作中，齊心協力，互相協助，亦會主動分享自己的編輯技巧。過程中，能夠清楚感受到大家對於書籍的喜愛以及對於編輯的熱忱，最後才能順利地，將本書編輯完成。

本書編輯，從頭到尾，包括排版整理、稿件校對、封面設計……等等，都是編輯團隊親手操刀，不假他人之手。藉由本書，我們得以完完整整地參與一本書的編輯過程。過程中所遇到的問題，讓我們對於稿件，不再只是針對文字內容進行校潤，而是漸漸有了老師在上課時所說「編輯意識」的感覺。文字內容固然重要，身為編輯，也需要關注書籍整體的版面，從讀者的角度思考，給讀者最舒適的閱讀體驗。

很感謝晏瑞老師在我們這群新手編輯遇到困難時，總是給予詳細且明確的指導，每次的校訂與開會都讓我們更加明白關於編輯的大小事。雖然在過程中，編輯團隊不免會出現不同意見。晏瑞老師總是針對我們的問題，進行機會教育，帶領我們更深入了解，並且表達自己的看法，最後交由我們三人自行決策。我們不僅在一次次的討論中，逐漸凝聚共識，亦學習到許多寶貴經驗與編輯知識。

我們在課業之餘，擠出空閒時間，為班上同學的成果書盡心盡力，親自參與一本書的誕生，是一次非常難得的體驗。也很慶幸，愛書的我們，沒有辜負書籍帶給我們的無數感動。很高興系上開設了這門課，也感謝萬卷樓提供實習的機會。更要謝謝晏瑞老師，在繁忙的業務中，抽出週四的下午指導我們，不只培養我們的編輯意識，也將偶爾有些浪漫理想化的國文學系學生，拉回現實，看看市場的現狀，以及未來職涯的發展。

希望本書不只對有志於出版業的學弟妹有所啟發，也能讓一般讀者，對出版業有更進一步的認識。出版不是夕陽產業，只要人類還想繼續表達自我、鑽研知識，出版業就永遠不會消失。

林婉菁、林涵瑋、林彥鋐

二〇二三年暮春謹誌於萬卷樓

國家圖書館出版品預行編目(CIP)資料

航向文字海:出版新世代見習手札 /
尤汶萱,吳秉容,沈尚立,林佳蓉,林彥鋐,林婉菁,
林涵瑋,邱筱祺,徐宣瑄,張雅靜,章楷治,莊媛媛,
許心柔,許雅宣,陳巧瑗,陳宛妤,陳品方,陳思翰,
陳相誼,陳微霓,黃郁晴,葉家褕,廖柏倫,蔡易芷,
蕭郁婷,謝宜庭作;林婉菁,林涵瑋,林彥鋐主編.
-- 初版. -- 臺北市:萬卷樓圖書股份有限公司,2023.05
面; 公分. --(文化生活叢書.Star 實習叢刊;1309A02)

ISBN 978-986-478-843-9(平裝)

863.55　　112006570

文化生活叢書・Star 實習叢刊 1309A02

航向文字海——新世代編輯見習手札

總策畫　李志宏　張晏瑞
主　編　林婉菁　林涵瑋　林彥鋐
作　者　尤汶萱　吳秉容　沈尚立　林佳蓉　林彥鋐　林婉菁　林涵瑋　邱筱祺　徐宣瑄　張雅靜　章楷治　莊媛媛　許心柔　許雅宣　陳巧瑗　陳宛妤　陳品方　陳思翰　陳相誼　陳微霓　黃郁晴　葉家褕　廖柏倫　蔡易芷　蕭郁婷　謝宜庭
封面設計　林彥鋐

發行人　林慶彰
總經理　梁錦興
總編輯　張晏瑞
編輯所　萬卷樓圖書（股）公司
發行所　萬卷樓圖書（股）公司
電　話　(02)23216565
傳　真　(02)23218698
地　址　106 臺北市大安區羅斯福路二段 41 號 6 樓之 3
電　郵　service@wanjuan.com.tw

ISBN　978-986-478-843-9
2023 年 5 月初版

定價：新臺幣 460 元

本書為 111 學年度國立臺灣師範大學「出版實務產業實習」課程成果